KB055745

우진 현대 판타지 장편소설
WISHBOOKS MODERN FANTASY STORY

다시 태어난 베토벤

다시 태어난 베토벤 20

우진 현대 판타지 장편소설

초판 1쇄 찍은 날 | 2020년 10월 23일
초판 1쇄 펴낸 날 | 2020년 10월 30일

지은이 | 우진
펴낸이 | 예경원

기획 | 위시북스
편집책임 | 이은송
편집 | 위시북스

펴낸곳 | 예원북스
등록번호 | 제396-2012-000132호
등록일자 | 2012. 7. 25
KFN | 제1-568호

주소 | 경기도 고양시 일산동구 호수로 646-24 위너스21II빌딩 206A호 (우)10401
전화 | 031-819-9431 팩스 | 031-817-9432
E-mail | yewonbooks@naver.com

ISBN 979-11-365-4311-0 04810
      979-11-6424-234-4 (set)

우진 현대 판타지 장편소설
WISHBOOKS MODERN FANTASY STORY

다시 태어난 베토벤

20
완결

CONTENTS

113악장

분투

스칼라가 의욕을 보이는 가운데 여름이 무르익었다.

처음에는 고개를 갸웃했던 단원들은 하루가 다르게 달라지는 스칼라를 그들의 악장으로 인정하기 시작했다.

배도빈도 내심 그를 차기 악장으로 삼길 마음먹고 있었다.

"모레 공연을 위해 내일은 쉬도록 하겠습니다. 모두 컨디션 관리하고 모레 아침 9시에 보도록 하죠."

"네."

"수고했습니다."

"수고하셨습니다."

연습을 마친 배도빈이 왼쪽으로 고개를 돌리고 입을 열었다.

"수고했어."

악장 자리에 앉아 있던 스칼라가 숨을 크게 내뱉었다.

"그동안 악장들이 얼마나 고생했는지 알 것 같아."

스칼라의 솔직한 발언에 배도빈이 슬며시 웃었다.

훌륭히 적응하여 악단을 잘 조율하는 것만으로도 스칼라가 얼마나 노력했을지 알 수 있었다.

"잘하고 있어."

스칼라가 힘을 더해주지 않았다면 악장단에게도 부담이 컸을 테고, '타마키 히로시'를 준비하는 과정도 어려웠을 터.

배도빈이 진심을 담아 스칼라를 격려했다.

"응. 잘해야지. 그럼 먼저 간다."

"그래."

스칼라가 악기를 챙기고 나서자 동생과 함께 연습을 지켜보고 있던 죠엘 웨인이 배도빈에게 다가왔다.

"보스. 손을."

"네."

배도빈이 제법 익숙해진 느낌으로 연습실을 벗어나려는데, 죠엘이 산타를 데려가던 평소와 달리 곧장 밖으로 향했다.

"산타는요?"

"아, 디스카우 수석께서 데리고 가셨어요."

"피서가?"

"네. 산타가 북 치는 걸 좋아한다고 말씀드렸더니 연습 뒤에 조금씩 봐주신다고……."

본인 연습만으로도 충분히 고될 텐데 산타까지 챙겨준다는 말에 배도빈이 고개를 끄덕였다.

"잘됐네요."

"네. 너무 감사해서 어떻게 보답해 드려야 할지 모를 정도로요."

입단과 동시에 B팀 타악기 수석을 맡은 피서 디스카우는 베를린 필하모닉 안에서도 실력자였다.

그런 사람이 직접 지도해 주고자 나섰으니 죠엘은 그 친절을 어떻게 받아들여야 할지 알 수 없었다.

"산타는 좋아하고요?"

"네. 요즘은 정말 밝게 지내고 있어요. 디스카우 수석과 함께 있다 보니 기분도 나아진 것 같고요."

"다행이네요."

대화를 나누며 걸은 두 사람은 이내 로비에 이르렀다.

나윤희가 그들을 맞이했다.

"끝났어?"

"네. 죠엘, 내일 봐요."

"내일 뵙겠습니다. 조심히 들어가세요."

죠엘과 인사를 나눈 배도빈은 나윤희의 안내를 받아 그녀의 차에 탑승하곤 등을 기댔다.

"힘들었지."

"적응하려 노력은 하는데 잘 안 되네요. 이것저것 신경 쓰이니 쉽게 피로해지는 것 같고."

"어서 가서 쉬자."

나윤희가 팔을 뻗어 배도빈에게 안전벨트를 매주곤 시동을 걸었다.

천천히 주차장을 빠져나와 도로에 이르자 배도빈이 입을 열었다.

"오늘은 어땠어요?"

"악장 회의 하고 대교향곡 파트 연습 하고. 아, 점심때 가우왕 씨랑 지훈이가 또 피아노 연주해서 구경 갔었어."

"또 싸웠어요?"

가우왕과 최지훈은 배도빈 콩쿠르 이후로 시간 날 때마다 서로 누가 잘하니 마니 하며 경합해 오고 있었다.

벌써 몇 달째 반복된 일에 배도빈이 지겹다는 듯 고개를 저었다.

"응. 덕분에 단원들은 좋은 것 같아. 다들 점심 먹고 연습실에 모여서 심사 봐주고 있어."

"오늘은 누가 이겼는데요?"

"지훈이."

배도빈이 슬쩍 웃었다.

일찍이 최고로 인정받고 있는 가우왕을 상대로 곧잘 판정

승했다는 이야기가 들렸는데, 형제의 성장이 기쁘면서도.

가우왕이 얼마나 열 받아 있을지 생각하니 웃지 않을 수 없었다.

"지금까지 54전 19승 35패래."

"승패가 뒤집히는 날도 오겠죠."

"지훈이라면 정말 그럴지도?"

웃으며 답하던 나윤희가 슬쩍 배도빈의 눈치를 보곤 물었다.

"혹시 같이하고 싶은 거야?"

"아니에요."

"그런 거 같은데?"

"아니라니까요."

배도빈의 퉁명스러운 대답에 나윤희가 쓸쓸히 미소 지었다.

그에게 하고 싶은 일이 너무나 많은 걸 잘 알고 있었다.

반년 전 시력을 잃은 배도빈은 평소와 같이 행동하는 듯하면서도 현실적인 문제에 봉착해 있었다.

곡을 편곡하고 조율하는 것만으로도 상당한 시간을 할애해야 했기에 예전이었으면 충분히 할 수 있는 일을 자제해야 했다.

나윤희는 배도빈이 그 아쉬움을 내색하지 않아 안타까웠다.

"가끔은 하고 싶은 거 해도 되지 않을까?"

"무슨 말이에요?"

"대교향곡도 잘 진행되고 있고 타마키 히로시 협주곡도 무대에 오르면 조금은 여유를 가져도 되지 않을까 싶어서."

"……."

나윤희의 말에.

배도빈도 어쩌면 그래도 되지 않을까 하는 생각을 잠시 떠올렸다.

♪

베토벤 기념 콩쿠르를 통해 큰 인기를 끌었던 타마키 히로시의 소나타가 협주곡으로 발표된다는 소식에 팬들의 관심이 쏠렸다.

오케스트라 대전 예선 이후로 오랜만에 배도빈이 지휘를 맡기도 했으며, 웃고 떠드는 밴드를 통해 인지도를 쌓던 스칼라가 악장으로 첫 활동을 한다는 점 역시 주목해야 할 부분이었다.

ㄴ도빈이다 ㅜ 도빈이야 ㅠㅠ

ㄴ이제 슬슬 다시 활동하겠지?

ㄴ그럴 가능성이 큼. 오케스트라 대전도 이제 반년밖에 안 남았고 내부에서 처리할 일도 많이 정리한 듯.

ㄴ타마키 히로시 진짜 좋아하는 곡인데 협주곡으로 나오네.

ㄴ[링크] 베를린 필하모닉 홈페이지 가면 배도빈이 올린 글 있는데,

원래는 타마키도 협주곡으로 쓰고 싶었대. 시간이 없어서 못 적었다고.

ㄴ아.

ㄴ친구 둘이서 완성해 준 거네.

ㄴ배도빈이 진짜 난 사람인 게 홈페이지 가보면 베를린 필하모닉 전속 작곡가 목록에 배도빈, 프란츠 페터, 타마키 히로시라고 적혀 있음.

ㄴ진짜?

ㄴㅇㅇ 아직도 그대로인 거 보면 실수는 아니지.

ㄴ스칼라는 하피스트 아닌가? 갑자기 악장?

ㄴ브라움이나 나, 왕에게 가는 부담이 커서 어쩔 수 없었을 듯. 한스이안도 출산 휴가 갔잖아.

ㄴ이안도 이안인데 이승희가 빠지는 건 진짜 타격이 클 듯.

ㄴ이승희가 빠지는 게 큰일은 맞는데 그래도 베를린 필하모닉임. 하락세라곤 해도 2026년 상반기 기준 매출 탑이야. 2위인 로열 콘세르트허바우랑 비교해도 3배임.

ㄴ베를린이 진짜 미치긴 미쳤네.

ㄴ그래서 더 아쉽지. 배도빈이 활동 계속 이어갔다면 올해는 진짜 기록 경신했을 테니.

ㄴ매출액도 대단하지만 난 베를린 필하모닉이 진짜 멋진 이유는 이번 자선 콘서트나 웃고 떠드는 밴드 같음.

ㄴ나도. 배도빈 저렇게 되고 단원 건강과 퀄리티 위해서 공연 수 줄였잖아. 당연히 수입도 줄었을 테고. 그런데 자선 행사나 실내악 공연

은 조금도 줄이지 않았음.

ㄴ그것도 돈이 있으니까 할 수 있는 거지.

ㄴ그렇긴 한데 그것도 배도빈이랑 베를린 필하모닉의 능력이잖아. 난 진짜 베를린 필 음악 듣다 보면 가슴이 따뜻해져서 좋음. 음악도, 저 사람들이 활동하는 모습도.

베를린 필하모닉 자선 콘서트를 하루 앞둔 시점에 스칼라는 프란츠 페터와 함께 팬들의 반응을 살폈다.

프란츠가 보여주는 여러 댓글은 스칼라가 사용하지 않는 단어가 많은 탓에 전부 이해할 순 없었지만 대략적인 의미는 전달되었다.

"다들 기대하는 것 같네."

비록 자신에 대해서는 드문드문 언급될 뿐이었지만 스칼라는 그다지 신경 쓰지 않았다.

베를린 필하모닉 공연을 여러 사람이 기대하고 있고, 친구 타마키 히로시의 곡을 기다리고 있다는 것만으로 충분했다.

프란츠 페터가 물었다.

"내일 형 가족분들도 오신다면서요? 얼마 만에 보는 거예요?"

"1년 정도. 이주해 오곤 못 봤으니까."

"좋겠다아. 악장 되셨으니까 엄청 자랑스러우실 거예요."

가족이라고는 어린 동생뿐인 페터가 부러운 듯 호들갑을

떨었다.

세계 최고의 오케스트라에서 악장으로 활동하는 모습을 가족에게 보일 수 있다니.

가족을 동경하는 소년은 그것이 얼마나 기쁠지 상상해 보았다.

"그보다 다들 깜짝 놀라지 않을까 싶은데."

"놀라요?"

"베를린 같은 큰 도시는 처음이고 큰 무대도 처음일 테니까. 분명 크게 놀라실 거야."

"아, 시골에서 사셨다고 했죠?"

"응. 아주 시골."

스칼라는 빈 근처의 옛 테메스인들이 살았던 곳에 자리 잡은 마을 사람들을 떠올리며 미소 지었다.

그리고 자신이 얼마나 경이롭고 멋진 세상에서 살고 있는지 그들에게 알려주고 싶었다.

자동차를 보았을 때.

비행기를 탔을 때.

전화기를 접했을 때.

모차르트, 베토벤, 슈베르트, 쇼팽의 음악을 처음 들었을 때의 환희를 느끼게 해주고 싶었다.

깜짝 놀라 어리둥절할 할아버지 칼과 마을 사람을 떠올리니 절로 웃음이 나왔다.

"그럼 내일은 출근하기 전에 공항으로 마중 나가시는 거예요?"

"아니. 사무국에서 데려와 주신다고 했어."

"으아. 너무 떨려요. 잘하셔야 해요. 아니, 부담 느끼시면 안 되는데. 부담 갖지 말고 꼭 멋진 모습 보여주세요."

"응. 그럴 거야."

스칼라는 내일과 같이 행복한 무대에 왜 부담을 느끼는지 알 수 없었지만 웃으며 고개를 끄덕였다.

그리고 다음 날.

아침 일찍 출근한 스칼라는 익숙하지 않은 개인 대기실에서 악보를 살폈다.

그러기를 얼마간 노크 소리와 함께 반가운 소식이 전달되었다.

"스칼라 씨, 가족분들 도착하셨어요. 지금 로비에 계시는데 어떻게 안내할까요?"

스칼라가 곧장 문을 열고 나섰다.

가족들이 얼마나 놀라고 있을지를 상상하며 발을 재촉한 그는 곧 로비에 이르렀고.

테메스인들도 스칼라를 발견하곤 반갑게 달려들었다.

"스칼라다!"

"우와. 이 옷 뭐야?"

"사진 찍자. 사진."

마을 아이들이 스칼라에게 달려들어 핸드폰을 들이댔고 스칼라는 어리둥절하면서 사진을 찍었다.

"인스타에 올리자."

"나도! 나도 사진 보내줘."

"……?"

자신도 모르는 말을 하며 핸드폰을 사용하는 마을 아이들을 보며 황당해하는 스칼라에게 그의 할아버지 칼이 다가왔다.

"잘 지냈느냐."

"할아버지……."

"껄껄. 오랜만에 봐서 그런지 많이 의젓해졌구나."

"……."

"왜 그러느냐."

스칼라는 화려한 꽃무늬 셔츠에 반바지를 입고 있는 할아버지를 믿을 수 없었다.

항상 촌장으로서 근엄함을 지켰던 할아버지가 마치 가우왕과 같은 부류처럼 느껴진 탓에 당황하지 않을 수 없었다.

"그 차림은."

"아, 이거 말이냐. 옷감도 부드럽고 시원하고 아주 좋다. 너도 한 벌 챙겨주련?"

"아뇨."

"우와! 여기 빈에 있는 극장보다 크다!"

"엘리베이터는 없어? 걷기 싫어."

"바보야. 우린 1층에서 보잖아."

"도빈이는? 도빈이는 어디 있어? 스칼라, 도빈이 아프다며. 지금은 괜찮아?"

"안녕하세요. 스텔라 TV입니다. 오늘은 베를린 필하모닉 자선 콘서트를 보러 왔어요. 제가 스칼라랑 친하다고 했죠? 영상 시청하기 전에 구독과 좋아요 버튼 꾹 눌러주세요."

1년 전만 해도 순박하고 세상 물정 하나 모르던 마을 사람들을 놀라게 해줄 생각으로 잔뜩 기대했던 스칼라는 정신을 차릴 수 없었다.

스칼라도 이제 겨우 통화랑 문자 메시지를 주고받는 법을 익혔거늘.

각자 아주 익숙하게 핸드폰을 다뤘고 차림도 베를린에 거주하는 사람과 큰 차이가 없었다.

"……."

스칼라가 당황하고 있으니 곧 촌장 칼이 손뼉을 쳐 이목을 집중시켰다.

"자, 다들 다른 사람에게 방해되지 않도록 입장한 뒤에는 조용해야 한다."

"촬영하면 안 돼요?"

"안 돼."

마을 사람들에게 현대 문명의 경이로움을 알려주고 싶었던 스칼라는 어쩌면 테메스 사람 중에 아직 덜 적응한 사람은 자신뿐일지도 모른다고 생각했다.

"스칼라, 스칼라, 인스타 아이디 뭐야?"

그런 게 있을 리 없었다.

"그럼 잘해!"

"스칼라! 이따가 내 방송에도 나와주라!"

"기대하고 있으마."

가족들과 인사를 마치고 대기실로 돌아온 스칼라는 여전히 얼떨떨해 있었다.

그러나 가족들이 여전히 밝고 건강한 것보다 중요한 것은 없었기에 나름대로 현실을 받아들이고자 노력했다.

'오늘 연주할 곡은 처음 들을 테니까.'

타마키 히로시란 음악가가 마지막에 남긴 작품이자.

역사상 가장 위대한 음악가로 칭송받는 배도빈이 편곡했으며, 스칼라 본인이 조율한 피아노 협주곡.

음악을 사랑하는 테메스인에게 그보다 즐겁고 놀라운 일도 없을 거라 생각했다.

'타마키.'

스칼라는 조용히 눈을 감고 그를 떠올렸다.

생각해 보면 딱히 특별한 추억을 나눈 건 아니었다.

그저 10평 남짓한 기숙사 방에 그와 프란츠 페터, 스칼라 셋이 모여 음악을 듣고 음악을 말하고 음악을 노래했을 뿐.

때로 웃고. 때때로 감탄하며.

대체로 진지했던 그 대화와 행동, 시간이 즐거웠다.

그리고.

혈관이 타들어 가는 고통 속에서도 펜을 부여잡고 하루에도 몇 번씩 속을 게워내도 악보를 놓지 않았던 그 모습을 잊을수 없었다.

테메스의 성지에서.

고개를 떨어뜨리고 주먹을 쥐고 있던 배도빈이 그 모습과 겹쳐 보였다.

부모 없이 길거리의 음식물 쓰레기나 풀을 뜯어 먹고 살았던 프란츠 페터까지.

음악이 즐거움이었던 스칼라와 달리 그들에게 음악은 투쟁의 수단이었다.

사랑하지 않는 게 아니다.

즐겁지 않은 게 아니다.

타는 듯한 갈증으로 간절했을 뿐.

아름다운 선율과 음색만을 지향했던 스칼라는 지난 1년간 듣기 좋은 소리만이 아름다움이 아님을 온몸으로 느꼈다.

누군가의 절규. 비명.

삶을 향한 처절한 싸움도 아름다울 수 있음을 알 수 있었다.

스칼라는 그것을 알려주고 싶었다.

마을 사람들에게.

오늘 찾아온 관객들에게 그대로 전하고 싶었다.

"스칼라 씨, 시작 5분 전입니다."

"네."

직원의 안내를 받은 스칼라가 일어섰다. 거울 속 자신을 바라보며 머리를 질끈 묶고 침을 삼킨 뒤 힘차게 밖으로 나섰다.

무대에는 믿음직스러운 동료들이 함께하고 있었다.

부족한 자신을 도와 '타마키 히로시 피아노 협주곡'을 완성한 자랑스러운 또 하나의 가족.

"꺄아아!"

"마에스트로!"

"왕! 왕!"

스칼라는 가족과 함께 그들의 지휘자와 피아니스트를 맞이했다.

배도빈이 포디움에 오르고 객석을 향해 허리를 숙이는 속도에 맞춰 베를린 필하모닉도 고개를 숙였다.

긴 환호 끝에.

배도빈이 돌아서서 두 팔을 벌렸다.

스칼라와 가우왕이 배도빈의 손을 주시했고.

배도빈은 충분히 간격을 두었다가 고요히 정적이 흐르는 루트비히홀을 베어냈다.

타마키 히로시 피아노 협주곡 F단조.

가우왕이 건반을 강렬히 때렸다.

동시에 울려 퍼지는 첼로와 베이스.

타마키 히로시는 강인했다.

어설프고 어렸던 자신을 탓하면서도 결코 포기하지 않았다. 과오를 인정할 줄 아는 그 강인함이 그를 베를린으로 이끌었다.

스칼라가 활을 쓸었다.

제1바이올린이 그와 함께하여 평화로운 베를린의 전경을 비춘다.

타마키의 눈에 비쳤던 베를린.

다부진 음색은 베를린 필하모닉의 고귀한 정신을, 정열적인 선율은 그들의 음악을 그리는 듯했다.

중음부에서 피아노가 치고 올라오려 한다.

타마키 히로시의 소망처럼 나도 저곳에 이르고 싶다고. 오케스트라의 반주와 함께하고 싶음을 드러낸다.

그러나 첼로, 비올라, 베이스의 선명한 음색이 피아노를 덮는다.

관객들은 바순과 오보에의 밀도 높은 노래에 홀려 조금씩 잦아드는 피아노 건반에서 관심을 잃는다.

그러나 어찌 멈출 수 있을까.

루트비히홀을 가득 채웠던 현악기가 뒤로 물러나고 바순과 오보에가 날아오른 뒤에도 피아노는 자신의 목소리를 분명히 하고 있었다.

스칼라는 벗의 손을 맞잡듯.

바이올린을 켰다.

할 수 있다고. 반드시 해낼 거라고 힘을 북돋웠다.

그렇게 시작된 콩쿠르.

왕소소의 첼로는 단단하다.

견고한 성벽과 같이, 해자를 깊이 둔 난공불락의 성처럼 오를 엄두조차 나지 않는다.

나카무라 료코의 비올라가 아름답게 춤춘다.

이를 수 없는 아름다움이.

피아노로서는 표현할 길이 없는 선율이 관객들을 매료시키고.

다니엘 홀랜드의 베이스가 테너처럼 진중함으로 가슴을 울렸다.

타마키 히로시는 차마 그들과 같을 수 없음에 좌절하고 또 한 번 일어선다.

천천히 자신의 목소리를 내기 시작한 피아노.

현악기에 취해 있던 이들이 이제 막 고개를 돌리려 할 때 타악기가 벼락처럼 내리친다.

피아노가 멈추었다.

절망을 선고하듯 울리는 북소리에 짓눌렸다. 충격받은 심장은 터질 듯이 요동치고 그가 쓰러진 자리에 첼로와 베이스가 내려앉는다.

피아노가 흐느낀다.

비탄의 신음.

발끝부터 차오르는 슬픔이 관객들을 타마키 히로시로 이끈다. 그가 겪었던 슬픔으로 설움으로.

피아노 독주를 들으며.

스칼라는 배도빈을 바라보았다.

눈을 감고 고개를 숙인 채 지휘봉을 움직이는 그는 울고 있었다. 눈물을 속으로 삼킨 채 너무도 일찍 세상을 떠난 음악가를 추모했다.

지난 몇 달간의 연습을 통해.

지금 그의 모습을 통해 스칼라는 배도빈을 온전히 이해할 수 있었다.

그의 마음이 자신과 다르지 않음을 알기에 그의 지휘에 맞춰 악단을 이끌 수 있었다.

그를 대변해 오케스트라를 하나의 악기로 규합할 수 있었다.

스칼라가 다시 바이올린을 잡았다.

콘서트마스터를 따라 제1바이올린이 연주를 준비했다.

피아노는 신음 뒤에 절규한다.

피를 토해낸다. 울부짖는다.

가우왕의 손이 격렬해질수록 그때의 타마키 히로시를 보는 듯한 착각마저 들었다.

병실에서 가슴을 쥐어뜯으며 악을 질렀던 그를 위로하고자 제1바이올린이 가담했다.

비틀대며 질주하는 피아노와 그를 달래기 위한 바이올린.

마주하는 불협화음이 가슴을 후벼판다.

'타마키. 타마키.'

배도빈이 두 팔을 모아 가로 긋자.

트럼펫이 어둠을 몰아냈다.

이대로 굴복할 수 없다고.

절망 속에 피어난 강인한 정신이 길게 이어졌다.

배도빈의 지휘 아래 피아노와 바이올린의 음색이 달라졌다. 처절했지만 울지 않았다. 피를 토하며 외쳤으나 목소리는 갈라지기는커녕 선명히 울렸다.

억눌려 있던 마음이 비로소 터져 나오며 몸을 일으켰다.

희망을 향해 걷기 시작했다.

재능도 시간도 주어지지 않았던 남자는 비로소 곡을 완성한 뒤에야 자신이 도착 지점에 이르렀음을 자각할 수 있었다.

고통뿐이었던 지난 길이 헛되지 않았다고.

단지 남들보다 좀 더 오래 걸었을 뿐이라고.

결국 이렇게 멋지게 도착하지 않았느냐고.

배도빈과 스칼라, 가우왕 그리고 베를린 필하모닉이 그를 추도했다.

연주가 끝나자.

루트비히홀에 적막이 찾아왔다.

간혹 훌쩍이는 소리가 날 뿐 누구도 환호와 박수를 보내지 못했다.

그들 가슴 속에 깊게 새겨진 무엇인가를 느끼며 묵직하게 조여오는 목 언저리를 감쌌다.

객석 한쪽에 어머니와 함께 앉아 있던 산타 웨인의 눈에 천천히 눈물이 맺히고 허무히 떨어졌다.

베를린 필하모닉이 연주한 타마키 히로시 피아노 협주곡은 그렇게 애도 속에 분명히 기억되었다.

자선 공연을 성공적으로 마친 스칼라는 할아버지 칼과 함께 배도빈의 대기실을 찾았다.

칼은 배도빈을 보고 속으로 탄식하며 그의 손을 맞잡았고 배도빈은 그 따뜻함을 반갑게 맞이했다.

"잘 왔어요. 오는데 불편하진 않았죠?"

"아무렴. 자네 부친과 직원들이 너무나 잘 대해줘서 편히 왔네."

배도빈이 싱긋 웃었다.

칼은 그를 보다 포개었던 손을 쓸었다.

"정말 고맙네. 어찌 갚아야 할지 모르겠어."

"아뇨. 저야말로 덕분에 살았잖아요. 아버지도 좋아하시니까 부담 갖지 말아요."

"그야 항상 감사하네만. 타마키 히로시라고 했던가. 나는 지금껏 그런 곡은 상상해 본 적도 없었네."

칼이 고개를 돌려 스칼라를 살폈다.

어렸을 적부터 마을 밖 세상을 동경했던 어린 손자가 루트비히홀과 같이 큰 무대에 함께하는 게 대견하고 또 대견했다.

"산에서 내려온 뒤로 정말 많은 걸 접했지만 오늘보다 더 놀라진 않았네. 모두 자네와 이곳 덕이지."

"스칼라가 노력한 결과예요."

칼은 배도빈의 대답에 굳이 사족을 달지 않았다.

전혀 다른 음악을, 새로운 음악을 공부하는 게 쉬울 리 없었다.

그것을 습득하기 위해 손자가 얼마나 많이 노력했을지는 현대 문명에 적응하고자 했던 경험으로 쉬이 짐작할 수 있었다.

그리고 그 꿈과 노력이 현실이 될 수 있었던 이유가 배도빈과 베를린 필하모닉에 있다는 것도 알고 있었다.

"고맙네. 정말 고마워."

"자랑스러운 손자를 둔 거죠. 기왕 베를린에 온 김에 며칠 묵도록 해요. 스칼라도 최근 고생했으니 휴가가 필요할 테니."

"아닐세. 방금 공연으로 아주 조금 있던 걱정마저 사라졌네. 잘 지내고 있는 걸 봤으니 이제 또 각자의 삶으로 돌아가야지."

자신과 마을 사람들 때문에 스칼라가 본인 역할에 소홀할 순 없는 법.

베를린 필하모닉이 인력난을 겪고 있단 소식을 접했던 칼이 고개를 저었다.

다만 배도빈의 손을 쓸며 기도했다.

"테메스 신께서 보살펴 주실걸세."

배도빈이 고개를 끄덕여 보이며 칼의 손을 맞잡아 가볍게 흔들었다.

인사를 나누고 지휘자 대기실을 나선 스칼라와 칼은 나란히 걸으며 대화를 나눴다.

"좀 더 계셨다 가셔도 돼요. 퇴근 후에는 같이 있을 수 있으니까."

"마음에도 없는 이야기를 하는구나. 해야 할 일이 남아 있지 않으냐."

칼의 말대로 이미 여러 단원에게 피로가 쌓여 있었기에 스칼라는 조금이라도 더 손을 보태고 싶었다.

그 마음이 들킨 것 같아 멋쩍게 웃고 말았다.

"네. 여유가 생기면 놀러 갈게요."

"그래. 할아버지와 마을 사람들은 항상 그곳에 있을 테니 걱정 말고. 오늘 연주는 정말 대단했다."

"타마키가 만들고 도빈이가 편곡했으니까요."

"음. 다음에 보면 그 타마키란 친구에 대해서 자세히 말해주려무나."

"그럴게요."

스칼라가 환히 웃었다.

[베를린 필하모닉 자선 콘서트가 남긴 이야기]
제2회 오케스트라 대전 예선 이후 필자는 줄곧 베를린에 머물렀다.

배도빈의 빈자리는 여러 수치가 보여주듯 너무나 크게만 느껴졌다. 활기차던 헤르베르트 폰 카라얀 거리는 다소 우울해 보였으며 정기 연주회는 비장함마저 감돌았다.

그러나 특별히 허락을 구해 살펴볼 수 있었던 연습 과정은 매우 차분하게 진행되었다.

시력을 잃은 배도빈은 단원들의 연주에 귀 기울여 그가 바라는 방향을 지시했고 단원들은 그의 말을 빠짐없이 기록했다. 그렇게 각자의 악보를 취합하고 수정하기를 거듭하기까지 긴 시간이 필요했다.

그러나 그 누구도 그 과정에 불만을 드러내거나 귀찮게 여기진 않았다.

무엇이 그들을 이토록 강인하게 하였을까.

그 질문에 대한 답은 쉽게 구할 수 있었다.

지난 9일, 베를린 필하모닉의 악장으로 취임한 스칼라(만 24세)는 다음과 같이 답했다.

"번거롭게 보일지 몰라도 사실은 그렇지 않습니다. 악보를 함께 완성하는 과정에서 단원들은 지휘자의 뜻을 분명히 이해할 수 있고 그것은 연주의 완성도로 이어집니다."

그의 말대로 악단주 배도빈은 지난 자선 콘서트를 훌륭히 지휘해냈다.

비록 전과 같이 정력적으로 활동하진 못하나 그가 펼친 '타마키 히로시'는 그 어떤 피아노 협주곡보다 가슴 깊게 전달되었다.

그와 나누었던 대화를 첨부한다.

Q. 타마키 히로시의 소나타를 협주곡으로 편곡했다.

A. 앞서 밝힌 대로 원곡자 타마키 히로시는 본래 오케스트라와 함께하고 싶었다. 시간이 그를 기다려주지 않았던 탓에 대신했다.

Q. 발표 이후 매시간 기록을 경신하고 있다. 예상했던 반응인가.

A. 그렇다. 원곡이 훌륭했기에 준비만 잘하면 성공하리라 생각했다.

Q. 스칼라의 악장 데뷔 무대였다. 타마키 히로시와 스칼라의 친분이 고려되었는지.

A. 그러진 않았다. 스칼라뿐만 아니라 베를린 필하모닉 모두 타마키 히로시를 동료로 생각하고 있다. 다만 스칼라 악장이 훌륭히 소화해낼 수 있을 거란 판단이었다.

Q. 일선에서 잠시 물러난 뒤로 베를린 필하모닉의 재정에 문제가 생겼다는 추측이 나오고 있다. 실제로 관객 수가 줄고 있는데, 최근에는 공연 수도 줄었다. 정기 연주회가 아닌 수입이 없는 자선 콘서트에 직접 나선 것이 의아스럽다.

A. 수익이 준 것은 사실이다. 각 단원에게 부여되는 부담이 는 탓에 공연 수도 조절해 나가고 있다. 그러나 자선 콘서트 일정에는 앞으로도 변함이 없을 것이다.

Q. 따로 이유라도 있나.

A. 당장의 수익을 좇는 것은 중요하지 않다. 음악을 향유하는 사람이 느는 것이 중요하다.

Q. LA나 빈 필하모닉의 추격이 매섭다.

A. 음악계 안에서의 지분율 싸움은 아무런 도움이 되지 않는다. 음악을 사랑하는 사람이 늘고, 사람들 사이에 음악을 즐길 수 있는 여유가 생기는 것만이 목적이다.

Q. 자선 공연, 어린이 교실, 크루즈 사업까지 베를린 필하모닉은 항

상 시장 확대에 힘썼다.

A. 그렇다. 당장 하루 끼니를 걱정하는 이들이 어찌 음악을 즐기겠
나. 그들이 작게나마 희망을 갖길 바란다. 그런 날이 이어지면 언젠가
는 더 많은 사람이 음악을 즐길 수 있을 거라 믿는다. 현재 준비하고 있
는 음악교육원 사업도 그 일환이다.

Q. 앞으로는 어떻게 활동할 예정인가.

A. 오케스트라 대전을 기점으로 조금씩 활동량을 늘릴 생각이다.
이렇게 된 후로 많은 일을 참아 왔는데 그것이 도리어 병이 될 것 같다.
가까운 날에 최지훈 부수석과 듀엣 무대를 가질 예정이다.

인터뷰 과정에서 필자는 그가 왜 희망으로 불리는지, 신으로 불리는
지 다시 한번 이해할 수 있었다.

단순히 좋은 음악을 만들고 연주하는 것만이 아니라 그는 음악을 통
해 세상을 변화해 나가고 있다.

모진 삶 속에서도 희망을 놓지 말라고 노래하는 그를, 혹자는 이상
주의자라 여길지도 모르겠다.

그러나 실제로 배도빈과 베를린 필하모닉을 통해 끼니 걱정을 더는
사람이 한 해 수만 명에 이른다.

여건이 받쳐주지 못해 음악을 배우고 싶어도 배울 수 없는 이들 또한
배도빈 음악교육원과 어린이 타악 교실을 통해 음악을 접하고 있다.

또한 전 세계를 상대로 재능 있는 음악가를 발굴해 지원하고 나선다.

배도빈과 베를린 필하모닉의 음악은 이미 수없이 많은 사람에게 삶의 희망으로, 구원으로 받아들여지고 있다.

이토록 상냥한 마왕이 또 있을까.

언젠가 반드시 그가 그리는 세상이 오기를 기원한다.

-이시하라 린(아사히 신문)

2026년에 발표된 '타마키 히로시 피아노 협주곡'은 당해 세계에서 가장 많이 재생되며 베를린 필하모닉의 재정에 큰 도움을 주었다.

악단주 배도빈은 그의 말대로 조금씩 활동을 늘려나가며 잠시 흔들렸던 입지를 다져나갔다.

찰스 브라움과 가우왕의 협주와 배도빈, 최지훈의 듀엣은 베를린 필하모닉의 새로운 프로그램으로 자리 잡았고.

특히 배도빈과 가우왕은 서로의 연주를 따라 하는 방식의 경합을 벌여 큰 인기를 끌기도 했다.

그러나 배도빈이 지휘를 하고 나서는 일에는 긴 시간이 필요했기에 전과 같은 비율로 활동할 순 없었다.

한 해가 마무리될 무렵에는 그들의 노력에도 불구하고 푸르트벵글러호 운영이 삐걱거리기 시작했다.

"티켓 값을 올려야 합니다."

이자벨 멀핀이 발언했다.

"내년 지출 예상액은 올해보다 8퍼센트 인상된 수준입니다. 올해와 작년과 같이 동결한 채 운영한다면 적자를 면하기 어렵습니다."

카밀라 앤더슨과 사무국 직원 모두 같은 이유로 크루즈 사업에 변화가 필요하다 생각했다.

배도빈 역시 문제를 인지하고 있었으나 문제는 푸르트벵글러호를 운영하게 된 의의에 있었다.

"티켓 값을 올리는 방법 외에는 의견 없습니까?"

배도빈의 질문에 다들 입을 다물었다.

관객들이 조금이라도 부담을 덜고 베를린 필하모닉을 찾길 바라는 배도빈의 마음을 이해하고 있었다.

하여 모든 직원이 해결방안을 찾으려 했으나 현재 운영 방식으로는 도저히 답이 나오질 않았다.

그때 나윤희가 조심스럽게 입을 열었다.

"지금 지출이 가장 많이 드는 데가 어디예요?"

"관리비, 인건비 순입니다."

나윤희가 회의 자료를 살피더니 다시 입을 열었다.

"그…… 저는 이런 거 잘 모르지만 정박한 채 있는 시간이 길어서 수익 대비 지출이 많은 거 아닌가요?"

"공연이 없을 때도 운항은 계속되고 있습니다. 다만 공연이 없으면 승객도 확연히 줄어 문제가 되고 있죠. 아마, 푸르트벵글러호에 타는데 공연이 없으면 손해 보는 느낌을 받는 모양입니다."

"실제로 더 싼데도 말이죠."

"그렇죠."

멀핀의 설명에 나윤희는 손가락을 꼼지락거리며 자신의 생각이 옳은지 망설였다.

그러나 조금이라도 의견을 모아야 할 때마저 망설일 순 없단 생각에 용기를 내 입을 열었다.

"결국 공연……. 공연이 많아지면 해결될 수 있는 문제 아닐까요?"

"현실적으로 불가능하지."

찰스 브라움이 나섰다.

"이제 겨우 악단 일정이 정상 궤도에 올랐는데 여기서 크루즈 일정을 늘릴 순 없어. 티켓 값을 올리는 게 쉬워 보여도 악단에 부담이 가지 않는 방법이야."

찰스 브라움의 말에 배도빈이 숨을 길게 내쉬었다.

그의 말대로 이제야 제 컨디션을 유지할 수 있게 되었는데 또다시 단원들에게 부담을 줄 순 없었다.

아쉬움을 삼키고 현실과 타협할 때였다.

배도빈이 마지막으로 확인하듯 나윤희에게 발언권을 주었다.

"나윤희 악장의 말을 듣고 결정하겠습니다. 하려던 말씀 계속하세요."

"아…… 그게. 몇몇 도시는 어려울 수 있는데."

회의 참석자들이 나윤희에게 시선을 집중하였다.

"어차피 이동해야 하잖아요. 그, 오케스트라 대전이 각 도시에서 이뤄지니까. 그래서 이동하는 겸 공연도 하면 운항 횟수를 늘릴 수 있지 않을까 싶어서. 아, 지, 진짜로 되는지는 모르겠어요. 그냥, 그냥 그럴 수도 있지 않을까 싶어서."

"……"

"……"

잠시간의 침묵 끝에 가우왕이 입을 열었다.

"오케스트라 대전 여는 지역이 어디 어디지?"

"베를린, 암스테르담, 빈, 런던, 시카고, 로스앤젤레스, 서울, 프라하, 클리블랜드, 상트 페테르부르크, 로테르담입니다."

"11곳이잖아. 한 곳 더 있어야 하는 거 아닌가?"

"런던에 두 곳입니다."

"아. ……생각보다 항구 있는 데가 많은데?"

피아니스트로 활동하면서 세계 각지를 돌아다녔던 가우왕이 그의 기억에 의존해 본선 개최지를 헤아렸다.

"암스테르담이랑 런던, 시카고. 시카고는 배로 못 갈 테고. 로스앤젤레스도 비행기 타고 가야 할 테고. 상트 페테르부르크랑 로테르담은 항구 있었던 것 같은데."

"서울은 인천항에서 내리면 돼요."

가우왕이 눈을 끔뻑였다.

"너무 먼 곳만 제외하면 몇 곳은 더 추가할 수 있지 않아?"

이자벨 멀핀이 미간을 좁히며 고민하다 입을 열었다.

"대한민국까지 크루즈로 가려면 꽤 시간이 걸릴 겁니다. 말씀하신 대로 로스앤젤레스도 마찬가지고요. 하지만 암스테르담이나 런던, 상트 페테르부르크, 로테르담이라면 확실히."

"충분하지."

가우왕이 말을 꺼내기도 전에 회의 참석자들도 확신을 가졌다.

나윤희의 아이디어가 아주 불가능한 일이 아니라는 느낌이었다.

"쉽게 결정할 문제는 아니에요."

배도빈이 입을 열었다.

"입항은 미리 일정을 조율해야 합니다. 길게는 1년 전에 정해두는 곳도 있죠."

"아."

단원들이 아쉬움을 내비쳤고 사무국 직원들은 상황을 냉정히 바라보는 배도빈에게 다소 놀랐다.

"이자벨."

"네."

"각 항구에 업무 협조 요청 부탁드립니다. 최대한 서둘러 알아봐 주세요. 운항 가능 여부도 함께 확인해 주시고요."

"네, 알겠습니다."

"카밀라는 티켓 값 인상의 적정선이 어디까지인지 분석해 주세요. 제가 왜 그동안 망설였는지 누구보다도 잘 알고 계실 거라 믿습니다."

"맡겨줘."

배도빈이 고개를 끄덕이곤 회의 참석자들에게 알렸다.

"올해 여러 일이 있었습니다. 어려움이 있었지만 우리 모두 잘 버텨왔습니다."

참석자들이 동의하듯 고개를 끄덕이며 배도빈의 목소리에 집중했다.

"혹자는 우리에게 위기가 찾아왔다고 합니다. 판도가 바뀔 거라 하죠. 그러나 단언하건대 그럴 일은 없습니다."

의지에 찬.

단호한 목소리가 믿음을 주었다.

"내가 이 자리에 있는 한. 여러분이 함께하는 한 베를린 필 하모닉에 위기는 없습니다."

[오케스트라 대전 본선 지역 순서 확정. 시작은 시카고]

2026년 12월 1일

[베를린 필하모닉, 오케스트라 대전 본선 지역행 크루즈 운행 발표]

2026년 12월 23일

[엘리자베타 툭타미셰바, 로스앤젤레스 필하모닉 전격 입단!]

2026년 12월 30일

[마왕 강림하다. 베를린 필하모닉 송년 음악회로 완전 복귀!]

2026년 12월 31일

[마왕은 건재했다. 베를린 필하모닉 베토벤 9번 교향곡 역대 최단기간 1억 조회 수 달성]

2026년 12월 31일

[명가의 저력. 로스앤젤레스 필하모닉 신년 음악회, 2011년 이후 악단 기록 경신]

2027년 1월 3일

[오케스트라 대전 본선 초읽기]

2027년 1월 15일

[배도빈, "단 한 순간도 우승을 의심해 본 적 없다."]

2027년 1월 16일

[아리엘 핀 얀스, "먼 길을 돌아왔다. 더는 돌아갈 생각 없다."]

2027년 1월 16일

[사카모토 료이치, "즐거운 축제."]

2027년 1월 16일

· 114악장 ·

March

범지구적 인기 속에서 세계 클래식 음악 협회는 두 번째 오
케스트라 대전을 성공시켜야 한다는 부담을 느끼고 있었다.

빌헬름 푸르트뱅글러, 아르투로 토스카니니, 배도빈과 같은
거장들의 출전이 불명확했었기 때문.

"정말 다행이죠. 토스카니니 선생님 일."

"그러게나 말입니다. 잘 진행되던 이탈리아 건이 취소되었
단 소식에 정말 간 떨어지는 줄 알았습니다. 잘 풀려서 천만다
행이죠."

세계 클래식 음악 협회장 미카엘 블레하츠와 레이 스클레너
이사는 최중요 요인과의 미팅을 앞두고 가슴을 쓸어내렸다.

이탈리아에서 구성을 마쳐 온라인 활동부터 개시한 토스카

니니의 오케스트라가 투자 문제로 와해되었을 때는 협회 임직원 모두 가슴이 철렁했다.

첫 번째 대회의 경이로운 성공 때문에 팬들의 기대가 부풀 대로 부푼 상황에서 협회는 대회 규모를 무리하게 키운 면이 없지 않아 있었다.

그것이 가능했던 것도 모두 첫 번째 대회의 성공을 눈여겨본 여러 도시 지자체와 기업들의 투자 덕분.

아르투로 토스카니니와 같은 명장이 나서지 않는다면 대회 흥행에 영향이 생길 수밖에 없었다.

더욱이 오늘 만날 사람은 아르투로 토스카니니보다도 중요한 인물이었다.

-회장님, 도착하셨습니다. 안내할까요?

블레하츠의 비서가 인터폰을 통해 VIP가 도착했음을 전달했다.

블레하츠가 반갑게 답했다.

"어서 모시게."

-네, 알겠습니다.

잠시 후 협회장실 문이 열리고 미카엘 블레하츠와 레이 스클레너가 벌떡 일어났다.

"도빈아."

"미카엘."

블레하츠가 배도빈에게 다가갔다. 반가운 마음에 끌어안으려다 혹시나 놀랄까 망설이는데 배도빈이 손을 내밀었다.

블레하츠는 방향이 엇나간 배도빈의 손을 몸을 움직여 정면에 두고 잡았다.

블레하츠의 손을 잡은 배도빈이 빙그레 웃었다.

"손 관리는 여전하네요. 그만 쉬고 복귀해야 하는 거 아니에요?"

"하하. 그럴 리가. 굳어서 망신만 받을걸. 잘 지내지?"

"그럼요."

"다행이네. 아, 인사해. 오늘 같이 보자고 했던 스클레너 씨도 있어."

미카엘 블레하츠가 배도빈에게 레이 스클레너를 소개했다.

"4년 전에 뵀죠. 레이 스클레너라고 합니다. 마에스트로."

"기억합니다. 샛별 엔터테인먼트에도 도움 주셨죠."

배도빈과 레이 스클레너가 악수했고 그를 수행하던 죠엘 웨인도 미카엘 블레하츠, 레이 스클레너 등과 목례로 인사를 나누었다.

마주 앉은 뒤 블레하츠가 입을 열었다.

"전화로 해도 괜찮을 텐데 여기까지 직접 오고. 무슨 일이야?"

"흠."

배도빈이 쉽게 대답하지 않고 숨을 골랐다.

"혹시 몸이 안 좋아진 거야?"

블레하츠가 걱정스레 물었다.

미카엘 블레하츠는 물론 세계 클래식 음악 협회는 혹시나 배도빈이 오케스트라 대전 사퇴 이야기를 꺼내지 않을까 노심초사했다.

블레하츠는 배도빈과의 개인적 친분으로 그가 오케스트라 대전에 참가하지 못할 정도로 건강이 좋지 않음을 걱정했고.

협회로서는 오케스트라 대전 흥행을 걱정할 수밖에 없었다.

"아뇨. 건강해요. 알다시피 앞이 안 보일 뿐이에요. 다만."

레이 스클레너 이사가 침을 꿀꺽 삼켰다.

"공연 순서를 부탁드리려고 왔어요."

미카엘 블레하츠와 레이 스클레너가 두 눈을 끔뻑였다. 배도빈이 직접 협회까지 찾아와 공연 순서를 부탁하려는 의도를 이해할 수 없었다.

"어려운 일은 아니지만……. 이유는?"

블레하츠의 질문에 배도빈은 부끄러움을 감내하고자 입술을 깨물었다.

"평소처럼 무대에 오르고 싶어요. 그게 안 된다면 적어도 부축받아 걷는 모습을 보이고 싶지 않아요."

아직 배도빈의 말뜻을 이해할 수 없었던 두 사람을 위해 죠엘 웨인이 나섰다.

"보스께선 지금까지 무대에 혼자 오르기 위해 여러 번 연습

해 오셨습니다. 덕분에 루트비히홀에서는 평소와 같이 다닐 수 있었지만 오케스트라 대전은 그럴 수 있는 환경이 아니라 부득이 부탁을 드리고 있습니다."

블레하츠와 스클레너는 예상치 못한 이야기에 심히 당황했다.

"첫 번째 무대라면 관객이 들어오기 전에 무대에서 대기할 수 있다고 판단했습니다. 모쪼록 넓게 이해해 주셨으면 합니다."

죠엘 웨인이 고개를 숙였다.

"……."

블레하츠는 설마 각 지역을 옮겨 다니는 대회 운영 방식이 배도빈에게 부담을 주리라고는 생각지 못했다.

또 비록 적은 수이긴 하나 그간 루트비히홀에서 훌륭히 지휘를 했던 배도빈이 뒤에서 어떤 노력을 했는지도 알 수 없었다.

그러나 두 사람의 이야기를 통해 배도빈이 어떤 생각으로 찾아왔는지는 알 수 있었다.

시각 장애인 지휘자가 아니라 베를린 필하모닉의 배도빈으로 활동하고 싶은 그 마음을 음악인이었던 그가 이해하지 못할 리 없었다.

블레하츠가 배도빈의 손을 덥석 잡았다.

"걱정하지 마. 그런 일이라면 어떻게든 준비해 볼게."

"미카엘."

블레하츠는 어느새 장성한 배도빈을 바라보며 복잡한 심경을 느꼈다.

앞으로 수십 년.

아니, 수백, 수천 년간 기억될 천재에게 닥친 시련이 안타까우면서도.

고작 공연 순서를 부탁하면서 마치 부정을 저지르는 듯 부끄러워하는 모습이 가슴 아팠다.

레이 스클레너가 입을 열었다.

"협회장님 말씀처럼 어려운 일은 아닙니다. 다만 투표 방식으로 점수가 책정되다 보니 도리어 첫 번째 공연은 불리할 수 있지 않을까요?"

"그 점은 상관없습니다."

배도빈이 고개를 저었다.

제2회 오케스트라 대전은 투표로 순위가 결정되었고 투표는 모든 공연이 모두 끝난 뒤 하루간 진행되었다.

기억에 의존하는지라 마지막 순서가 투표에 유리한 것은 당연한 일.

그럼에도 그러한 패널티는 조금도 염려하지 않는 배도빈의 자신감에 레이 스클레너는 속으로 고개를 끄덕였다.

'사자는 다쳐도 사자란 말인가.'

스클레너가 부드럽게 말했다.

"크게 마음 쓰실 이유 없습니다. 지금까지 거의 모든 콩쿠르에서 첫 번째 순서로 나서지 않으셨습니까. 그리 이상해 보이지는 않을 겁니다."

스클레너의 말에 배도빈이 작게 웃었다. 그 우연들이 이런 식으로 도움이 될 줄은 몰랐다.

"또 정 마음에 걸리신다면 다른 방법도 있고요."

"다른 방법이라면?"

"커튼을 치면 될 일이죠. 각 악단에 협조를 요청해야 하겠지만 그 정도는 어렵지 않을 겁니다."

스클레너의 말에 배도빈이 눈썹을 들어올렸다.

확실히 공연 시작 전에 커튼을 쳐 관객들의 시야를 가린다면 굳이 첫 번째 순서를 고집해야 할 이유도, 그래서 양심의 가책을 느낄 이유도 없었다.

배도빈이 짐을 덜었다는 듯 숨을 내쉬었다.

"멋진 생각이네요. 이 일은 제가 진행하겠습니다. 조언 주셔서 감사합니다."

"아뇨. 그럴 수 있나요. 거듭 말씀드리지만 그리 마음 쓰실 필요 없습니다. 마에스트로의 사정을 안다면 분명 모든 악단이 흔쾌히 수락할 겁니다. 그들도 음악가니까요."

레이 스클레너의 말에 배도빈이 슬며시 미소 지었다.

잠시 후.

대화를 마치고 배도빈과 죠엘 웨인을 배웅한 블레하츠와 스클레너는 한숨을 푹 내쉬었다.

"정말 대단한 사람이죠?"

"네. 이 상황에서 그런 일을 걱정할 줄이야. 협회장님도 눈치채셨겠지만 겨우 공연 순서를 부탁하면서 부끄러워하는 모습이 참……."

"그조차 특혜라고 생각했겠죠. 그럼에도 음악만으로 다가가고 싶었던 것일 테고."

"하하. 전 대회에 참가하지 못한다고 할까 봐 가슴이 다 뛰었습니다."

"……대회를 떠나 도빈이가 음악 활동을 그만두면 그 자체로 많은 사람이 실의에 빠질 겁니다. 말 그대로 희망이죠."

"같은 생각입니다."

오케스트라 대전 본선이 일주일 앞으로 다가왔다.

여러 문제를 해결한 베를린 필하모닉의 사기는 충천해 있었고 준비에도 만전을 기하였다.

송년 음악회 이후 충분한 휴식을 취하기도 했기에 확인 작업만 남았을 뿐.

악단주 배도빈은 죠엘 웨인의 브리핑으로 서류 결재를 진행하고 있었다.

"다음은 음악교육원 강사 모집에 관한 일입니다."

"찰스에게 위임할게요. 우리 중에 교육에 관해서는 그보다 잘 아는 사람은 없으니까."

"네. 그렇게 전달하겠습니다. 그리고 이건 브라움 악장께서 따로 말씀하신 내용인데."

"……?"

"프로그램 관련해서 의논할 이야기가 있다며 면담을 신청하셨습니다."

"권한은 모두 넘겼잖아요."

"그래도 확인해야 할 사항이 있다고 하셨습니다."

"그밖에 다른 말은 없었고요?"

"네."

죠엘의 설명에 배도빈이 눈썹을 좁혔다.

어지간한 일은 찰스 브라움이 알아서 처리할 수 있을 텐데, 굳이 의논이 필요한 일이 무엇인지 알 수 없었다.

"찰스 지금 어디 있어요?"

"아마 제2연습실에 계실 겁니다."

"잠깐 불러줘요."

"네."

죠엘 웨인이 찰스 브라움에게 메시지를 남겼고 얼마 지나지 않아 그가 배도빈의 집무실을 방문했다.

"무슨 일이에요?"

"오자마자 일 이야기야? 몸은 좀 어때."

"좋아요. 뭔데요."

"요새도 하나하나 다 확인하는 건 아니지?"

"너무 쉬어서 탈 날 것 같은 거 알면서 왜 그래요? 말 돌리지 말고 빨리 말해요."

찰스 브라움이 어쩔 수 없다는 듯 이야기를 꺼냈다.

"······시장 조사할 때."

"네."

"일반 교양이나 초급부는 상관없는데 의외로 전문가급 교육을 바라는 사람이 많더라고."

"좋은 일이네요."

"그래. 좋은 일이긴 한데 마스터 클래스를 운영해 달라는 요청이 많아. 특히 네가 해주길 바라는 사람이."

배도빈이 한숨을 내쉬었다.

그는 아마 상냥한 찰스 브라움이 눈이 불편한 자신에게 수업을 맡아달란 말을 하긴 어려웠을 거라 생각했다.

그래서 일단 원장직에 앉혀 놓고 차도가 보이길 기다렸다는 뜻으로 받아들였다.

"그냥 말을 해요. 우리 사이에 뭘 그렇게 재요?"

"……."

"그런 배려 필요 없어요. 이제 정말 아무 이상 없고 괜찮으니까."

"넌 항상 괜찮다고 하지."

찰스 브라움의 일침에 배도빈이 아무 대답도 하지 않았다.

찰스는 그 모습을 보다가 속내를 털어놓았다.

"네 말대로 정말 괜찮아 보이기도 하고. 또 네 수업을 듣고 싶은 사람도 많고. 네가 심심해하는 것도 아니까 그런 생각이 좀 들더라. 무리가 안 가는 선에서 활동하는 게 좋지 않겠나."

"맞아요."

"걱정되는 건 지금 좀이 쑤셔서 어쩔 줄 몰라 하는 네가 정말 괜찮은지야. 정말 괜찮아?"

찰스 브라움의 진심 어린 걱정에 배도빈이 민망함을 감추려 웃었다.

"괜찮다니까요. 죠엘, 뭐라 말 좀 해봐요."

"철저히 관리하고 계십니다. 의료진에서도 너무 폐쇄적인 생활보단 활동적인 게 낫다고 하셨고요."

"……그래?"

"그렇다니까요. 아무튼 그 일은 오케스트라 대전 끝나면 진행해 봐요. 당장은 할 일이 많으니까."

"그래. 그게 좋겠다."

똑똑-

두 사람의 대화가 어느 정도 마무리 되었을 때 노크 소리가 울렸다.

"네."

배도빈이 대답하자 피셔 디스카우 수석이 문을 열었다.

"어? 바쁠 때 찾아왔나?"

"아니요. 마침 잘 왔어요."

배도빈이 기다렸다는 듯 물었다.

"어린이 타악 교실도 음악교육원 과정에 넣으려 해요. 디스카우도 강사로 활동해 줬으면 하는데. 어때요?"

"소속만 바뀌는 거면 문제 없지. 그거 꽤 재밌다고. 꼬맹이들이 말을 잘 들어."

"지금보다 많은 아이를 상대해야 할 거야. 교수법도 공부해야 하고."

"어…… 그럼 좀 망설여지는데."

찰스 브라움의 말에 디스카우의 표정이 안 좋아졌다. 공부라는 단어에 알러지 반응을 보이는 그로서는 부담을 느낄 수밖에 없었다.

배도빈이 작게 웃으며 물었다.

"무슨 일로 왔어요?"

"아, 뮌데르크가 몸이 안 좋아서 은퇴 생각을 하고 있더라고. 당장은 괜찮겠지만 사람을 슬슬 구해야 할 것 같아서."

"그래야죠. 어디가 안 좋대요?"

"나이가 있으니까. 여기저기 문제가 있는 모양이야."

배도빈이 고개를 끄덕였다.

푸르트벵글러와 함께 A팀을 구성해 왔던 단원들은 대부분 60대 이상이었다.

그중에는 뮌데르크와 같이 일흔 가까이 악단 생활을 한 사람도 있었으니 무리도 아니었다.

"어쩔 수 없죠. 그 이야기는 뮌데르크랑 따로 자리 마련하죠."

"음."

피셔 디스카우가 고개를 끄덕였다.

"그러고 보니 요즘 산타는 어때요?"

배도빈이 화제를 돌렸다.

벌써 반년 이상 산타와 어린이 타악 교실을 돌봐주었던 디스카우는 신난 목소리로 답했다.

"그 녀석 아주 물건이야. 박자 감각이 얼마나 좋은지 몰라. 배우면 그대로 기억하니 천재라고. 천재."

죠엘 웨인의 얼굴이 활짝 펴졌다. 어디에서도 부족하게 여겨졌던 동생을 말뿐이라도 천재라고 해주니 기쁘기 그지없었다.

"녀석이 베를린 필하모닉에서 북을 치고 싶다 하더라고. 10년만 열심히 하면 분명 그럴 수 있을 거라 했더니 요즘 엄청 열심이야."

"좋네요. 시카고 다녀오고 나서 한 번 들를게요."

"얼마든지. 아, 죠엘도 끝날 시간에만 오지 말고 놀러 오라고."

"네. 감사합니다."

죠엘이 고개 숙여 인사했다.

"안녕하십니까, 저는 지금 제2회 OOTY 오케스트라 대전 전야제에 나와 있습니다. 미시간호는 이례적인 한파로 얼어붙었으나 저기 보시는 대로 관광객들의 열기는 그 어느 때보다 뜨거워 보입니다."

2027년 1월 26일.

오케스트라 대전의 첫 무대로 선정된 시카고는 혹독한 한파에도 불구하고 뜨겁게 달아올랐다.

밤하늘은 폭죽으로 가득했으며 오크 스트리트 비치에는 전야제를 즐기기 위한 수백만 명의 관광객으로 발 디딜 틈도 없었다.

"호수변에는 시카고 심포니 오케스트라의 축하 무대를 들을 수 있는 무대가 여러 곳에 설치되어 있습니다. 관광객들은 앞으로 나흘간 이곳에서 콘서트홀에 입장하지 못하는 아쉬움을 달랠 예정입니다."

소식을 전하는 리포터의 입에서 허연 입김이 나왔지만 화면에 비치는 관광객들의 얼굴에서 추위를 느낄 순 없었다.

희망과 즐거움이 가득한 표정들을 잡은 카메라는 천천히 시카고의 도심을 잡아나갔다.

윌리스 타워와 같은 마천루들이 내는 불빛으로 어우러진 시카고의 야경은 눈부셨다.

"내일부터 다시 시작될 세계 최고 수준 오케스트라들의 경합이 어떻게 진행될지 함께 지켜봐 주시길 바랍니다."

뉴스 화면이 전환되어 시카고 오케스트라 홀의 정면을 비추었다.

전야제 축하 무대가 진행되는 시카고 오케스트라 홀은 시카고 심포니 디지털 콘서트홀과 JH시네마를 통해 전 세계에 생중계되고 있었다.

거장 제르바 루빈스타인이 지휘하는 시카고 심포니 오케스트라의 아이네 클라이네 나흐트무지크는 오케스트라 대전 전야제를 장식하기에 충분했고.

배도빈과 베를린 필하모닉 단원들 역시 그들의 무대를 즐길 수 있었다.

"좋다."

공연이 끝나자 최지훈이 박수를 보내며 감상을 남겼다.

"4년 전보다 훨씬 부드러워진 것 같아. 대단하다, 시카고 심포니."

"확실히."

배도빈이 고개를 끄덕이며 최지훈의 말에 동조했다.

빌헬름 푸르트뱅글러, 마리 얀스, 브루노 발터, 아르투로 토스카니니, 사카모토 료이치의 명성에는 미치지 못하나.

수십 년간 거장 중의 거장으로 활동했던 제르바 루빈스타인과 북미를 대표하는 명가 시카고 심포니.

그들은 이미 완벽했던 4년 전 이상으로 원숙해져 있었다.

"저들도 필사적이었겠지."

"응."

최지훈은 로스앤젤레스 필하모닉에 입단한 엘리자베타 툭타미셰바를 떠올리며 대답했다.

지금껏 앞만 보고 달리느라 주변을 보지 못했지만 1년간의 휴식과 베토벤 기념 콩쿠르, 배도빈 콩쿠르를 통해 정말 많은 음악가가 노력하고 있다는 걸 알 수 있었다.

"만찬회 가자!"

그때 진달래가 얼굴을 불쑥 내밀었다. 배도빈과 최지훈이 깜짝 놀랐다가 고개를 저었다.

"피곤해."

"나도 오늘은 푹 쉴래."

"왜애. 가자아. 료코랑 윤희 언니, 소소 언니도 안 간다고 했단 말이야."

"너나 가. 어차피 얀스 녀석 보러 가려는 거잖아."

"아닌데. 바빠서 끝나고 보기로 했는데."

"흐으으암. 죠엘, 방으로 안내해 줘요."

"네, 보스."

배도빈이 진달래가 뭐라 하든 신경 쓰지 않고 콘서트홀을 나섰고 진달래는 입을 쭉 내밀었다.

"오랜만에 사람들 만나고 하면 기분 좀 좋아질 텐데."

본래 사교적인 성격은 아니었지만 실명 이후로 그러한 경향이 심해졌기에 진달래는 이번이 좋은 기회라 여겼다.

오랜만에 친분을 나누었던 여러 사람과 어울리면 조금이나마 기분이 좋아지지 않을까 하고 기대했는데 배도빈이 시큰둥하자 아쉬웠다.

"쉬고 싶어서 그럴 거야. 비행기 오래 타고 왔잖아."

최지훈의 말에 진달래가 고개를 끄덕였다.

"느어어어어."

"아아아아아아."

시카고 시내로 나온 한이슬이 사색이 되어 옷깃을 여몄고 정세윤의 얼굴은 창백해져 있었다.

"여기가 대체 어, 어디지?"

온몸을 떨며 이를 딱딱 부딪치던 차채은이 말까지 더듬으며 탓했다.

"아, 아아까는 어, 언니만 믿으라며."

"사람이 너무 마, 많아서 헷갈렸어. 부, 분명 이 근처였는데."

한이슬이 멋진 레스토랑에서 저녁 식사를 제안해 나선 일행은 벌써 30분째 주변을 헤매고 있었다.

"도, 돌아갈래."

"핸드폰으로 지도 좀 켜봐."

"소, 손가락이 잘려 나갈 것 같아. 여기 왜 이렇게 추워?"

"일단. 일단 아무 데나 좀 들어가자. 제발."

정세윤의 제안에 한이슬과 차채은이 급히 고개를 끄덕이며 발을 재촉했다.

낡은 건물에 데니스란 상호명을 내건 음식점에 들어선 세 사람은 겨우 자리를 잡고 언 몸을 풀 수 있었다.

동사 위기에서 벗어나자 핸드폰으로 레스토랑 위치를 확인한 한이슬이 일행에게 사과했다.

"……미안. 작년에 폐업했대."

차채은이 한이슬의 어깨와 등을 퍽퍽 때렸고 정세윤은 왜 그걸 지금 확인했냐고 타박했다.

이곳에서의 식사를 책임지는 것으로 겨우 합의한 뒤 차채은과 정세윤이 음식을 주문했다.

"크레이지 스파이시 스킬렛이랑 그릴드 치킨. 따뜻한 디카페인 커피 한 잔이요. 아, 오믈렛도."

"컨트리 프라이드 스테이크랑 슬램 버거 하나, 슈프림 스킬렛, 따뜻한 우유 주세요."

"자, 잠깐. 그렇게나 많이?"

"뭐."

"……아니야."

정세윤과 차채은의 눈총에 한이슬이 고개를 돌렸다.

잠시 후 식탁을 가득 채우고도 모자라 빈 그릇을 치우면서 음식을 받은 세 사람은 추위로 허기진 배를 채워나갔다.

"우읍."

"더는 못 먹어."

"적당히 먹지……. 이따 소화제 줄 테니까 챙겨가."

설마 정말로 모든 음식을 먹을 줄은 몰랐던 한이슬이 두 사람을 걱정스레 보았다.

"아."

그때 창밖을 보고 있던 차채은이 감탄사를 뱉었다. 불빛들로 눈부신 밤하늘에 눈이 내리고 있었다.

흩날리기 시작한 눈발이 함박눈이 되기까진 순식간이었다.

"어쩌지."

"그칠 때까지 소화도 시킬 겸 이야기나 하자. 밥 먹고 추운데 나가면 얹혀."

하는 수 없이 세 사람은 수다를 떨기 시작했고 화제는 자연스레 오케스트라 대전으로 이어졌다.

"그러고 보면 시카고도 참 대담해."

한이슬이 정세윤의 말에 동조했다.

"하긴. 사실 피아노 협주곡이라면 베를린 필하모닉보다 유리한 곳은 없으니까."

"내 말이."

2027 OOTY 오케스트라 대전은 예선 상위 12개 악단이 각 지역에서 본선을 치르는 것뿐만 아니라 주제도 선정할 수 있었다.

첫 번째 순서를 배정받은 시카고 심포니 오케스트라가 정한 주제는 피아노 협주곡.

협연자에 대한 정보는 현장 공개가 원칙이었기에 시카고 심포니가 누구를 영입했는지는 알 수 없었지만, 세 사람은 그들이 상당한 승부수를 던졌다고 받아들였다.

현재 최고의 피아니스트로 여겨지는 배도빈 국제 피아노 콩쿠르 우승자 가우왕과 준우승자 최지훈이 모두 베를린 필하모닉에 소속되어 있기 때문.

"설마 막심 에바로트라도 섭외한 거 아니야?"

"글쎄. 근데 그 정도 카드는 가지고 있으니까 피아노 협주곡을 주제로 하지 않을까 싶은데. 채은이 넌 어떻게 생각해?"

"나도. 에바로트가 클래식 쪽에서 활동을 안 하기는 해도 복수전 같은 느낌으로 준비하고 있었을지도 모르고."

"그치. 그치."

"그럼 베를린은? 채은이 너 들은 거 없어?"

"그런 거 안 물어본다니까."

"흐응. 역시 가우왕이려나."

"그러고 보니 최지훈도 여기 와 있다고 하지 않았어?"

"응. 근데 가우왕 아저씨도 와 있다고 들었는데."

"뭐지?"

"두 사람 중 누가 나와도 이상하지 않긴 한데 그러면 확실한 건 로스앤젤레스 필하모닉뿐이네."

"그러네. 엘리자베타 툭타미셰바랑 아리엘 조합. 이것도 꽤 세 보인다."

정세윤이 메모지에 '베를린-가우왕·최지훈, LA-툭타미셰바, 시카고-에바로트?'라고 적고는 펜을 놓았다.

"그러면 빈이랑 암스테르담은?"

"사카모토랑 마리 얀스라면 섭외력이야 엄청나겠지. 문제는 남은 사람인데 솔직히 지금 활동하는 사람 중에 가우왕, 최지훈에 근접해 있는 사람이 또 있나?"

"에바로트랑 툭타미셰바 빼면 니나 케베리히랑 최성신이지."

한이슬과 정세윤의 대화를 조용히 듣고 있던 차채은이 슬며시 입을 열었다.

"크리스틴 지메르만이라거나."

차채은이 무심코 흘린 말에 한이슬과 정세윤이 잠시 말을 멈췄다가 웃고 말았다.

"농담도. 그분 이제 활동 안 하시잖아. 개인 리사이틀도 1년이나 안 하셨는데."

"맞아. 공식 발언만 없었지 사실상 은퇴 수순 밟고 계신 거지."

"그런가."

"응. 그렇지."

차채은이 언니들의 말에 고민을 더하다 다시 의문을 던졌다.

"도빈 오빠의 베를린 필하모닉에 가우왕 아저씨 또는 지훈 오빠를 상대로 피아노 협주곡을? 홈그라운드에서 주제 선정이라는 이점까지 둔 절호의 기회에서 굳이?"

"……."

"난 솔직히 크리스틴 지메르만 정도 아니면 그런 자신감 못 낼 것 같은데. 나만 그래?"

크리스틴 지메르만이라는 이름을 듣고 웃음으로 넘겼던 한이슬과 정세윤도 표정이 심각해졌다.

확실히 이번 오케스트라 대전은 홈그라운드에서의 순위 확보가 필수적이었다.

열두 번 경합을 벌여 누적 점수로 최종 우승을 가리는 방식이었기에 연고지와 주제 선정의 이점을 가졌을 때 1위를 해야 우승 경쟁이 가능했다.

1위 25점, 2위 18점, 3위 15점, 4위 12점, 5위 10점, 6위 8점, 7위 6점, 8위 4점, 9위 2점, 10위 1점, 11위, 12위가 0점인 것을 감안하면 더더욱 그러했다.

그렇게 중요한 기회에 시카고 심포니 오케스트라가 괜한 모험을 할 리 없었다.

"진짜 그럴지도……."

"채은아, 너 지금 빨리 그거 정리해서 업로드해. 아니, 제목만이라도 선점해. 빨리."

한이슬이 차채은을 재촉했다.

"확실한 것도 아닌데?"

"얘는. 사실인 것처럼 말하라는 게 아니라 그럴 가능성이 있다고 쓰란 말이잖아. 어서. 기사는 시간 싸움이야."

"으, 응."

한이슬의 단호함에 차채은이 핸드폰을 펼쳤다.

테이블에 곧 가상 키보드가 비쳤고 차채은은 관련 기사를 자신의 블로그에 게시, 잡지사 리드에도 발송했다.

그 모습을 보던 정세윤이 입을 열었다.

"그러네. 생각해 보니 은퇴했단 말을 꺼낸 것도 아니고. 가능성이 아예 없는 건 아닌데 왜 그런 생각을 못 했지."

"활동이 없었으니까. 배도빈 콩쿠르 때 해설하는 거 들어봐도 이제 다음 세대에 자리를 넘겨준다는 뉘앙스를 풍겼고. 근데 생각해 보면 그 사람이 그렇게 쉽게 넘어갈 리 없지."

"쉽게 넘어갈 리 없어?"

"가우왕, 배도빈, 최지훈이 자신을 넘어섰다고 스스로 말했잖아. 그 자존심 높은 사람이 순순히 그걸 받아들였을까 싶어. 지금 든 생각이지만."

"그동안 칼을 갈았다?"

"응. 그리고 제르바 루빈스타인만 한 거물이 승부수를 던질 정도면 사실 에바로트나 지메르만 정도는 되어야 말이 되지."

"하긴. ……와. 진짜 그렇게만 되면 특종이잖아. 채은이 완전 대박 나겠네."

"설마."

짧은 기사를 올리고 편집장에게 문자 메시지까지 보낸 차채은이 핸드폰을 접으며 고개를 저었다.

한이슬이 그녀를 보며 다시 한번 조언했다.

"사실을 전달해야 하는 건 기자가 할 일이야. 우리가 거짓을 전달하면 된다는 뜻은 아니지만 이런 이야기도 중요해. 이런 게 모여서 스토리가 되고 그런 방식으로 즐기는 방법도 있으니까."

"응."

"그리고 다시 말하지만, 기삿거리 생각나면 일단 써. 늑장 부리다가 남한테 뺏길 수도 있으니까."

"네, 선생님."

차채은이 고개를 꾸벅 숙이자 한이슬이 피식 웃었다.

"근데 나 스무디 하나 먹어도 돼?"

"아, 나두."

셋이서 9인분을 먹은 지 고작 두 시간 정도 흘렀을 뿐이었다.

한이슬은 다시금 뭔가를 먹자고 하는 두 사람의 위장을 믿을 수 없었다.

"그래. 시켜라. 시켜."

제2회 오케스트라 대전 시카고 그랑프리가 시작되었다.

2027년 1월 27일부터 30일까지 나흘간 치러지는 시카고 그랑프리는 하루 세 악단이 공연을 펼치고 투표가 진행될 예정이었다.

주제는 피아노 협주곡.

시카고 그랑프리가 개막되면서 각 악단의 곡과 협연자가 발표되었고, 시카고 심포니 오케스트라의 노림수도 알려지게 되었다.

"와우."

피셔 디스카우가 시카고 심포니 오케스트라의 협연자가 크리스틴 지메르만임을 확인했다.

"확실히. 시카고로선 최선이군."

찰스 브라움도 고개를 끄덕였다.

시카고 심포니 오케스트라가 피아노 협주곡을 주제로 정했을 때만 해도 대다수 여론이 베를린 필하모닉의 우승을 점쳤었다.

오케스트라의 완성도는 기본.

피아니스트의 역량과 호흡도 중요했기에 세계 1, 2위를 다투는 가우왕과 최지훈이 소속된 베를린 필하모닉이 우세하단 판단이었고.

베를린 필하모닉 역시 자신들의 우승을 예상하고 있었다.

죠엘 웨인에게 크리스틴 지메르만이 나섰다는 소식을 전달받은 배도빈이 빙그레 웃었다.

"시시할 뻔했는데 잘됐네요."

"그러게나 말이야."

"응. 재밌겠다."

가우왕과 최지훈이 배도빈의 말에 공감했다.

가우왕은 날카로운 눈빛을 빛내며 입맛을 다셨고 최지훈은 방실방실 웃으며 다른 오케스트라를 확인해 나갔다.

[시카고 그랑프리 프로그램 안내]

시카고 심포니 오케스트라

(베토벤 피아노 협주곡 4번 G장조. 크리스틴 지메르만, 제르바 루빈스타인)

대한국립교향악단

(라흐마니노프 피아노 협주곡 2번 C단조. 최성신, 차명운)

런던 심포니 오케스트라

(리스트 피아노 협주곡 1번 E플랫 장조. 그레고리 소콜라브, 브루노 발터)

오늘 공연이 예정된 세 개 악단을 확인한 최지훈이 눈을 깜빡였다.

스승 크리스틴 지메르만과 시카고 심포니 오케스트라만 신경 쓸 때가 아니었다.

브루노 발터와 그레고리 소콜라브 조합은 이미 제1회 오케스트라 대전에서 그 파괴력을 선보인 바 있었다.

더군다나 차명운과 최성신 또한 오랜 시간 호흡을 맞췄던 사이였다.

아시아 최고 수준을 넘어서 유럽과 북미 악단과도 어깨를 나란히 한 대한국립교향악단의 저력도 만만치 않았다.

"오늘 대단하다."

"어디 어디 나오는데?"

배도빈이 최지훈의 혼잣말을 듣고는 궁금한 나머지 다그쳐 물었다.

"시카고랑 대한국향, 런던 심포니. 차명운 선생님이랑 성신이 형이 같이하고 런던 심포니는 저번이랑 같아."

배도빈이 고개를 끄덕였다.

토너먼트가 아니었기에 조가 어떻게 짜였는지는 크게 중요하지 않았지만 내일로 예정된 베를린 필하모닉이 어떤 악단과 함께하는지 궁금했다.

"내일은?"

"잠깐만."

최지훈이 팸플릿으로 시선을 돌렸고 곧 반가운 이름을 확인할 수 있었다.

로스앤젤레스 필하모닉

(차이코프스키 피아노 협주곡 1번 B플랫 단조. 엘리자베타 툭타미셰바,

아리엘 얀스)

베를린 필하모닉

(배도빈 피아노 협주곡 1번 C단조 '베를린 환상곡'. 가우왕·최지훈, 배도빈)

상트 페테르부르크 필하모닉

(베토벤 피아노 협주곡 5번 E플랫 장조, '황제'. 루리얼 부르샹, 알렉산드르 헤신)

"아, 로스앤젤레스랑 상트 페테르부르크. 아리엘 씨랑 같이 하네?"

"그래?"

배도빈의 얼굴이 음흉하게 웃고 있던 가우왕의 표정과 비슷해졌다.

"흐흐흐흐. 그래. 이대로 넘어가긴 서로 아쉽지. 잘됐어. 아주 좋아. 크흐흐흐."

최지훈은 스승을 잡아먹고 싶어 안달이 난 사형과 아리엘을 어떻게 밟아줄까 흥미롭게 고민하는 형제를 뒤로하고 상트 페테르부르크 필하모닉의 프로그램을 확인했다.

'부르상 씨도 나오는구나. 도빈이 콩쿠르 때는 인사도 제대로 못 했는데. 다음에 인사하러 가야겠다.'

최지훈이 루리얼 부르상의 연주를 떠올리며 웃고 있을 때, 정작 그는 절망에 빠져 있었다.

"왜. 왜!"

배도빈 콩쿠르를 통해 가능성을 인정받고 지난 1년간 부단히 노력한 루리얼 부르상은 생에 첫 오케스트라 대전에 무척 설레고 있었다.

스스로 아직 부족하게 여기지만 알렉산드르 헤신이라는 걸출한 지휘자와 또 단원들의 격려 속에 최선을 다하자 마음먹었다.

그러나 정작 조가 편성되자 1년 전의 악몽이 떠오르고 만 것이었다.

바흐, 모차르트, 베토벤에 이어 가장 위대한 음악가로 칭송받는 배도빈과 역사상 가장 완벽한 오케스트라 베를린 필하모닉.

게다가 베토벤 기념 콩쿠르를 통해 그의 유일한 라이벌로 인정받는 아리엘 핀 얀스와 의지를 다진 전통의 명가 로스앤젤레스 필하모닉에 그 엘리자베타 툭타미셰바 뒤라니.

아무리 조별 순위 경쟁이 아니라도 투표에 영향이 갈 수밖에 없는 조 편성이었다.

공연을 앞두고 장막 뒤에 자리한 시카고 필하모닉 오케스트라는 마지막 점검을 마치고 있었다.

벌써 근 30년째.

클래식 음악은 유럽을 중심으로 돌아가고 있었다.

강력한 제국을 이룩한 베를린 필하모닉과 왕위를 굳건히 지키는 암스테르담 로얄 콘세르트허바우, 2020년 이후 잠시 주춤했지만 두 거장을 통해 다시금 올라선 런던 심포니와 런던 필하모닉.

그리고 사카모토 료이치가 가세한 빈 필하모닉까지.

2000년대 클래식 음악계를 양분하던 북미 출신 음악가들의 자존심은 무너질 대로 무너져 있었다.

시카고 심포니는 북미를 대표하는 오케스트라로서 자긍심

을 지키고자 칼을 갈아왔다.

그 순수한 향상심은 제르바 루빈스타인이라는 위대한 지휘자를 통해 그들을 더욱 먼 곳으로, 높이 이끌어 나갔다.

그 마음이 크리스틴 지메르만과 같았다.

'오늘은 조금 긴장되네요.'

완전무결의 피아니스트.

세기를 대표하는 비르투오소 크리스틴 지메르만은 두 제자를 떠나보내고 그들의 성장 과정을 바라보며 가슴이 뛰었다.

독불장군이었던 첫 번째 제자가 피아니스트로서의 긍지를 가지게 되고 끝내 그것을 지켜냈을 때.

불가능한 연주를 해냈을 때는 벅차오르는 감정을 달래느라 애먹었다.

순수한 두 번째 제자가 고통스러운 시간을 이겨내고 마침내 날개를 활짝 펼쳤을 때는 눈시울이 붉어졌다.

앞으로 또 어떤 연주를 들려줄지.

매일 두근거리며 두 사람의 여정을 지켜보았다.

그 마음이 과연 스승으로서의 대견함뿐이었을까.

그녀는 고개를 저었다.

음악가로서 경이로움을 마주했을 때의 기쁨이었다.

피아니스트로서 어느덧 자신을 넘어선 두 사람에게 뒤처질 수 없다는 호승심이었다.

새로운 시대가 열렸다고.

이제 무대가 아닌 객석에서 그들을 지켜보리라 생각했던 스스로에게 솔직해졌다.

최고의 무대에서 스승과 제자가 아니라 피아니스트로서 그들과 함께하길 바랐다.

수천 번 어쩌면 그 이상으로 무대에 올랐던 그녀는 마치 처음 무대에 올랐을 때처럼 가슴 뛰었다.

장막이 걷히고.

관객들이 시야에 들어왔다.

그들의 열렬한 환호와 박수를 온몸으로 느낀 크리스틴 지메르만은 어딘가에서 투지를 불태우고 있을 가우왕과 진지하게 지켜볼 최지훈을 떠올리며 빙그레 웃었다.

'즐겁네요.'

터질 듯이 뛰던 가슴이 진정되었다.

관객을 앞에 둔 순간 긴장감은 거짓말처럼 사라지고 수없이 반복해 느꼈던 무대의 즐거움이 그녀를 사로잡았다.

지휘자 제르바 루빈스타인과 시선을 교환한 그녀의 손가락이 건반을 눌렀다.

베토벤 피아노 협주곡 4번 G장조.

아기를 다독이는 듯 상냥히.

곧 시카고 심포니 오케스트라가 그 다정한 소리에 어울린다.

오랜 친구의 목소리다.

오케스트라는 지난번 여행을 떠올리며 자랑스레 이야기를 풀었다.

배에 올라타고 험난한 파도를 만났다고. 그 풍랑 뒤에 맞이한 섬이 너무도 아름다웠다고.

피아노가 묻는다.

어떤 동물이 살고 있었냐고.

사람도 사는 곳이었냐고.

오케스트라는 신을 내며 말한다.

부리가 크고 우스꽝스럽게 생긴 새가 있었고 사람은 살지 않았으며 과실은 무척 달았다고 과장된 손짓을 더해 흥을 돋운다.

여행을 떠난 적 없었던 피아노는 그의 말에 푹 빠지고 만다.

재잘재잘 상상력을 더하여 나무는 어떻게 생겼는지, 물고기는 얼마나 힘찼는지 물었다.

신비한 섬을 노래하는 오케스트라는 손을 높이 들어 나무를 표현했고 팔뚝만 한 물고기를 흉내 내기도 하며 피아노를 희롱했다.

두 사람은 그렇게 행복했다.

피아노에게 남은 시간이 얼마 남지 않았다는 사실도, 언젠가는 꼭 함께 여행을 떠나잔 약속을 지키지 못한다 해도.

믿고 싶은 거짓말.

달콤한 거짓말.

꿈을 꾸는 그 시간이 너무나 행복했다.

'과연.'

배도빈은 그의 피아노 협주곡을 들으며 슬며시 미소 지었다.

제르바 루빈스타인의 시카고 심포니 오케스트라는 북미 제일의 오케스트라라는 이름에 조금도 부족하지 않았다.

현악기의 음색은 탁월했고 그것을 조절하는 데 능숙했다.

목관악기는 발랄하여 어디에서나 빛을 발했다.

그리고 크리스틴 지메르만의 피아노는 완벽주의자 배도빈마저도 감탄이 나올 뿐이었다.

'이렇게까지 완벽하게 연주했던 사람이 또 있었나.'

그가 의도한바 그대로.

지메르만의 타건은 마치 처음부터 그곳에 놓여 있는 것처럼 건반 위를 거닐었다.

가장 완벽한 때에 가장 적절한 힘으로.

그녀의 연주는 마치 완성되어 있던 퍼즐을 다시 맞추는 일처럼 느껴졌다.

절제된 감정 속에서 펼치는 완전무결의 연주가 아이러니하게도 가장 서정적이었다.

과거와 현재를 살아가며 수없이 많은 천재를 접했던 배도빈조차 이보다 완벽한 피아니스트는 접하지 못했다.

배도빈은 가우왕, 최지훈 그리고 본인과는 또 다른, 한 세대를 대표하고 역사에 줄기가 되어버린 위대한 피아니스트의 연주에 매료되고 말았다.

이윽고 재잘대던 피아노가 조금씩, 조금씩 목소리에 힘을 잃었다.

관객들은 활기찬 멜로디 속에 감춰진 슬픔을 직감하고 눈물을 참아내는데, 꺼져가는 줄만 알았던 피아노의 목소리가 다시 힘을 찾았다.

'내일도 놀러 올 거지? 내일은 산에 갔던 이야기 해줘.'

눈물을 훔친 오케스트라 두 팔을 번쩍 들고 호들갑을 떨며 호응한다.

'그럼! 너무 놀라지 말라고! 내일은 산에 사는 바위 괴물 이야길 들려줄 테니까!'

그것이 거짓말이라는 걸 알면서도.

환하게 웃으며 좋아하는 피아노.

오케스트라와 피아노의 희망이 객석까지 전달되자.

배도빈이 자리에서 벌떡 일어났다.

"브라보!"

자신이 남긴 곡을 너무나 완벽히 연주해낸 시카고 심포니 오케스트라와 크리스틴 지메르만을 향한 악성의 진심이었다.

♪

[시카고 심포니 오케스트라&크리스틴 지메르만 기적의 하모니!]

[1,408만 9,911명이 감동하다]

[제르바 루빈스타인, "오늘 우리는 베토벤의 네 번째 피아노 협주곡을 완성했다."]

[크리스틴 지메르만, "즐거웠습니다."]

[가우왕, "들어줄 만했다."]

[최지훈, "최고였어요."]

[제2회 오케스트라 대전 시카고 그랑프리 첫날 투표 결과]

시카고 그랑프리는 첫날부터 치열한 접전이 예상되었다.

평론가 차채은의 예상대로 시카고 심포니 오케스트라는 크리스틴 지메르만이라는 최고의 수를 준비. 세계를 감동시키고야 말았다.

베를린 필하모닉의 배도빈이 가장 먼저 일어나 연호한 장면이 포착되어 화제가 되었다.

총 14,089,911표를 획득한 시카고 심포니 오케스트라는 현재까지 가장 많은 지지를 받고 있다.

최성신 피아니스트와 호흡을 맞춘 대한국립교향악단은 단번에 다크호스로 도약했다.

최성신의 대표곡이기도 한 라흐마니노프 피아노 협주곡 2번은 지금까지 연주된 모든 무대 중에서도 가장 열정적이었으며 차명운 지휘자의 놀라운 해석이 더해져 9,880,521표를 획득할 수 있었다.

한편 런던 심포니 오케스트라는 다소 아쉬운 모습을 보였다.

리빙 레전드 브루노 발터와 런던 심포니는 평소와 같이 훌륭했으나 그레고리 소콜라브의 리스트 피아노 협주곡은 다소 아쉬움을 남겼다.

6,545,773표를 획득한 런던 심포니 오케스트라는 시카고 그랑프리에서 높은 순위를 기대하기 어려울 것으로 전망된다.

한편 크리스틴 지메르만의 제자로 알려진 가우왕과 최지훈은 내일 두 번째 순서로 나선다.

-평론가 한이슬

시카고 그랑프리 두 번째 날.

세계를 지배해 온 베를린 필하모닉과 과거 토마스 필스 체제 이상으로 부흥에 성공한 로스앤젤레스 필하모닉의 연주를 듣기 위해 2억 명의 관객이 JH시네마에 접속해 있었다.

이를 예견한 JH는 오케스트라 대전을 위해 대대적으로 서버를 증설했지만 잠시간 접속 오류를 겪는 이들이 있을 정도로 팬들의 관심은 지대했다.

베를린과 로스앤젤레스.

배도빈과 아리엘 얀스.

가우왕·최지훈과 엘리자베타 툭타미셰바까지 서로 얽힌 이야기는 산더미처럼 쌓여 있었고 팬들에게는 좋은 이야깃거리였다.

ㄴ오늘 베를린 2,000만 표 이상 본다.

ㄴ찬양일색인 시카고랑 지메르만이 1,400만 표였는데 2,000만이나?

ㄴ베를린이니까 가능할지도 모름.

ㄴ로스앤젤레스도 불가능한 건 아님. 2026년 매출액 보면 베를린 필하모닉이 4조 6,000억 원으로 1위인데 로스앤젤레스가 3조 4,000억 원으로 2등임.

ㄴ차이 엄청 큰데?

ㄴ2025년이랑 비교하면 엄청 줄어든 거임. 2025년 베를린이 5조 8,000억 원 수준인데 그해 2위 암스테르담 로얄 콘세르트허바우가 1조가 안 됐었음.

ㄴㅁㅊ 진짜 베를린이 독식하고 있었네.

ㄴㅇㅇ 작년에 배도빈이 저렇게 되고 베를린이 주춤하긴 했지만 로스앤젤레스도 장난 아님.

ㄴ일단 아리엘 얀스가 미쳐 날뛰고 있지. 작년에 발표한 곡 3개 모두 대박 났잖아. 배도빈 곡으로 가득 찼던 클래식 TOP20 차트에 아리엘이랑 사카모토만 이름 올렸고.

ㄴ? 한스 짐이랑 알렉스 데스플로도 올렸음. 배도빈이 신곡 발표 늦

어서 작년에는 꽤 고루 분포함.

└아리엘이 괜히 배도빈의 유일한 대항마로 불리는 게 아님.

└지겹지도 않냐. 그냥 배도빈이면 배도빈, 아리엘이면 아리엘로 보면 되는 걸 굳이 그렇게 비교하고. 둘 다 대단한 사람들인데.

└비교하며 즐기는 건 나쁜 게 아님. 한쪽을 비하하는 게 나쁜 거지.

└근데 피아노에선 좀 차이가 많지 않나? 툭타미셰바 대단한 건 아는데 가우왕이랑 최지훈에 비해서는 좀…….

└나도 거기서 많이 갈릴 것 같음. 일단 툭타미셰바가 LA랑 계약한 후로 공연에 잘 나서질 않았음.

└봐야지. 저번 배도빈 콩쿠르 때 세 개의 손을 위한 소나타 치는 거 못 봄?

└아 시작한다.

└로스앤젤레스 필하모닉도 나이가 먹긴 먹었다. 다들 머리가 희끗희끗하네.

수많은 기대 속에 장막이 걷혔다.

아리엘 얀스의 복귀를 계기로 분골쇄신한 로스앤젤레스 필하모닉은 작년 한 해 최고의 모습을 보여주었다.

토마스 필스 사후 최전성기에 접어든 아리엘 얀스 체제의 로스앤젤레스 필하모닉은 악단 역사상 가장 많은 실황 음반 판매량을 올리며 최다 매출액을 달성, 베를린 필하모닉에 이어

2026년 가장 부유한 오케스트라로 발돋움했었다.

감독 사퇴라는 극단적 상황까지 몰렸던 그들로서는 그 분위기를 이어나가고자 했고.

이번 오케스트라 대전에 참가하는 자세가 각별할 수밖에 없었다.

그들의 각오는 겉모습에서도 여실히 드러났다.

악장 이승훈을 비롯한 전 단원의 눈빛이 사뭇 진지했으며 어깨까지 내려왔던 긴 머리를 자른 아리엘 얀스 감독의 외모가 그러했다.

과거 관객이 음악이 아니라 외견에 집중할 것을 우려해 가면을 썼던 아리엘 얀스는 당당하고 여유로운 모습으로 서 있었다.

바이칼 호수와도 같이 맑은 눈.

금으로 자아낸 듯한 머릿결.

우아하게 떨어지는 콧대와 티끌 하나 없는 피부는 마치 이세상의 존재가 아닌 듯했다.

'세상에.'

'CG도 저렇게는 못 만들겠다.'

관객과 시청자들은 순간 넋을 놓고 말았다.

베토벤 기념 콩쿠르를 통해 자신을 깨닫고 스스로 우뚝 선남자는 이제 이러한 반응을 즐길 수 있었다.

자신의 외모에 빠지더라도.

로스앤젤레스 필하모닉을 연주하여 그들이 스스로 눈을 감고 귀를 열게 할 자신이 있었다.

아리엘 얀스는 객석을 둘러보며 미소 짓고는 그의 피아니스트를 향했다.

엘리자베타 툭타미셰바.

푸른 드레스를 입은 그녀는 아름답고 긴 금발을 땋아서 말아 올리고 있었다.

"툭타미셰바 씨 엄청 예쁘다."

그 기품 있는 모습에 대기실에 있던 나윤희가 감탄했고 진달래는 불편한 기색을 내비쳤다.

한 남자를 돌아보게 하기 위해 평생을 그의 그림자를 뒤쫓았던 피아니스트는 그 어느 때보다도 아름다웠다.

다부진 눈빛.

가슴속에 품은 뜨거운 열정이 그녀를 이곳으로 인도했다.

최지훈에게 이긴다거나.

그에게 인정받는 일은 더 이상 중요치 않았다.

1년간 함께한 동료들과.

자신을 가장 돋보이게 해주는 천재 음악가와 함께 최고의 연주로 관객과 소통하는 것만이 무대에 오르는 이유였다.

그녀는 아리엘 얀스와 눈을 마주하고 이내 고개를 끄덕였다.

이승훈을 비롯한 단원들과도 시선을 교환한 아리엘 얀스는 지휘봉을 들어 가로로 그었다.

차이코프스키 피아노 협주곡 1번 B플랫 단조.

오케스트라가 웅장한 성을 그리자.

피아노가 주제를 이어받아 우아하게 춤춘다.

아리엘 얀스의 손짓에 따라 오케스트라는 공주의 몸짓에 반주하고 이내 그녀의 아름다움에 넋을 잃고 만다.

곱디고운 손짓 하나.

고상하게 내딛는 걸음은 차분하고 여유롭게 이어진다.

춤을 끝낸 공주는 찬사 속에 연회장을 벗어난다.

혼자 남은 그녀의 마음은 무겁다.

춤을 출 때는 새처럼 가볍던 몸이 침대에 위에서는 좀처럼 움직이지 않았다.

일국의 공주라는 입장이.

춤을 사랑하는 그녀에게는 족쇄였다.

숨 막히는 규제와 일정 속에서 그녀는 연회장에서만 비로소 자유로울 수 있었다.

단 한 번의 동작에도 최선을 다했다. 억눌렸던 마음을 담아 간절히 음악을 느꼈다.

그러나 연회가 끝나면 어김없이 찾아오는 고독과 미련이 그녀의 숨통을 조였다.

그렇게 침묵과 억압의 시간을 그저 버텨내고 있을 때 날아든 소식.

강성한 서쪽 나라에서 군대를 일으켰단 보고에 왕성은 충격에 휩싸였다.

일부가 전쟁을 주장했으나 대신들은 평화 교섭을 바랐다.

그렇다면 어떻게.

오케스트라를 구성하는 악기들이 저마다의 목소리를 높인다. 치열한 언쟁 끝에 내린 답은 정략혼인.

대신들은 용맹하고 젊은 서쪽 나라 왕과 아름다운 공주가 결혼하는 것이 평화를 지키는 법이라는 데 의견을 모았다.

남몰래 무용수를 꿈꿨던 공주는 백성들을 위해서 그래야 한단 생각과 한 번도 보지 못한 상대와의 혼인 그리고 꿈마저 거세될 상황에 고뇌했다.

오케스트라는 피아노를 몰아붙이듯 노래했다.

나라를 위해 결혼해야 한다는 말들이 파도처럼 밀려든다. 막아서려 해도 거부할 수 없는 목소리들에 피아노가 소리친다.

오케스트라의 장대한 소리를 뚫고 간절히 노래한다.

'멋져.'

최지훈은 로스앤젤레스 필하모닉의 차이코프스키 피아노 협주곡을 들으며 위대한 두 거장을 떠올렸다.

명반 중의 명반으로 남은 아르투로 토스카니니와 블라디미르 호로비츠.

장인과 사위 관계인 두 사람은 각기 자리에서 더 이상 오를 데 없을 정도로 위대한 음악가였으나.

서로를 이해하진 못했다.

웅장하며 진중함을 요구했던 아르투로 토스카니니와 격정적인 연주를 했던 블라디미르 호로비츠.

결국 두 사람은 의견을 좁히지 못했고.

오케스트라는 진중하게.

피아노는 그 사이를 강렬하게 치고 나왔다.

대치되는 그 연주는 아이러니하게도 수없이 많이 공연된 연주 중에서도 명연주로 기억되고 있었다.

그리고 지금.

그 두 거장의 연주가 로스앤젤레스 필하모닉과 엘리자베타 툭타미셰바에 의해 완성되고 있었다.

오케스트라는 더욱 웅장하지만 해일처럼 밀어닥쳤고 피아노는 격정적이나 우아함을 갖췄다.

오늘 저들의 연주를 듣지 못했더라면 이러한 연주가 가능하리라 생각지 못했을 터.

최지훈은 서서히 고조되는 감정을 그대로 받아들이며 공연을 즐겼다.

연주는 경쟁하는 듯하면서도 아름답게 조화를 이루며 이어졌다.

엘리자베타의 기품 있는 타건이 괴로워하며 춤추는 공주처럼 울리는 사이 조금씩 전쟁의 위협이 다가왔다.

관객들은 숨조차 조심스레 쉬었다.

피아노와 오케스트라의 하모니에 빠져들어 거대한 흐름 속에서 발버둥 치는 피아노를 응원했다.

연주는 절정으로 치닫고.

강대한 군대를 이끌고 친정에 나선 서방의 왕은 항복을 촉구했다.

힘없는 나라의 공주는 이내 꿈을 접고 학살을 막고자 스스로 침략자의 진영으로 향했다.

항복의 투서.

우방을 약속하는 혼인.

왕은 스스로 첩실이 되기로 한 공주를 맞이했다. 감정이라고는 조금도 느낄 수 없는 눈빛으로 전리품을 취하는 듯했다.

해가 진 뒤의 막사.

공주는 마지막 춤을 췄다.

처음부터 이룰 수 없는 꿈이었다고.

자신을 거짓으로 위로한다.

가장 아름다운 음악을 상상하며 발을 내디디고 손을 뻗었다.

그 모습을 본 왕은 그녀의 아름다움에 취한다.

그 간절한 몸짓이 얼음 같던 그의 심장을 녹였다.

진실로 사랑을 빠진 왕은 정중히 물었다.

'무엇이 당신을 그리 지극히 하였소.'

'어째서 그리도 애처롭게 춤을 추오.'

공주는 답하지 않았다.

그저 마지막 춤을 이어나갈 뿐.

그러나 왕에게는 충분한 답이 되었다. 왕으로서 지켜야 할 것이 있었기에 그녀가 무엇을 간절히 바랐는지 또 무엇을 위해 그것을 포기했는지 알 수 있었다.

어릴 적부터 제왕학의 가르침 속에서 음악을 포기해야 했던 기억 때문일까.

아니면 폭군의 변덕일 뿐일까.

왕이 입을 열었다.

'돌아가오.'

공주는 엎드렸다. 제발 백성들을 해치지 말라고 무엇이든 하겠다고 간절히 빌었다.

'그대의 나라를 침범하는 일도 그리하여 그대의 꿈을 짓밟는 일도 없을 거요. 그저 춤추는 모습을 다시 보고 싶구려.'

공주가 가지고 온 소식에.

온 나라가 환호를 질렀다.

학살의 공포에서 벗어났음에.

그들의 공주가 무사함에 나팔을 불었고 왕성은 사흘 밤낮

연회를 열었다.

공주는 그 사이에서 마음껏 춤추고 축제가 끝나는 날 홀연히 자취를 감췄다.

오랜 시간이 흐르고.

공주가 사라진 슬픔도 충격도 잊힐 즈음.

서쪽 나라의 한 극장에 아름다운 무용수가 있단 소문이 들릴 뿐이었다.

마침내 꿈을 이룬 공주의 힘찬 스텝과 관객들의 열렬한 환호 속에 대단원이 오르고.

"브라보!"

"브라보!"

시카고를 넘어 전 세계가 일제히 감탄을 터뜨렸다.

경탄.

로스앤젤레스 필하모닉의 공연은 그야말로 감격이었다.

해일처럼 파도치는 오케스트라의 거대한 흐름 속에서 눈부시게 빛나는 피아노.

지휘자 아리엘 얀스에 의해 완벽히 조율된 차이코프스키 피아노 협주곡 1번 B플랫 단조는 그보다 조화로울 수 없었다.

고개를 저으며 박수를 보내던 한이슬이 감탄을 거듭했다.

"진짜네. 진짜야. 어제 시카고 심포니보다 반응이 더 좋은 거 같은데."

"아리엘이랑 로스앤젤레스 필하모닉은 그렇다 쳐도 툭타미세바는 정말 뭐라 해야 좋을지 모르겠네. 근 1~2년 안에 사람이 저렇게까지 달라질 수 있나?"

정세윤 기자도 공감했다.

비록 완전하진 않았지만 그녀는 배도빈 콩쿠르 도중 '세 개의 손을 위한 소나타'를 연주해냈었다.

지금까지도 공식 무대에서 가우왕 외에는 연주하지 못할 정도로 고난도의 곡이었기에 많은 사람이 엘리자베타 툭타미셰바의 가능성을 높이 평가하고 있었는데.

오케스트라 대전 본선에서 더욱 정교하고 풍부한 연주를 해내니 크리스틴 지메르만, 가우왕, 최지훈, 막심 에바로트, 최성신, 나나 케베리히와 비교해도 손색이 없었다.

"넌 어떻게 봤어?"

한이슬이 차채은에게 물었다.

"아."

입술을 만지며 골똘히 생각에 잠겨 있던 차채은이 입을 열었다.

"툭타미셰바가 잘하는 거야 알고 있었는데."

"있었는데?"

"로스앤젤레스 필하모닉한테 좀 놀랐어. 아리엘 오빠 복귀하고 영상으로는 많이 들었지만 실연은 처음이거든."

차채은은 피아노를 전면에 내세워 그 기량을 최고조로 뽑으면서도 오케스트라의 매력을 부각시키는 연주에 놀라고 또 놀랐다.

"솔직히 암스테르담이나 런던 심포니보다 더 나은 거 같아. 지휘자의 역량도 그걸 소화하는 악단도……."

차채은은 실로 로스앤젤레스 필하모닉이 베를린 필하모닉을 위협할 수 있다 생각했다.

아리엘은 본인의 조부이자 음악계의 전설 마리 얀스에 근접해 있는 것 같았고 로스앤젤레스 필하모닉은 마치 토마스 필스 시절의 전성기를 보는 듯했다.

차채은이 고개를 저었다.

'그래도 우승은 베를린이 할 거야.'

차채은은 기적을 일으켜 왔던 배도빈과 베를린 필하모닉 그리고 최지훈을 떠올리며 닫혀 있는 커튼을 지켜보았다.

이내.

사회자의 안내와 함께 장막이 걷혔다.

"빈! 빈! 빈! 빈!"

콘서트홀이 요동쳤다.

긴 시간 배도빈을 그리워했던 관객들의 함성이 배도빈과 단원들의 가슴에 확실히 닿았다.

베를린 필하모닉은 모두 검은 정장을 입고 있었다.

작년 한 해, 배도빈의 부재라는 위기 속에서도 권좌를 지켜 냈던 마왕의 친위대.

그들의 눈빛은 그 어느 때보다도 날이 서 있었다.

누구도 그들의 권위를 의심하지 않았다. 여전히 세계 제일의 오케스트라였다.

그러나 다소의 부진이 그들의 고결한 자존심에 상처로 남았다.

흉흉한 분위기마저 흘리는 베를린 필하모닉은 앞선 로스앤젤레스 필하모닉의 화사함과 무척 대조되었다.

└박력 장난 아니네.

└이게 베를린 필하모닉이지. 카리스마로 다 찍어누르는 게 푸르트 벵글러-배도빈의 베를린 필하모닉이었음.

└배도빈이다 ㅠㅠ 이게 얼마 만이야. 대체.

└단원들 한 명 한 명이 일단 최정상급이니까. 저런 오케스트라 진짜 몇 없음.

└잉? 나비가 두 대임.

└가우왕한테도 만들어줬나?

등장만으로 콘서트홀을 압도한 베를린 필하모닉은 엄숙히 공연을 준비했다.

상처 입은 자존심을 지키기 위해.

그들의 왕을 위해.

최고의 연주를 하기 위해.

완벽해야 할 이유는 차고 넘쳤다.

주변이 조용해지길 기다렸던 배도빈은 천천히 돌아섰다.

'훌륭한 여흥이었다.'

배도빈은 시카고 심포니와 대한국립교향악단, 런던 심포니, 로스앤젤레스 필하모닉의 연주를 들으며 흡족해했다.

후배 음악가들의 성장에 기뻐했고.

그들의 놀라운 기량에 기꺼이 박수를 보냈다.

그러나 왕은 왕, 백성은 백성일 뿐.

권좌를 넘겨줄 생각은 추호도 없었다.

'보아라.'

마왕은.

이 무대를 통해 그의 건재함을 다시금 확실히 하고자 했다.

그가 왼손을 들자 가우왕이 건반을 눌렀고 오른손을 뻗자 최지훈이 건반을 눌렀다.

그 소리를 통해 중심을 잡은 배도빈은 고개를 살짝 숙이고 두 팔을 모았다가 힘차게 내렸다.

배도빈 피아노 협주곡 1번, 베를린 환상곡.

마왕의 친위대가 순행을 시작했다.

찰스 브라움이 이끄는 제1바이올린과 왕소소가 이끄는 첼로가 향수를 자극했다.

코끝을 간질이는 부드러운 멜로디는 풍경을 묘사하지 않는다.

어머니의 품과 같이.

그리운 마음을 떠올리게 해 관객을 그때 그 시절, 가장 행복했던 순간으로 이끈다.

친위대의 행진을 따라.

관객들은 각자 마음속에 소중히 보관하고 있던 추억으로 여행을 떠났다.

마누엘 노이어가 이끄는 바순이 따뜻하게 울리고.

플루트가 새싹처럼 돋아나며.

나윤희의 제2바이올린과 나카무라 료코의 비올라가 서서히 목소리를 내자 어느덧 관객들의 머릿속에 고향의 전경이 완성되어 갔다.

사랑하는 어머니, 아버지.

들판을 함께 뛰놀던 벗들.

가슴 설레게 했던 그 아이.

눈을 감은 관객들의 입가에 미소가 그려진다.

그 순간.

곡의 풍조가 바뀌었다.

누군가 순행에 나선 마왕을 습격했다. 첼로와 베이스가 암운처럼 드리우고 트럼펫의 외침 아래 친위대가 칼을 뽑아 든다.

갑작스러운 공격에도 친위대는 용맹하게 맞선다.

제1바이올린과 제2바이올린이.

퍼스트 피아노와 세컨드 피아노가 서로 경쟁하듯 앞서거니 뒤서거니 서로의 칼과 방패를 내민다.

그러나 전황은 점점 불리해지고.

마왕은 퇴각하고 만다.

제1바이올린과 퍼스트 피아노의 맹렬한 질주에 제2바이올린과 세컨드 피아노의 목소리는 조금씩 잦아든다.

1악장이 끝나고.

곧장 이어진 2악장은 음울하게 시작한다.

고향을 잃은 상실감과 그리움이 첼로의 묵직한 화음으로 짙어지는데.

그럴수록 상처 입은 마왕과 그 친위대의 가슴이 끓어올랐다.

적을 두고 후퇴한 사실과 나라와 백성을 지키지 못했다는 치욕이 그들을 채찍질했다.

지친 몸이 굶주려도 칼날 같은 추위가 몸을 베어내도 분노의 불씨는 꺼지지 않았다.

모든 악기가 노래를 멈춘 순간에도 이어지는 피아노처럼.

가우왕의 피아노는 화를 주체하지 못했다. 타오르는 열정은 당장에라도 적군을 불사를 듯 열기를 뿜어냈다.

그 강인한 의지를 응원하던 관객들은 순간 이상함을 느꼈다.

소리가 나는 장소가 왼쪽에서 오른쪽으로 움직인 듯한 착각이 들었다.

눈을 뜨자.

분명 가우왕이 연주하고 있었을 터인데, 어느새 그의 손이 움직이지 않았다.

고개를 돌리자 반대편에서 최지훈이 지금껏 보여주지 않던 야성을 폭발시키고 있었다.

분명 가우왕의 연주였다.

관객뿐만 아니라 음악에 조예가 있는 이들조차 무슨 일이 벌어지고 있는지 알 수 없었다.

카덴차를 시작한 피아노는 분명 한 대.

가우왕이 평소 들려주던 그 소리였고 잠시 눈을 감았을 뿐이었다.

그런데 눈을 뜨니 어느새 피아니스트가 바뀌어 있었으니 상황을 좀처럼 이해할 수 없었다.

'재밌네요.'

크리스틴 지메르만이 두 피아니스트의 트릭을 눈치채곤 빙그레 웃었다.

'괴물들.'

엘리자베타는 두 사람을 번갈아 보며 아랫입술을 깨물었다.

피아니스트가 두 사람인 이상 두 대의 피아노가 완벽히 똑같은 연주를 할 순 없었다.

최대한 유사하게 연주하겠지만 한 사람이 연주하는 것처럼 할 순 없는 노릇.

그러나 가우왕과 최지훈은 달랐다.

가우왕이 연주를 시작하고 최지훈이 그것을 이어서 연주했던 것이었다.

당연히 있어야 할 어긋남이 조금도 느껴지지 않았다.

심지어 두 사람은 연주를 주고받기를 반복했다.

그러면서도 연주는 단 한 대의 피아노와 한 사람의 완벽한 피아니스트가 연주하는 것처럼 이어졌다.

대신.

소리가 발생하는 지점이 좌측과 우측을 오가며 보다 입체적으로 콘서트홀을 채우고 있었다.

그러한 일은 곧 찰스 브라움의 제1바이올린과 나윤희의 제2바이올린에 의해서 재현되었다.

한 번 경악했던 세계가.

'가우왕과 최지훈이니까'라는 이유로 겨우 납득했던 세계가 전율했다.

역사상 가장 뛰어난 피아니스트로 손꼽히는 가우왕과 최지훈뿐만 아니라, 모든 악기가 하나처럼.

베를린 필하모닉이라는 하나의 악기처럼 다가왔다.

마리 얀스, 사카모토 료이치, 브루노 발터, 아르투로 토스카니니, 제르바 루빈스타인, 엘리아후 인손, 아리엘 얀스, 프란츠 미스트, 차명운, 레몽 도네크, 알렉산드르 헤신.

오케스트라 대전 본선에 오른 모든 지휘자가 동요했다.

오케스트라가 하나의 악기처럼 작용한다는 비유적 표현이 아니었다.

대체 어떤 연습을 반복해 왔기에 이런 연주가 가능한 것인지 그들로서도 알 수 없었다.

아니, 노력한다고 가능한 일인지부터 의심스러웠다.

각 악기가 하나처럼 연주되기 위해 부단히 노력했던 빈 필하모닉으로서도 그들이 추구했던 이상적인 연주를 목도하자 숨이 턱 막히는 듯했다.

'무슨 짓을 한 겐가, 도빈 군.'

배도빈을 가장 가까운 곳에서 오랫동안 지켜보았던 사카모토 료이치조차 두 귀를 의심했다.

시력을 잃고 비약적으로 예민해진 배도빈의 청력에 부응하려고 지난 1년간 매일 같이 땀 흘렸던 베를린 필하모닉을 모르는 그로서는 지금 그들이 펼치는 연주를 이해할 수 없었다.

상처 입은 줄로만 알았던 제국은.

회복에 전념하고 있는 줄로만 알았던 마왕과 그 군세는 지난 오케스트라 대전 우승 당시보다 훨씬 예리하고 강인한 모습으로 돌아와 있었다.

경악 속에.

연주는 계속되었다.

영토를 잃은 마왕은 반란군을 향해 천천히 행진했다.

군량은 떨어지고 몸은 지쳤다.

병력과 병장기는 이루 말할 수 없이 차이가 났다.

그럼에도 마왕군에게 기습이란 없었다.

압도적인 힘으로.

천천히. 위엄을 잃지 않고 행진했다.

앞을 가로막는 반란군을 베어내며 위풍당당한 모습으로 나아갔다.

베이스와 바순이 비장히 울리고.

피아노가 깃발을 우뚝 세운 채 마왕의 지휘 아래 성벽을 넘어서자 금관악기가 폭발하듯 마왕의 귀환을 알렸다.

연주가 끝나고.

금관악기가 남긴 소리가 공기 중에 스며들어 잔향이 흩어 없어질 때까지 콘서트홀은 고요했다.

압도적인 심상.

저항할 수 없는 힘.

가슴과 영혼에 행해진 폭력 앞에 세계가 굴복한 순간이었다.

배도빈이 뒤돌아 객석을 향해 고개를 숙이자 그제야 교화된 만백성이 신을 향해 엎드렸다.

"빈! 빈! 빈! 빈!"

그는 웃고 있었다.

시카고 그랑프리 두 번째 날의 공연이 마무리되었다.

투표가 진행되는 도중 팬들은 도대체 베를린 필하모닉과 로스앤젤레스 필하모닉이 몇 표를 획득할지를 두고 설전을 벌였다.

ㄴ일단 베를린 필하모닉이 무조건 1등임. 진짜 악단 전체가 돌았음. 걍 미쳤어.

ㄴ난 진짜 질리더라. 배도빈이나 몇몇 사람이야 이해 간다만 저런 연주를 할 수 있을 때까지 얼마나 괴로웠겠어. 베를린에 비할 바는 아니지만 지역 시향에서 일하는 입장에서 저건 진짜 말이 안 돼.

ㄴ난 LA에 투표했음. 솔직히 엘리자베타 피아노 개쩔었다.

ㄴ아 미치겠다 진짜 ㅠㅠ 나 지금도 가슴이 쿵쾅대. 상트 페테르부

르크 연주 기억도 안 남 ㅠㅠ

　└어제 시카고 보다 많이 나오려나? 반응 진짜 장난 아니다.

　└지금 각 악단 지휘자들 상대로 인터뷰하는 중인데 다들 한결같이 경이로웠다더라.

　└베를린이 1등 확정이네.

　└솔직히 난 음악 잘 모르고 누구 실력이 나은지도 모르는데 배도빈 이랑 베를린 음악은 그냥 쩔어. 그냥 좋아.

　└몰라도 감동을 주는 게 진짜 대단한 거지.

　└아리엘 얀스랑 LA 필하모닉 작년에 왜 기록을 갈아치웠는지 알 겠더라. 악기들이 유기적으로 호응하는 건 베를린 못지않았음. 또 피아 노랑 경쟁하는 듯한 표현도 좋았고.

　팬들이 열정적으로 그들이 받은 감동을 표현하고 있을 때 각 지휘자도 베를린과 로스앤젤레스에 감탄하고 있었다.

　취재를 나선 여러 기자의 질문에 칭찬 일색으로 답했고 깐 깐하기로 유명한 아르투로 토스카니니마저 두 악단을 인정하 고 말았다.

　그렇게 분위기가 무르익고.

　사회자가 나섰다.

　"오래 기다리셨습니다. 2027 OOTY 오케스트라 대전 시카 고 그랑프리 2일 차가 모두 마무리되었습니다. 정말 감탄밖에 나오지 않는 대단한 무대를 펼쳐 준 세 오케스트라에 큰 박수 부탁드립니다."

관객들이 환호와 함께 박수를 보냈다.

스크린에 팔짱을 끼고 있는 배도빈과 곧은 자세로 앉아 있는 아리엘 얀스 그리고 알렉산드르 헤신의 모습이 차례로 비치자 함성은 더욱 커졌다.

"그럼, 투표 결과 발표하겠습니다. 시카고 그랑프리 2일 차! 결과! 보여주세요!"

중앙 대형 스크린에 베를린 필하모닉, 로스앤젤레스 필하모닉, 상트 페테르부르크 필하모닉의 로고가 번갈아 나타났고.

이내 투표 결과에 따라 각 로고가 재배치되었다.

[2027 오케스트라 대전 시카고 그랑프리 2일차 투표 결과]

베를린 필하모닉

(배도빈 피아노 협주곡 1번 C단조 '베를린 환상곡'. 가우왕·최지훈, 배도빈)

59,112,185표(1st)

로스앤젤레스 필하모닉

(차이코프스키 피아노 협주곡 1번 B플랫 단조. 엘리자베타 툭타미셰바,

아리엘 얀스)

24,099,749표(2nd)

상트 페테르부르크 필하모닉

(베토벤 피아노 협주곡 5번 E플랫 장조, '황제'. 루리얼 부르상, 알렉산드르 헤신)

3,245,135표(6th)

"우와아아아아아!"

"우워어어어!"

베를린 필하모닉이 받은 압도적인 표 수에 전 세계가 경악했고 베를린 필하모닉 단원들조차 깜짝 놀라고 말았다.

"보스, 59,112,185표로 현재까지 1위입니다."

귀청이 떠나갈 것 같은 함성에 인상을 쓰고 있던 배도빈이 죠엘 웨인의 설명에 미소 지었다.

당연한 일이었다.

· 115악장 ·

Legacy

[시카고 그랑프리 우승, 베를린 필하모닉!]

1월 27일부터 30일까지 진행된 2027 오케스트라 대전 시카고 그랑프리가 종료되었다.

디지털 스트리밍 서비스 업체 JH시네마를 통해 시카고 그랑프리를 시청한 관객은 2억 4,000만 명으로 추산, 현재까지 누적 조회 수 9억 1,100만 7,131을 기록하며 인류 최대 규모의 클래식 음악 축제임을 확고히 했다.

큰 화제를 모은 만큼 참가자들 면면도 화려하다.

완전무결의 피아니스트 크리스틴 지메르만이 근 2년 만에 공식 무대에 나섰으며.

가우왕·최지훈에 이어 차세대 완성형 피아니스트로 알려진 여제 엘리자베타 툭타미셰바가 로스앤젤레스 필하모닉 소속으로 처음 나섰다.

최고의 피아니스트 가우왕과 최지훈은 물론, 그레고리 소콜라브, 니나 케베리히 최성신 등 내로라하는 피아니스트가 모두 참전한 시카고 그랑프리.

치열한 접전 끝에 오케스트라 대전 첫 우승컵은 베를린 필하모닉이 차지했다.

첫 번째 오케스트라 대전에서 우승했던 베를린 필하모닉은 2020년 이후 2025년까지 매년 악단 기록을 경신해 나가며 명실상부 최고의 오케스트라로 입지를 갖췄으나 작년 한 해 악단주 배도빈의 부재로 주춤했다.

이번 오케스트라 대전 참가 의사를 밝혔지만 과연 정말 그가 나설 수 있을지에 대한 의문이 계속해 제시되었던 만큼 베를린 필하모닉의 우승은 그 의미가 크다.

한편 이번 오케스트라 대전은 완전한 세대교체가 되었음이 증명된 대회이기도 하다.

[시카고 그랑프리 최종 결과]

베를린 필하모닉

(배도빈 피아노 협주곡 1번 C단조 '베를린 환상곡'. 가우왕·최지훈, 배도빈)

59,112,185표(1st)

로스앤젤레스 필하모닉

(차이코프스키 피아노 협주곡 1번 B플랫 단조. 엘리자베타 툭타미셰바,

아리엘 얀스)

24,099,749표(2nd)

빈 필하모닉

(베토벤 피아노 협주곡 피아노 협주곡 3번 C단조. 니나 케베리히, 사카모

토 료이치)

24,001,584표(3rd)

시카고 심포니 오케스트라

(베토벤 피아노 협주곡 4번 G장조. 크리스틴 지메르만, 제르바 루빈스타인)

14,089,911표(4th)

대한국립교향악단

(라흐마니노프 피아노 협주곡 2번 C단조. 최성신, 차명운)

9,880,521표(5th)

암스테르담 로얄 콘세르트허바우

(모차르트 피아노 협주곡 20번 D단조. 김소망사랑, 마리 얀스)

9,285,375표(6th)

다음 상위 여섯 악단을 살펴보면 특이한 점을 여럿 발견할 수 있다.

베를린 필하모닉, 로스앤젤레스 필하모닉의 순위는 어느 정도 예상

되었던 반면.

빈 필하모닉과 손을 잡은 니나 케베리히가 크리스틴 지메르만과 시

카고 심포니를 앞선 것은 빈 필하모닉과 사카모토 료이치를 감안하더

라도 다소 충격적이다.

지금까지 여러 가능성을 보여주고 대중적 인기를 끌었으나 퀸 엘리자베스 콩쿠르 우승 이후 이렇다 할 활약을 보이지 못했던 니나 케베리히가 당당히 현세대 최고의 피아니스트로서 입지를 확고히 했다 볼 수 있다.

또한 피아니스트의 기량과 오케스트라와의 호흡이 중요한 주제였다고는 해도 암스테르담 로얄 콘세르트허바우의 순위는 다소 생소하다.

반면, 라이징스타 엔터테인먼트 소속의 김소망사랑의 약진 또한 주목할 만하다. 여러 국제 무대에서 경력을 쌓아나가는 대한민국의 젊은 피아니스트의 앞으로에 기대를 걸어본다.

대한국립교향악단의 선전도 놀랍다.

2020년 전까지 국제 무대에서 큰 관심을 받지 못했던 대한국향이 최성신, 차명운의 만남으로 큰 성과를 거두었다.

런던 심포니, 런던 필하모닉, 체코 필하모닉 등 여러 명문이 저조한 성적을 보인 시카고 그랑프리.

그러나 앞으로 열한 번의 그랑프리가 남아 있기에 또 어떤 이변이 발생할지 기대해 본다.

-한이슬(평론가)

시카고 그랑프리 이후 평단은 혼란에 빠졌다.

베를린 필하모닉, 로스앤젤레스 필하모닉, 빈 필하모닉을 제외하면 지금까지의 우세가 전혀 적용되지 않았기 때문.

전설 브루노 발터와 아르투로 토스카니니마저 첫 그랑프리에서 고전을 면치 못했으니 앞으로 오케스트라 대전이 어떻게 진행될지 누구도 예측할 수 없었다.

그러는 가운데 클리블랜드 그랑프리와 로스앤젤레스 그랑프리가 진행되었고.

몇몇 평론가는 예측을 포기하고 팬들과 함께 즐기는 단계에 이르게 되었다.

세계 클래식 음악 협회장 자격으로 '너만 모름'에 출연한 미카엘 블레하츠도 그들과 다르지 않았다.

"고품격 음악 전문 토크쇼, 너만 모름의 우진입니다. 오늘은 정말 특별한 분을 모셨습니다. 현역 당시는 물론 현재까지 수많은 피아니스트의 귀감이 돼주셨고 지금은 세계 클래식 음악 협회장으로 활동 중이신 미카엘 블레하츠 씨를 모셨습니다. 반갑습니다, 블레하츠."

"반갑습니다."

"오랜만에 출연해 주셨는데 시청자분들께 근황 좀 알려주시죠."

"하하. 정말 바쁘게 보내고 있습니다. 아시다시피 오케스트라 대전이 진행되고 있으니까요."

"확실히 그렇죠. 한 달에 한 번씩 개최하다 보니까요. 직원분들이 고생이 많을 것 같습니다."

실질적인 업무는 협회 직원들이 하고 있지 않냐는 우진의 짓궂은 질문에 블레하츠가 장난스레 그를 노려보았다.

"하하. 농담입니다. 블레하츠 씨가 누구보다도 열심히 활동하는 건 모두가 아는 사실이죠."

"우진 씨가 사실 좋은 사람이라는 것도 다 아는 사실이죠."

블레하츠와 우진이 턱을 당긴 채 시선을 바라본 뒤 웃었다.

"자, 오케스트라 대전 그랑프리가 벌써 네 번째 무대를 앞두고 있습니다. 블레하츠 씨는 지금까지의 진행을 어떻게 보고 계시는지 차트를 보며 들어보도록 하죠."

우진이 본격적으로 인터뷰를 시작하자 화면에 오케스트라 대전의 누적 점수 합계가 노출되었다.

[2027 오케스트라 대전 포인트 랭킹]

1st 로스앤젤레스 필하모닉----(68pt)

2nd 베를린 필하모닉----------(61pt)

3rd 빈 필하모닉----------------(45pt)

4th 로얄 콘세르트허바우------(32pt)

5th 시카고 필하모닉----------(26pt)

6th 로테르담 필하모닉--------(20pt)

우진이 질문했다.

"우선 현재 1위 로스앤젤레스 필하모닉에 대해 여쭙죠. 클리블랜드 그랑프리와 홈이었던 로스앤젤레스에서 연속 우승을 차지했는데, 이 기세가 앞으로도 이어질까요?"

"높은 확률로 그럴 겁니다."

미카엘 블레하츠의 목소리는 확신에 차 있었다.

"아리엘 얀스가 복귀하고 지난 1년간 로스앤젤레스 필하모닉은 정말 경이로운 모습을 보여주었습니다. 많은 지표가 그것을 증명하죠."

"로스앤젤레스 그랑프리에서는 베를린 필하모닉이 시카고에서 얻은 표 수에 근접하기도 했고요."

"그렇습니다. 물론 주제가 아리엘 얀스 감독이 자신 있는 모차르트이기도 했지만 정말 환상적이었습니다."

"반응도 좋았고요. 근래에는 마리 얀스의 손자로 불리는 게 아니라 도리어 마리 얀스가 아리엘 얀스의 조부라고 불린다고 하더군요."

"시간이 참 무섭네요. 하지만 마리 얀스도 기뻐할 겁니다."

미카엘 블레하츠는 흐뭇하게 고개를 끄덕이며 답을 마쳤다.

"자, 그럼 베를린 필하모닉. 시카고 이후 연속해 준우승을 했습니다. 충분히 좋은 성적이지만 배도빈 악단주의 심기가 불편할 것 같군요. 상황이 반전될 수 있을까요?"

"하하."

우진의 질문에 블레하츠가 웃음을 터뜨렸다.

그 의미를 모르는 우진은 카메라를 응시하며 눈을 끔뻑였고 블레하츠는 겨우 진정할 수 있었다.

"다들 우진 씨의 농담이 재미없다고 하는데, 방금 것은 정말 좋았습니다. 아주 좋은 시도였어요."

"잘 모르겠지만 일단 칭찬 감사합니다."

"하하."

블레하츠가 고개를 젓고 말을 이어나갔다.

"배도빈입니다. 다른 사람도 아니고 배도빈이요. 그리고 그가 다른 어디도 아닌 베를린 필하모닉과 함께하죠. 의심할 여지가 없습니다."

"과연 그렇군요."

"사실 시카고에서 보여주었던 모습은 정말 말도 안 되는 일이었습니다. 음악을 업으로 삼는 사람이라면 그런 게 가능하냐는 질문에 코웃음부터 칠 겁니다."

"그에 관련한 연구 결과가 며칠 전 발표되기도 했었죠. 혹시 이 기사 보신 적 있으십니까?"

우진이 판넬을 들어 보였다.

해당 기사는 거대 음향 기기 업체 하먼 인터네셔널 인더스트리가 시카고 그랑프리 당시 베를린 필하모닉의 연주를 연구한 결과를 담고 있었다.

가우왕과 최지훈의 연주가 99.931퍼센트 유사했고 제1바이올린과 제2바이올린이 91퍼센트 수준으로 유사했다는 내용에 미카엘 블레하츠도 허탈하게 웃었다.

"사람이 분간할 수준은 확실히 아니었군요. 정말 대단합니다."

블레하츠가 목을 풀곤 설명을 시작했다.

"사실 어떻게 가능했는지는 모르겠습니다. 가우왕과 최지훈의 연주가 유사한 정도는 정말, 악기의 차이 때문에 발생했다고 보는 게 맞을 정도니까요."

"스타인웨이가 두 사람을 위해 똑같이 만들었지만, 어쩔 수 없이 발생한 차이란 말씀이시군요."

"그렇습니다. 이어 말하자면 제1바이올린과 제2바이올린도 마찬가지입니다. 여러 악기가 연주되니 사실 연주자들은 모두 같은 연주를 했다고 봐야 하겠죠."

우진이 고개를 끄덕이며 블레하츠의 말을 경청했다.

"앞서 말씀드렸지만 사실 대부분의 사람은 오케스트라와 같이 대규모 연주를 파악할 능력이 없습니다. 아주 잘 훈련된 사람만이 가능하죠."

"예를 들어 블레하츠 씨라든가."

"하하. 네. 하지만 저조차 시카고에서의 베를린 환상곡을 들을 땐 깜짝 놀랐습니다. 차이를 정말 못 느꼈거든요. 도대체 어떤 방식으로 준비했는지 가늠할 수 없습니다. 적어도 기준을 두고 준비했을 텐데, 사실 그 정도로 완벽하게 준비하기 위해선 연주자들도 자신이 제대로 하는 건지 몰랐을 가능성도 있습니다."

"그럼 어떻게 준비했을까요?"

"아마 도빈이가 조율했겠죠. 그에게 무슨 일이 벌어졌는지는 모르지만 단원들은 그가 지시한 대로 연주했을 가능성이 큽니다. 귀로 판단하는 게 아니라 수없이 많은 반복으로 몸이 기억하도록."

"그동안 배도빈 악단주에 관한 많은 의혹이 제시되고 우려 또한 컸는데, 이번에도 우리를 놀라게 했군요."

"그렇습니다. 다음 런던 그랑프리 주제가 자유인 만큼 정말 큰 기대를 하고 있습니다."

블레하츠가 말을 마치자 우진이 정면 카메라를 응시했다.

"지금까지 로스앤젤레스 필하모닉과 베를린 필하모닉. 아리엘 얀스와 배도빈의 선두 경쟁이 어떻게 이어질지에 대한 미카엘 블레하츠 협회장님의 의견을 들어보았습니다. 2부에선 살아 있는 전설 사카모토 료이치와 마리 얀스, 브루노 발터, 아르투로 토스카니니에 관한 주제로 대화를 나눠보겠습니다. 시청해 주서서 감사합니다."

언론과 팬덤의 추측대로.

런던 그랑프리를 3주 앞둔 시점에 배도빈은 몹시 언짢아하고 있었다.

지난 클리블랜드 그랑프리와 로스앤젤레스 그랑프리에서 연달아 우승을 내준 탓이었다.

덕분에 악단 전체가 약이 바짝 올라 있었다.

그들은 런던 그랑프리를 어떻게 풀어낼지 의견을 나누기 위해 미팅실에 모였다.

죠엘 웨인이 브리핑을 시작했다.

"런던 그랑프리는 1차전과 2차전으로 나뉘어 진행됩니다."

런던을 연고로 한 런던 심포니와 런던 필하모닉이 본선에 올랐기에 런던 그랑프리는 총 8일간 진행되었다.

"본 회의는 각 그랑프리를 어떻게 풀어나갈지 의견을 나누는 자리가 되겠습니다. 자세한 사항은 회의지를 참고해 주시기 바랍니다."

회의지에는 각 그랑프리의 주제가 적혀 있었다.

1차전 주제는 자유, 2차전 주제는 바이올린 협주곡이었다.

또한 런던-함부르크 왕복 해상 오케스트라 운용을 어떻게 할 것인지에 대한 안건도 명시되어 있었다.

"그러면 자유롭게 진행하도록 하겠습니다."

죠엘의 말을 끝으로 평소와 같이 회의가 시작되었다.

"로스앤젤레스의 콧대를 납작하게 해주기 위해서라도 그랜드 심포니를 해야 한다고 생각합니다."

"동의합니다."

"나도."

오보에 수석 진 마르코의 도발적인 발언에 피셔 디스카우, 마누엘 노이어와 같은 마초남들이 고개를 끄덕였다.

지난 1년간 눈물과 땀으로 완성한 그랜드 심포니는 그들의 절대적인 무기였다.

승리가 약속된 무대.

그러나 배도빈은 고개를 저었다.

"그랜드 심포니는 여기, 루트비히홀에서 할 거예요. 1차 그랑 프리에선 타마키 히로시 피아노 협주곡으로 갑니다."

"좋네."

"좋아요."

푸르트벵글러 체제 이후 배도빈까지 50년이 넘도록 이어진 폭정에 익숙해진 단원들은 악단주의 말에 금방 수긍했다.

타마키 히로시 피아노 협주곡 역시 곡 자체의 완성도가 뛰어났고 무엇보다 더 이상 점수 차이를 벌리지 않기 위해서라도 가우왕·최지훈이라는 확실한 우승 카드를 쓸 때였다.

"준비는 스칼라 악장이 맡고."

"응."

"가우왕 부감독과 최지훈 부수석은 시카고 때와 같이 준비해 주세요."

그러나 이어지는 주문에 의기양양해 있던 가우왕과 최지훈
이 당황하고 말았다.

"잠깐."

가우왕이 드물게도 다급히 나섰다.

"너 그거 준비하는 게 얼마나 힘든 줄은 알고 자꾸 하라는
거야?"

"맞아. 차라리 혼자 할래."

가우왕이 천천히 고개를 돌려 최지훈을 보았다.

"빠질 거면 네가 빠져야지 뭔 소리야?"

"연세도 있으시니까 한 번 쉬시는 것도 괜찮아요."

"……이 꼬맹이가 또 슬슬 긁네?"

천진난만한 얼굴로 항상 방긋방긋 웃고 다니던 최지훈을
순딩이로 취급했던 가우왕은 지난 1년 사이 그에 대한 인식을
완전히 바꾸었다.

착한 얼굴과 착한 말투로 신경을 긁어대는 게 어릴 적 배도
빈 이상으로 악독했다.

배도빈이 매일 같이 부딪치는 두 사람이 지겹다는 듯 고개
를 젓고는 서로 누가 낫니 부족하니 아웅다웅하는 두 사람의
대화를 끊어냈다.

"시끄러워요."

배도빈이 단호히 말했다.

"어려우니까 두 사람한테만 시키는 거잖아요. 누가 할 수 있다고. 군말 말고 준비해요."

으르렁대던 두 사람이 동시에 천천히 고개를 돌렸다.

"아니, 진짜 못 하겠다니까? 쟤 연주 못 들었어? 세상 어떤 미친놈이 그딴 식으로 연주를 해?"

"가우왕 씨 연주 너무 힘들단 말이야. 알잖아."

가우왕은 가우왕대로.

최지훈은 최지훈대로 서로의 연주를 따라가는 게 벅찼다.

서로 다른 방향을 추구해 한계를 넘어선 두 피아니스트가 상대방의 연주를 완벽히 카피하려 하니 쉬울 리 없었다.

"싫으면 나가요."

"……."

"……빌어먹을."

배도빈의 협박에 두 사람은 아무 말도 못 했다.

악장단과 수석들은 입단 2년 차와 1년 차 신입 사원이 조금씩 폭정을 받아들이는 과정을 흐뭇하게 지켜보았다.

특히 지난번 공연과 달리 바이올린에 대한 주문은 없었기에 찰스 브라움과 나윤희는 작게 안도했다.

배도빈이 말을 이어나갔다.

"2차전 바이올린 협주곡은 불새로 합니다."

안도의 한숨을 내쉬고 있던 찰스 브라움과 나윤희의 정신이 번쩍 들었다.

찰스 브라움은 당연히 자신이 나설 것으로 생각했고 나윤희는 이번에야말로 제대로 연주하고 싶어 기대했는데.

두 사람에게 청천벽력과 같은 소식이 전해졌다.

"악장은 헨리 빈프스키 감독이 맡습니다. 찰스 브라움 악장과 나윤희 악장은 무대 좌우를 맡아주세요."

찰스 브라움과 나윤희의 눈이 튀어나올 듯 커졌다.

"무, 무슨 뜻이지?"

당황한 찰스 브라움이 말까지 더듬으며 되묻자 배도빈이 고개를 살짝 틀었다.

"둘이 함께 연주하란 뜻이에요."

그런 말도 이해 못 하냐는 듯 나무라는 말투에 찰스 브라움은 말문이 막히고 말았다.

"나, 나, 찰스 악장님만큼 부드럽게 연주할 자신 어, 없는데."

"할 수 있어요."

나윤희도 배도빈의 단호한 어조에 순간 멍해졌다.

선이 굵고 힘찬 연주가 강점이지만 그렇다고 해서 나윤희가 부드럽고 서정적인 연주를 못 하는 건 결코 아니었다.

단지 스트라디바리우스 파이어버드를 연주하는 찰스 브라움을 따라가야 하는 것이 문제였다.

그것은 찰스 브라움 역시 마찬가지.

나윤희가 연주하는 블러드 와인은 배도빈의 캐논만큼이나 폭발력이 있었고.

자신의 소중한 파이어버드에게 그런 난폭한 노래를 강요할 순 없었다.

"두 사람이 함께 연주할 파트는 따로 있으니 걱정 말고 지금까지 해왔던 대로 하면 돼요. 이번 불새는 두 마리니까."

두 사람을 누구보다도 잘 파악하고 있는 배도빈이 그 이상 무리한 요구는 하지 않자 찰스 브라움과 나윤희는 그제야 안도했다.

"크루즈 공연은."

배도빈이 잠시 고민하는 듯 말끝을 흐렸다.

회의에 참석한 사람 모두 앞선 네 사람의 경우를 보았기에 잔뜩 긴장할 수밖에 없었다.

"프란츠 페터와 진달래가 맡습니다."

회의실 테이블 끝에서 낙서를 하고 있던 프란츠 페터가 깜짝 놀랐고 진달래는 두 팔을 번쩍 들며 기뻐했다.

"이번 그랑프리는 저번 오케스트라 대전보다 일정이 빠듯하니 따로 준비할 시간은 없을 겁니다. 페터가 반주하고 달래가 무대 맡아."

"넵!"

웃고 떠드는 밴드 스케줄 이외에는 활동하지 못했던 진달래가 다소 과장해 경례까지 했다.

"두 사람 모두 그간 노력해 왔으니 잘해내리라 믿을게."

어쩌면 경험이 부족한 두 사람에게 공연을 모두 맡기는 일이 성급한 선택일 수도 있었다.

그러나 배도빈은 그간 자신의 곁에서 분발해 온 두 사람을 믿었다.

"그럼 총연습은 모레부터 시작하겠습니다. 평소와 같이 갑니다."

"예, 보스."

"괜찮습니다."

죠엘 웨인은 휴가 제안을 극구 거절했다.

이자벨 멀핀은 이미 배도빈의 개인 비서를 넘어서 베를린 필하모닉의 중심축으로 활동하고 있었고.

비서실에 그녀를 제외하고 네 명이 더 있었지만 좀처럼 마음 편히 휴가를 쓸 수 없었다.

곧 런던 그랑프리 일정이 시작되었기에 24시간 보좌할 사람이 필요한 탓이었다.

"걱정 말고 다녀와요."

그러나 배도빈도 완고했다.

"작년에도 휴가 못 썼잖아요. 그동안 고마웠고 충분히 쉬다 와요."

배도빈이 시력을 잃은 뒤로 비서실 직원과 나윤희 등이 적극적으로 그의 곁을 지켰으나 죠엘 웨인은 말 그대로 24시간 내내 그를 돕고 있었다.

산타와 관련한 일로 자발적인 행동이긴 하나 마음이 쓰였다.

"하지만."

"아뇨. 다녀와요. 런던 그랑프리는 지훈이랑 같은 방 쓸 거니 괜찮아요. 비서들도 다 데리고 갈 거고."

"……."

배도빈의 고집을 잘 아는 죠엘 웨인은 어쩔 수 없이 그의 배려에 감사했다.

"감사합니다. 하지만 필요하실 땐 꼭 연락 주세요."

"그런 일이 있으면 안 되죠."

"그건 그렇네요."

두 사람이 작게 웃었다.

"인사과에 말해두었으니 퇴근할 때 들렀다 가요."

"네. 아, 보스."

죠엘이 문득 고개를 들었다.

"네."

"저…… 그러니까."

"편하게 말해요."

망설이던 죠엘이 겨우 입을 열었다.

"시, 실은 가족 여행을 가고 싶었는데. 이번 런던 그랑프리 공연을……."

산타를 돌보고자 대부분의 시간을 할애했던 가족은 여행한 번 제대로 즐기지 못했었다.

대학 졸업 이후 곧장 취직해 일만 해왔던 27살 죠엘 웨인은 음악을 좋아하는 어머니와 동생을 위해 오케스트라 대전과 함께 여행을 즐기고 싶었다.

어린 직원이 조심스레 언급한 속내에 배도빈이 빙그레 웃었다.

"걱정 말고 가봐요."

"감사합니다."

죠엘이 문을 닫고 나가는 소리가 들리자 배도빈이 책상 위로 손을 뻗어 내선 전화기를 더듬었다.

숫자 9번을 누르자 얼마 후 푸르트벵글러호를 담당하는 부서로 연결되었다.

-네, 보스. 크루즈 경영팀 포트먼입니다.

"푸르트벵글러호 예약 끝났죠?"

-일반실은 마감되었고 단원들을 위한 특실은 남아 있습니다.

"좋네요. 빈 방 하나 마련해 주세요. 예약자는 죠엘 웨인으로 하시고."

삼시 뒤.

인사과를 찾은 죠엘 웨인은 깜짝 놀라고 말았다.

"네? 잘못된 거 아니고요?"

"방금 크루즈 경영팀에서 연락 받았어요. 자, 여기."

각 악단에게 할애된 그랑프리 관람권만 얻을 수 있다면 더 바랄 것이 없었거늘.

푸르트벵글러호 왕복권은 상상도 못했었다.

이미 예약이 끝나기도 했고 티켓 값 자체도 산타의 치료비를 감당하는 죠엘 웨인으로선 부담스러운 수준이었다.

그래서 언젠가는 꼭 한 번 어머니와 동생에게 푸르트벵글러호를 경험시켜 주고 싶었는데.

이렇게 이뤄질 줄은 몰랐다.

'보스……'

죠엘이 티켓을 받아들고 감사함에 어쩔 줄 몰라 했다.

감격에 젖은 그녀는 티켓을 한참이나 바라보다가 함께 받은 서류로 눈을 돌렸다.

10일간의 휴가와 함께 10,000유로의 휴가비가 지급되었다는 확인서를 본 죠엘은 눈썹을 모으며 눈을 의심했다.

연봉의 25퍼센트에 해당하는 거액과 10일이라는 긴 휴가에 정신을 못 차리는 그녀에게 인사과 직원이 미소를 보내주었다.

"휴가 즐겁게 보내세요."

"아, 감사합니다."

정말 생각지도 못한 큰 행복에 죠엘은 아직도 얼떨떨했다.

며칠 뒤.

너무나 오랜만에 가족 여행에 나선 그레이 웨인과 산타 웨인이 눈을 휘둥그레 떴다.

"히야아."

"세상에. 너무 멋있다."

금빛으로 빛나는 푸르트뱅글러호의 휘황찬란한 모습에 죠엘 웨인도 가슴이 뛰었다.

"좋아?"

누나의 질문에 산타가 고개를 힘차게 끄덕였다.

"정말 너무 감사해서 어쩌니."

"그러니까. 이런 일 또 없을 거니까 맘껏 즐기자, 엄마."

그레이 웨인이 싱긋 웃곤 딸을 안았다.

"그래."

남편이 죽은 후로 딸 죠엘은 집안일을 거의 도맡아 하면서도 동생을 보살폈다.

그러면서도 학교 성적도 좋았다.

놀고 싶었을 텐데 너무 어렸을 적부터 철이 든 딸이 안쓰럽기도 하고 기특하기도 했거늘.

직장에서 이런 대접을 받을 정도로 성장했다고 생각하니 악단주 배도빈에게 감사하면서도 딸이 너무나 자랑스러웠다.

그때 산타가 누나의 옷깃을 잡아당겼다.

죠엘이 고개를 돌리자 산타가 런던 그랑프리 포스터를 들어 베를린 필하모닉을 가리켰다.

런던으로 여행을 오고 싶었던 이유는 산타가 하루에도 수십 번씩 듣는 타마키 히로시 피아노 협주곡의 실연을 들려주기 위함.

전 세계 최고 수준의 오케스트라를 상대로 베를린 필하모닉이 전력을 다한 타마키 히로시 피아노 협주곡은 분명 녹음된 것과 다른 즐거움을 줄 수 있을 거라 믿었다.

"봐 봐. 여기 4월 21일부터 한다고 되어 있지?"

"응."

"오늘 며칠?"

산타가 당황해서 손가락을 접으며 날짜를 헤아리자 죠엘이 웃으며 산타의 뺨을 쓰다듬었다.

"오늘 19일. 이틀 더 기다려야 해."

산타가 고개를 끄덕이고 웃었다.

"이, 잊으면 안 돼."

혹시나 베를린 필하모닉 공연을 못 볼까 봐 누나가 잘 기억하고 있는지 확인하는 행동이었다.

그레이와 죠엘이 그 모습에 웃고 말았다.

한편.

오늘 공연을 맡게 된 프란츠 페터는 안절부절못했다.

공연 전반을 담당하게 된 것은 처음인 그는 병적으로 악보를 확인했고 그 행동은 리허설까지 이어졌다.

배도빈을 지켜보며 만들었던 체크 리스트를 반복해 확인하는 행동이 장시간 이어지자 스태프들도 조금씩 지치고 있었다.

그 모습을 지켜보고 있던 진달래가 프란츠에게 다가갔다.

"프란츠."

"네, 네?"

"괜찮아. 다 확인했잖아."

"그래도……"

진달래가 불안함을 감추지 못하는 페터의 어깨를 힘주어 잡았다.

"다들 엄청 기대하고 있을 거야. 신나게 해줘야지 이러고 있으면 어떡해."

"……네."

페터가 힘없이 대답했다.

진달래가 씩 웃으며 말했다.

"아티스트가 불안하면 관객도 불안해진대. 즐겁게 연주하면 덩달아 즐거워하고. 배도빈이 한 말이야."

"형이…… 그런 말을 했어요?"

"응."

진달래가 고개를 끄덕이며 확신을 주었다.

'그런 말 한 적 없지만.'

그러나 적어도 공연을 앞두고 불안해했던 페터는 그 말에 힘을 얻을 수 있었다.

"네. 힘낼게요!"

"좋아."

두 사람이 고개를 굳게 끄덕였다.

그렇게 무대에 나선 두 사람은 푸르트뱅글러호의 무대를 성공적으로 꾸몄다.

프란츠 페터는 더욱 발전한 연주를 선보였고 그의 피아노를 반주 삼아 노래한 진달래는 이미 전성기를 맞이해 있었다.

두 사람의 성장을 확인한 배도빈도 흡족해하며 박수를 보냈다.

최지훈도 곁에서 감탄했다.

"달래 진짜 잘한다."

"저 정도는 해야지."

"프란츠도 그새 많이 늘었고."

"작년 콩쿠르 이후로 혼 좀 났으니까."

"작년? 아."

최지훈이 작년 배도빈 콩쿠르가 진행되던 무렵을 떠올렸다.

프란츠의 피아노가 조금도 늘지 않았다며 불쾌해했던 배도빈이 그려졌고 자연스레 페터가 얼마나 혼나며 연습했을지 연상되었다.

"가자. 배고프다."

"응. 손잡을게."

"일일이 안 잡아도 된다니까."

"넘어지면 안 되잖아."

"안 넘어져."

"거짓말."

"내가 거짓말하는 거 봤어?"

"그럼 다리에 멍 안 생기면 믿어줄게."

"……."

곁에 있던 배도빈의 비서는 그의 보스를 다룰 수 있는 몇 안 되는 사람이 함께해 주어서 고맙기 그지없었다.

♪

런던 그랑프리 1차전 개막일.

주제 '자유'를 두고 열두 악단이 펼칠 진검승부에 전 세계가 떠들썩했다.

온라인 클래식 음악 포럼 중 가장 큰 '아마데우스'는 현재 각각 종합 8위와 10위에 랭크된 런던 심포니와 런던 필하모닉이 홈그라운드를 맞이해 상황을 반전할 수 있을지.

빈 필하모닉과 암스테르담 로얄 콘세르트르허바우가 1, 2위 경쟁에 참여할 수 있을지.

또 베를린 필하모닉이 LA 필하모닉과 동수를 이룰지 아니면 로스앤젤레스의 독주가 이어질지에 대한 추측 글로 가득했다.

ㄴ아무래도 익숙한 장소니까 좀 더 메리트가 있지 않을까 싶은데.

ㄴ맞아. 그것도 이유인데 다른 악단들에게 적응할 시간이 부족한 것에 대한 반사이익도 있음.

ㄴ그러고 보니 그러네. 미국에서 할 때는 유럽 오케스트라가 손해 보는 게 좀 있었지. 컨디션 조절이 힘들 테니. 시차 적응이라든가.

ㄴ그럼 베를린이랑 빈 필은?

ㄴ걔들은 괴물이라 논외야.

└근데 최상위권 보면 저 말에도 일리가 있긴 하다. 어찌되었든 로스앤젤레스가 현재 1위잖아. 베를린이랑 빈이 선전하고 있다 해도 암스테르담이나 런던 심포니, 런던 필하모닉이 죽 쑤는 거 보면 아예 틀린 말은 아닌 듯.

└어차피 오케스트라 대전 본선 진출한 악단은 전부 괴물임. 그 정도 실력이면 그때마다의 컨디션 차이가 크지.

└나도 동의. 게다가 각 악단 단원들이 고령인 것도 한몫하는 듯. 나이도 많은 사람들이 10시간 이상씩 이동해서 다음 날 바로 연주하면 평소 실력이 나오기 어렵지.

└그럼 이번에는 북미 쪽이 불리한 거네?

팬들의 대화는 오케스트라 대전이 시작되는 오후 6시(런던 기준)가 되기 하루 전부터 끊임없이 이어졌다.

그러는 가운데 날이 밝았고.

각 오케스트라는 바비칸 센터에 모여 오후 4시에 있을 개막식을 기다리고 있었다.

"오, 도빈 군."

사카모토 료이치가 멀리서 배도빈을 발견하곤 반갑게 다가갔다.

사카모토의 목소리를 들은 배도빈도 소리가 난 방향으로 고개를 돌렸다.

"사카모토."

배도빈이 항상 그랬듯이 팔을 벌렸고 사카모토는 오랜 친구를 꽉 끌어안았다.

"지훈 군도 반갑네."

"안녕하세요."

최지훈과도 친근하게 인사를 나눈 사카모토가 두 사람과 나란히 걸었다.

"빈 필은 언제 해요?"

아직 타 악단이 언제 무엇을 연주하는지 발표되지 않았기에 배도빈이 궁금증을 못 참고 물었다.

"세 번째 날이네. 베를린은 언젠가?"

"오늘 첫 무대요."

"허허. 이번에도 처음이구만. 시작부터 기대되네. 어떤가. 날을 바짝 세워 왔을 듯한데."

"사카모토는 안 그런 것처럼 말하네요."

"껄껄. 기대해도 좋네. 아주 재밌는 곡을 준비했지."

사카모토의 말투가 순위 경쟁보다 오케스트라 대전 자체를 즐기는 듯했기에 배도빈은 슬며시 웃으며 고개를 끄덕였다.

그가 입원했을 때 첫 번째 오케스트라 대전에 참전하지 않은 걸 후회했던 기억이 떠올라, 지금 그와 함께하는 것이 얼마나 큰 기쁨인지 새삼 확인할 수 있었다.

"사카모토랑 빈은 항상 기대하고 있어요."

"음음. 참, 오는 길에 얀스 군도 봤는데 인사했는가?"

"그 녀석이랑 왜 인사를 해요."

"껄껄껄. 베토벤 콩쿠르 뒤로 사이가 좋아진 게 아닌 모양일세."

"좋을 거 없어요."

"두 번 져서 삐졌어요."

"하하하하!"

최지훈이 방실방실 웃으며 끼어들자 배도빈이 인상을 썼다.

그러나 사카모토도 최지훈도 웃을 뿐이라 콧김을 내쉬며 언짢아할 뿐이었다.

"그나저나 어디 보자. 지훈 군이 함께 온 걸 보면 피아노 협주곡이겠군. A108이라든가. 안 그렇나?"

"글쎄요."

"하하하. 곧 알게 되겠지. 그럼 또 보세."

사카모토가 배도빈의 손을 꽉 잡아 흔들곤 단원들이 있는 곳으로 향했다.

"언제 봬도 정말 멋지셔."

최지훈이 점잖으면서도 유쾌한 사카모토 료이치의 뒷모습을 보며 말했다.

배도빈도 괴팍하거나 예민한 인간만 있는 음악계에서 유독 특별한 사람이라는 사족을 덧붙이며 공감했다.

"서둘러야 하지 않아?"

"아니야. 천천히 가면 돼. 딱 맞을 것 같아."

집합 시간이 다 되어갔기에 두 사람도 발을 재촉해 단원들과 만나기로 한 장소로 향했다.

"어?"

최지훈이 로비에서 심각한 표정을 짓곤 안절부절못하는 단원들을 보고 고개를 갸웃했다.

"무슨 일 있나 봐."

"왜?"

"모르겠어. 다들 표정이 안 좋은데."

"아, 도빈이 왔네."

최지훈이 말을 마치기도 전에 마누엘 노이어가 달려왔다.

"도빈아."

"무슨 일 있어요?"

"뮌데르크가 안 왔어."

배도빈이 눈썹을 좁혔다.

순간 불길해지며 예전 그가 몸이 좋지 않아 올해를 마지막으로 은퇴하고 싶다고 말했던 일이 떠올랐다.

"점심 먹고 체한 것 같다고 먼저 가라 했거든. 약속 시간까지 안 오길래 전화했더니 전화도 안 받고."

"뮌데르크 누구랑 방 썼어요?"

"피셔. 아까 호텔로 돌아갔어."

노이어가 말을 마치기도 전에 배도빈의 이어폰이 울렸다.

-피셔 디스카우 님께서 통화를 원하십니다.

배도빈이 오른쪽 귀에 끼고 있던 이어폰을 두 번 건드리자 피셔 디스카우의 목소리가 다급히 전해졌다.

-도빈아.

"네. 뭰데르크는요?"

-쓰러져 있어서 지금 병원 가는 길이야.

불길한 기분이 현실로 이어짐에 배도빈이 아랫입술을 꽉 깨물었다.

-일단 가까운 크롬웰이란 곳으로 가는데 도착해서 다시 연락할게.

"알겠어요."

통화를 마친 배도빈이 그의 비서에게 주문했다.

"엠마, 크롬웰 종합 병원으로 사람 보내세요. 피셔에겐 일단 복귀하라 하고 뮌데르크에게는 필요한 조치 모두 취하세요."

"네, 알겠습니다."

"병원이라고?"

"큰일은 아니지?"

놀란 단원들이 어느새 주변을 감싸고 질문을 쏟아냈다.

"쓰러져 있었대요. 피셔가 병원으로 데리고 가는 중이고."

단원들의 표정이 더욱 심각해졌다.

뮌데르크의 나이가 적지 않고 더군다나 몸이 좋지 않은 것을 이유로 은퇴가 예정되어 있었기에 걱정이 더해졌다.

배도빈도 마찬가지였으나 애써 불안함을 달래며 냉정을 유지했다.

"지금 몇 시죠?"

"3시 50분."

개막식까지 10분밖에 남지 않은 상황.

뮌데르크가 걱정되긴 해도 개막식에 불참할 순 없었다.

"일단 입장합니다. 엠마는 밖에서 연락 대기하고요."

단원, 직원들에게 지시하던 배도빈이 순간 멈칫했다.

"네빌."

"네, 보스."

배도빈의 부름에 네빌 타악기 부수석이 대답했다.

"타악기 예비 인원 없죠."

"네."

인원에 여유가 있는 현악, 금관, 목관 등에서는 혹시 모를 예비 단원을 데려왔으나 타악기에는 인원이 부족했다.

피셔 디스카우가 팀파니 수석과 타악기 수석을 겸직하고 있을 정도였으니 정기 연주회를 위한 인원을 두고서 오는 것만으로도 빠듯한 실정이었다.

공연까지 남은 시간은 두 시간.

당장 베를린에 연락해 런던으로 출발한다 해도 시간이 턱없이 부족했다.

뮌데르크의 안위와 2시간 뒤의 공연에 대한 걱정으로 머리가 터질 것 같았다.

'다른 악단에서 협조를. 아니, 연습조차 안 되어 있는 사람을 구해봤자.'

급한 대로 다른 날짜로 예정된 오케스트라에서 타악기 연주자를 구할 수 있을지 고민하던 배도빈이 고개를 저었다.

'차라리 날짜 변경을 요청하는 게 나아. 아니면 시간이라도.'

그러나 그것이 가능할지에 대해선 회의적이었다.

'……차라리.'

배도빈이 그의 비서를 다급히 불렀다.

"엠마, 지금 당장 미카엘 블레하츠 협회장에게 연락하세요. 급한 일이라고 하면 응할 겁니다."

"네, 보스."

배도빈이 찰스 브라움을 불렀다.

"찰스, 개막식 부탁해요."

"걱정 마."

찰스 브라움에게 감독 대행을 맡긴 배도빈은 곧 미카엘 블레하츠와 연결되었단 보고를 받고 고개를 끄덕였다.

그리고 미팅실로 향하기 전 단원들에게 당부했다.

"모두 괜찮을 겁니다. 뒷일은 저와 사무국에 맡기세요."

모두 알고 있었다.

너무나 걱정되었지만 지금 그들이 할 수 있는 일은 뮌데르크가 무사하길 바라는 기도와 각자의 자리에서 최선을 다하는 것뿐이었다.

당황할 수밖에 없는 상황에서 침착함을 유지하고 일을 처리해 나가는 악단주의 모습에 단원 모두 고개를 굳게 끄덕였다.

"네, 보스."

배도빈의 긴급 면담 요청에 미카엘 블레하츠 협회장이 다급히 미팅실로 향했다.

문을 열고 들어선 곳에는 배도빈과 최지훈이 앉아 있었고 배도빈의 비서 엠마가 그 옆을 지키고 있었다.

"도빈아."

"블레하츠."

블레하츠가 최지훈과 눈인사를 나누고 자리에 앉았다.

"무슨 일이야. 이렇게 다급히."

"단원 중에 한 사람이 쓰러졌어요."

배도빈은 침착하게 상황을 설명했고 블레하츠는 그도 익히 이름을 들었던 뮌데르크가 쓰러졌음에 탄식했다.

"어떤 상황인데?"

"아직 연락은 없지만 참가는 못 할 거예요."

설사 뮌데르크가 고집을 부려 나선다 해도 배도빈은 그를 무대에 올릴 생각이 추호도 없었다.

지난 몇 번의 경험을 통해.

그리고 본인에게 찾아온 시련 때문이라도 용납할 수 없었다.

단지 그가 무사하길 바랄 뿐이었다.

"그래서 몇 가지 규정 확인 좀 부탁드리려고요."

"응. 얼마든지."

"혹시 공연 순서를 바꿀 수 있어요?"

"그건…… 어려워. 다른 악단도 준비해 둔 게 있으니까. 당일만 아니었어도 어떻게 해봤을 텐데."

배도빈이 고개를 끄덕였다.

가장 좋은 방법이었으나 여러모로 무리가 있는 요청이었다.

블레하츠의 말대로 전과 같이 시간을 두었다면 모를까.

현실적으로 이미 여러 악단이 스케줄을 마친 상태에서 그러한 요구를 할 수는 없었다.

"네. 그러면 사람을 새로 부르는 건 가능한가요?"

"괜찮아. 참가 신청이 지휘자 이름과 악단으로 되어 있으니까. 지휘자가 바뀌는 건 안 되지만 단원이라면 상관없어. 하지만 지금 불러도 베를린에서 여기까지 오는 게…….”

“런던에 있어요.”

배도빈의 말에 블레하츠가 일단 안도했다.

“다행이네.”

“하지만 단원은 아니에요.”

“…….”

미카엘 블레하츠가 입을 다물고 고민했다.

배도빈과 베를린 필하모닉의 사정을 충분히 이해하고 그들을 돕고 싶었지만 제아무리 협회장이라 해도 홀로 결정할 사항이 아니었다.

그때 최지훈이 입을 열었다.

“그럼 지금 당장 계약을 하면 가능할까요?”

“……편법이지만 가능하죠.”

블레하츠의 대답에 배도빈이 고개를 끄덕였다.

“고마워요, 블레하츠.”

“아니야. 어떻게든 해결할 수 있을 것 같으니 다행이네.”

배도빈이 일어나 주먹을 쥐어 보였다.

최지훈이 웃으며 주먹을 맞부딪쳤고 그렇게 미팅실에서 나왔다.

“좋은 생각이었어.”

"가우왕 씨 때 일이 생각나서. 그런데 누굴 데려오려는 거야?"

"잠깐."

배도빈이 주머니에서 핸드폰을 꺼냈다.

"죠엘 웨인에게 전화해."

-죠엘 웨인 님에게 전화를 걸겠습니다.

최지훈은 배도빈이 왜 휴가를 간 그의 비서에게 전화를 걸었는지 이해할 수 없었지만 잠자코 기다렸다.

곧 죠엘 웨인이 전화를 받았다.

-네, 보스. 죠엘입니다.

"지금 런던에 있죠?"

-네. 가족들이랑 호텔에 있어요. 정말 감사합니다.

"감사는 내가 해야 할 것 같아요. 지금 산타 데리고 바비칸 센터로 올 수 있어요?"

-그럼요. 한데 무슨……

"만나서 이야기하죠. 웨인 부인도 모시고 와주세요. 어디 호텔이에요?"

-몽캄 로열 런던 하우스입니다. 가까우니 걸어가도.

"아뇨. 차 보낼 테니 타고 와요."

배도빈이 통화를 마치고 엠마에게 지시했다.

"몽캄 로열 런던 하우스 호텔로 차량 보내서 죠엘 가족 데리고 오세요."

"네, 보스."

♪

딸이 전화를 마치자 그레이 웨인이 걱정스레 물었다.

"사장님 전화니?"

"응. 산타랑 엄마 모시고 와달라고 하셨어."

"무슨 일인지는 모르고?"

"응. 급한 일인가 봐. 차 보내주신다고 하셨으니 준비하자. 산타~"

"웅!"

타마키 히로시 피아노 협주곡을 듣고 싶어 안달이 나 있던 산타 웨인이 누나의 부름에 불쑥 얼굴을 내비쳤다.

산타에게 씻고 옷을 입으라 말하려던 죠엘은 벌써 준비를 마친 동생을 보고 웃고 말았다.

"엄청 빠르네?"

죠엘이 동생의 옷매무새를 다듬으며 물었다.

산타는 힘차게 고개를 끄덕이며 히힛 하고 웃었다.

"히힛. 두, 두 시간 뒤에 가야 해. 느, 늦으면 아안 돼."

동생의 얼굴을 쓰다듬고 외투와 가방을 챙긴 죠엘은 어머니, 동생과 함께 로비로 내려갔고 곧 배도빈이 보낸 차량에 탈 수 있었다.

한편.

웨인 가족을 기다리던 배도빈에게 뮌데르크의 소식이 전달되었다.

병원으로 갔던 직원으로부터 상황을 전달받은 비서 엠마의 설명에 배도빈과 최지훈의 표정이 급격히 굳었다.

"심근경색이라고 합니다."

심근경색이 무엇인지 정확히 알지는 못했지만 상당히 심각한 질환이라는 것 정도는 알고 있었다.

"다행히 늦지 않아 치료 중이라고 합니다. 디스카우 수석도 이제 도착하실 거라고."

"도빈아!"

엠마가 말을 끝내기도 전에 피셔 디스카우가 배도빈을 발견하곤 달려왔다.

늦지 않았다는 말에 안도한 배도빈이 한숨을 내쉬곤 디스카우를 치하했다.

"고생했어요."

"고생은 무슨. 천만다행이지."

"그러게요. 좀 어때요?"

"정신을 차리진 못했어. 늦진 않았다고 했으니 믿고 기다려야지."

배도빈이 고개를 끄덕였다.

"그런데 이제 공연은 어쩌지? 북을 빼야 하나?"

배도빈이 고개를 저었다.

비록 많은 분량을 차지하는 악기는 아니지만 타마키 히로시가 큰북과 작은북을 넣고 싶었던 걸 고려해도.

곡의 분위기를 위해서라도 결코 빠지면 안 될 악기였다.

"산타가 할 거예요."

최지훈이 깜짝 놀랐다.

산타에 대해 자세히 알진 못했지만 배도빈이 신경 쓰는 아이였기에 조금은 알고 있었다.

"······하긴. 그 수밖에 없나."

피셔 디스카우가 뒷머리를 벅벅 긁었다.

타악기 수석조차 인정하자 최지훈이 물었다.

"산타라면 어린이 타악 교실에 다니던 아이 말하는 거야?"

"맞아."

배도빈이 고개를 끄덕였다.

비록 묻지는 않았지만 최지훈이 무슨 생각을 하는지 충분히 알고 있었다.

어쩌면 이 사실을 알리면 단원 중에 반발하고 나설 사람이 있을 수도 있다고 생각했다.

차별이 아니었다.

타악기가 연주하는 분량은 다른 악기에 비해 상당히 적다 해도, 완벽한 타이밍에 들어서야 했기에 최지훈의 말대로 곡 전체를 완벽히 이해하고 기억해야 했다.

그조차 산타 웨인의 비정상적인 박자 감각을 직접 확인하지 못했다면 믿을 수 없었을 터.

아마 산타 웨인이 드러머로 오늘 공연에 합류한다고 전해지면 다른 단원들도 우려할 터였다.

"산타는."

"분명 뭔가 있겠지."

최지훈이 배도빈의 말을 끊었다.

산타에 대해서는 몰랐지만 배도빈을 믿었기에 이 급박한 상황에 굳이 불필요한 질문은 하지 않았다.

그 신뢰에 배도빈이 싱긋 웃었다.

곧 웨인 가족이 도착했다.

"보스."

"죠엘. 갑자기 미안해요. 웨인 부인도 와주셔서 감사합니다."

"아니에요. 그런데 무슨 일로."

"일단 자리를 옮기죠. 엠마."

"네, 보스."

일행은 조용한 장소로 자리를 옮겼고 배도빈은 뮌데르크가 쓰러진 일부터 산타의 도움을 받고 싶은 이야기까지 설명했다.

1시간 분량의 개막식이 끝나갈 무렵이었다.

"자, 잠시만요. 보스."

당황한 죠엘 웨인이 나섰다.

"산타를 높게 평가해 주시는 건 너무 감사하지만 그 무대는……."

오케스트라 대전은 세계 최고 수준의 악단과 그 지휘자 그리고 수십 년간 자신을 갈고닦은 연주자들이 나서는 무대였다.

전 세계 수억 명이 지켜보는 무대였고 그것이 주는 중압감은 프로 연주자들조차 버거워할 정도로 무거웠다.

그런 자리에 동생이 나선다면?

자랑스럽기 이전에 걱정이 앞설 수밖에 없었다.

혹시 실수라도 했다가 비난이라도 당할 것이 너무나 걱정되었다.

베를린 필하모닉에서 일하면서 불특정 다수의 무심함과 잔인함을 지켜본 그녀였기에 더더욱 그러했다.

"저는 반대예요. 산타는 아직 너무 어리고 게다가 한 번도 연습한 적 없잖아요. 더군다나 악기를 다루다니."

죠엘의 반대에 배도빈이 고개를 끄덕였다.

산타를 지극히 아끼는 죠엘이라면 당연한 반응이라고 여겼다.

그때 그레이 웨인이 딸의 손등에 손을 얹었다.

죠엘은 곧 엄마의 차분한 표정에 흥분을 가라앉혔다.

배도빈이 다시 입을 열었다.

"죠엘, 무엇을 걱정하는지 잘 알고 있어요. 하지만 산타는 죠엘이 생각하는 것보다 훨씬 뛰어납니다."

"……전 모르겠어요."

"정말이야. 그건 1년 넘게 가르친 내가 장담하지."

피셔 디스카우가 거들었지만 죠엘은 좀처럼 마음을 굳힐 수 없었다.

배도빈이 산타 웨인을 불렀다.

"산타."

"네. 힛."

산타가 천장을 바라보며 대답했다.

"타마키가 쓴 곡 많이 들었지?"

산타가 힘차게 고개를 끄덕였지만 그 모습을 볼 수 없는 배도빈은 대답을 기다렸다.

죠엘이 산타의 머리를 쓰다듬으며 타일렀다.

"산타, 대답해야지?"

"많~이. 많~이 들었어요."

"다 기억해?"

"네! 따다다다담 따다담."

산타의 허밍에 배도빈이 싱긋 웃었다.

예상대로 확실히 기억하고 있었다.

연습실에서 반복해 들어오던 그 연주를 한치의 오차도 없이 그대로.

"오늘 형이 산타의 도움이 필요해. 형이랑 같이 연주해 볼래?"

"응!"

산타의 대답은 무척 빨랐다.

조금의 고민도 없었고 도리어 기쁘다는 듯 입을 더욱 크게 벌렸다.

"산타."

죠엘이 동생을 불렀다.

말리고 싶었지만 차마 그러지 못하고 있을 때 산타가 몸을 들썩였다.

"나, 나나나도. 타마키 선생님이랑 노, 놀래. 도비니 형이랑 노놀래. 홓."

그레이 웨인도 딸과 같은 마음이었지만 산타의 말을 듣는 순간 어느 정도 마음을 다잡을 수 있었다.

"잠깐 대화 좀 나눌 수 있을까요? 오래 걸리진 않을 거예요."

그레이 웨인의 요청에 배도빈이 고개를 끄덕였다.

배도빈, 최지훈, 엠마, 피셔 디스카우가 자리를 비우자 죠엘이 입을 열었다.

"엄마, 난."

"죠엘."

그레이 웨인이 딸을 끌어안았다.

"죠엘, 엄만 요 몇 년간 정말 행복했단다. 네가 베를린 필하모닉 같은 근사한 곳에서 너무나 잘하고 있고 산타에게 하고 싶은 일이 생겨서 얼마나 행복했는지 몰라."

"……."

"하지만 그런 생각도 들었단다. 엄마가 죽으면."

"갑자기 그런 말을 왜 하는 거야."

"언젠가 그런 날이 올 테니까."

"……."

"……엄만 너도 산타도 너무나 사랑해. 똑같이 사랑해. 그래서 산타가 네 짐이 되는 게 항상 미안했어."

죠엘이 결국 눈물을 떨어뜨렸다.

"울지 마. 왜 울어."

"안 울어."

그레이 웨인이 항상 씩씩하고 자랑스러운 딸을 보며 작게 미소 지었다.

저 작은 몸이 얼마나 많은 짐을 지고 있는지 알기에 그 미소에는 고마움과 안타까움이 함께했다.

죠엘이 울먹이며 말했다.

"내가. 내가 데리고 산다고. 그런 걱정을 왜 하는데에."

그레이 웨인이 착한 딸, 소중한 딸의 눈물을 닦아주며 웃었다.

"아니야. 난 내 딸이 하고 싶은 일 많이 하고 살았으면 좋겠어."

죠엘이 투정 부리듯 어깨를 흔들었다.

동생을 사랑하는 마음이 진심이었기에 엄마의 걱정이 괜한 일처럼 여겨졌다.

그러나 엄마의 입장은 달랐다.

"그리고 산타도 하고 싶은 거 많이 하면 좋겠어. 자기 힘으로."

그것이 그녀의 진심이었다.

"기억하니? 아빠 돌아가시고 산타, 말은커녕 잘 웃지도 않았던 거."

죠엘이 눈물을 닦으며 코를 들이마셨다.

"근데 어린이 타악 교실 다니면서 많이 웃게 되고. 말도 늘고. 신나서 오케스트라도 설명해 줬어. 무슨 악기가 있고 그게 몇 대나 있는지. 얼마나 기뻤는지 아니?"

무엇을 진득하게 배우지 못했던 동생이 오케스트라를 스스로 공부하고 그것을 남에게 가르칠 수 있다니.

자신도 너무나 기뻤기에.

죠엘이 고개를 끄덕였다.

"욕심이 나더라. 이대로라면 어쩌면 산타에게도 기적이 일어날 수 있지 않을까 하고. 그런 희망을 가지게 되었어."

"……."

"그리고 방금 그 희망을 본 것 같아. 산타가 스스로 하고 싶다고 하잖니. 엄마는, 엄마는 그런 말 평생 못 들어볼 줄 알았어."

그레이 웨인의 목소리도 떨리기 시작했다.

죠엘은 아빠가 돌아가신 뒤로 처음 보는 엄마의 눈물에 겨우 참았던 눈물을 다시금 떨어뜨렸다.

그리고 산타의 손을 잡고 물었다.

"산타."

"우, 울면 안 돼. 서선물 못 받아."

산타가 누나와 엄마의 눈물을 닦아주었다.

"산타, 베를린 필하모닉에 들어가고 싶어? 공연하고 싶어?"

"네!"

그 힘찬 대답에 웨인 가족이 서로를 끌어안았다.

보호자 그레이 웨인이 참관한 자리에서 산타 웨인은 베를린 필하모닉의 수습 단원 계약서에 서명했다.

1년 계약에 임금은 최저 수준이었지만 그레이 웨인과 죠엘 웨인에게는 너무나 기쁘고 자랑스러웠다.

공연이 30분 앞으로 다가왔기에 직원들이 산타를 탈의실로 데려갔고 죠엘과 그레이 웨인도 함께했다.

생에 처음으로 분장하고 정장을 입은 산타의 모습에 그레이와 죠엘이 환하게 웃었다.

"산타 근사하다."

"멋있네, 우리 아들."

"힛. 헤힛. 머, 멋있다. 헿."

한편.

베를린 필하모닉 단원들은 대기실에 모여 보스의 말에 귀기울였다.

뮌데르크가 다행히 목숨을 건졌다는 소식에 단원 모두 안도의 한숨을 내쉬었다.

"그리고 오늘 뮌데르크를 대신해 한 친구가 합류했습니다."

뮌데르크에 대한 걱정으로 가득해 공석을 어떻게 채울지는 생각지 못한 단원들이 의아해했다.

타악기에 예비 인원이 없는 걸 잘 알았고.

베를린에 있는 단원이 오기에는 시간이 너무나 부족한 탓에 여러 상상을 하는데, 죠엘과 함께 들어온 산타를 보곤 깜짝 놀랐다.

산타를 잘 아는 사람은 없었지만 그가 예전에 공연 중 소란을 일으킨 사실과 이후 어린이 타악 교실과 웃고 떠드는 밴드가 생긴 일 그리고 배도빈의 비서 죠엘 웨인의 동생이라는 정도는 알고 있었다.

그가 자폐증을 앓고 있단 사실 또한 알고 있었기에 당황하지 않을 수 없었다.

"다들 무슨 생각을 하는지 알고 있습니다."

배도빈이 입을 열었다.

"걱정도 우려도 될 테고 그런 생각이 잘못된 건 아닙니다. 하지만 전 그가 오늘 역할을 훌륭히 해낼 거라 확신합니다. 여러분도 절 믿고 평소와 같이 따라와 주시길 바랍니다."

죠엘이 침을 꿀꺽 삼켰다. 그리고 산타의 손을 꼭 쥐었다.

지금까지 받아왔던 차별과 무시가 떠올라, 상처가 벌어졌으나.

그래서 무서웠지만 산타도 할 수 있다고 말해준 배도빈을 믿었다.

그리고.

"좋아."

"다들 준비하자고. 얼마 안 남았어."

"환영한다, 꼬맹아."

"들어오자마자 오케스트라 대전 본선이야? 제법인데?"

"타마키랑 친했다며? 잘해보자고."

"네!"

단원들이 반대하고 나설 줄 알았던, 적어도 의문이라도 제시할 줄 알았던 죠엘의 예상과 달랐다.

지금까지의 경험과는 달랐다.

그녀가 어리둥절하는 사이 단원들은 아무렇지도 않게 각자 무대에 오르기 전 필요한 일을 했다.

또 산타에게 다가와 인사를 건넸기에 죠엘은 하마터면 또다시 눈물을 보일 뻔했다.

'아아.'

단원들도.

걱정하지 않을 리 없었다.

항상 최고의 무대를 추구하는 베를린 필하모닉이 평소보다도 더욱 완벽히 준비한 오늘의 무대.

그런 자리에 한 번도 호흡을 맞추지 않았던 사람과 함께하는 게 달가울 리 없었다.

그 사람이 장애인이라면 더더욱.

그러나 그 누구도 의문을 제시하지 않았다.

악단주 배도빈의 결정이니까.

그 어떤 어려움 속에서도 희망으로 이끌어 주었던 왕의 말이었기에.

그들은 기꺼이 산타 웨인을 동료로 맞이했다.

배도빈은 죠엘이 소리죽여 흐느끼는 소리를 들으며 마음을 다졌다.

"산타."

"네!"

배도빈에게 불린 산타가 힘차게 대답했고 배도빈은 손을 더 듬어 산타의 어깨를 잡았다.

"오늘은 큰북을 맡을 거야. 타마키랑 피셔한테 배웠지?"

"네!"

"그렇게만 하면 돼. 무서워할 필요 없어. 쳐야 할 때는 힘껏 쳐. 알겠지?"

베를린 필하모닉의 연습을 항상 지켜보며 타마키 히로시 피아노 협주곡을 완전히 머리에 담아 놓았던 산타 웨인은 그저 기쁠 뿐이었다.

그 힘찬 북소리를.

마음껏 칠 수 있단 생각에 큰소리로 대답했다.

"네!"

산타의 뛰어난 박자 감각과 기억력에 대해선 익히 알고 있다.

언젠가 몇 분이나 일정한 박자를 유지하며 북을 쳤던 모습이 떠오른다. 그 앞에서 손뼉을 치며 칭찬하던 타마키도 일찍이 산타의 재능을 알아봤다.

피셔도 마찬가지다.

그는 산타가 얼마나 대단한 아인지 셀 수도 없이 알렸다.

오늘 잠깐의 허밍을 통해서도 녀석이 연주를 통째로 외우고 있으며 항상 같은 박자를 유지하는 걸 확인했다.

작년, 스칼라가 악장으로 데뷔했을 때의 그 연주 그대로였으니까.

산타는 그때 연주를 반복해 들음으로써 '타마키 히로시 피아노 협주곡'을 기억하는 듯하다.

아마 곡을 이해하는 수준은 아닐 것이다.

추측일 뿐이지만 산타에게 '타마키 히로시 피아노 협주곡'은 작년 자선 콘서트 때의 연주뿐이고 그 외 변형된 연주는 따라올 수 없을 것이다.

말 그대로 '그 연주'를 기억할 뿐이니까.

"스칼라."

무대에 오르기 전 스칼라를 불렀다.

"여기 있어."

"준비했던 공연과 조금 다르게 갈 거야. 박자 조정이 있을 테니 집중해. 단원들에게도 미리 알리고."

"산타 때문이지?"

"그래."

잡다한 설명을 거치지 않아도 나름의 방식으로 상황을 이해하는 스칼라가 악장이라 다행이다.

"그래. 걱정 마."

손을 펴자 스칼라가 손뼉을 맞부딪치곤 돌아갔다.

"가우왕, 지훈아."

"왕! 보스가 부르시는데?"

단원 중 한 명이 날 대신해 가우왕을 불러주었다.

좁은 공간에 여러 사람이 있으면 이 발달한 귀로도 누가 어디에 있는지 확인할 길이 없는데 내가 이 상태에 익숙해진 만큼 단원들도 눈치가 빨라졌다.

"불렀어?"

"네. 지훈이는?"

"응. 여기."

"두 사람 모두 오늘 빠르기를 조금 조절해야 해요. 필요할 때 지시 줄 테니 손에 집중해 주세요."

두 사람 모두 어렵게 준비한 것을 갑자기 바꾸는 게 쉽진 않을 것이다.

그러나 가우왕과 최지훈은 언제나 그랬듯 믿음직스럽게 답했다.

"날 뭐로 보는 거야? 그런 말 안 해도 다 따라갈 수 있어."

"걱정 마. 어떻게 지시해도 연주해낼게."

고개를 끄덕이고 믿음직스러운 두 사람을 보냈다.

자신만만하게 답한 만큼 가우왕과 최지훈이라면 내 지휘를 즉흥적으로 따라올 수 있을 것이다.

이제 남은 문제는 나.

'할 수 있을까.'

작년에 했던 공연을 그대로 재현할 수 있을까.

하루에도 몇 번씩 반복해 듣는 산타와 달리 나는 그 이후로 그때의 연주를 들어본 적 없다.

매 공연마다 다른 모습을 보여줘야 했고 그 외에도 대교향곡을 포함해서 해야 할 일이 산더미처럼 많았기에 그럴 여유도, 필요도 없었다.

그러나 분명 산타는 그때의 연주와 같은 시간에 같은 지점에 같은 소리로 북을 울릴 것이다.

이런 상황이 아니었다면.

도전조차 하지 않았을 일.

"……."

쉽지 않다.

아니, 어렵다.

곡의 구성을 망치지 않기 위해서라도 앞뒤로 박자를 조절해야 한다.

조금도 늦거나 빨라서는 안 된다.

내가 중심을 잃으면 악단 전체가 길을 잃고 말 것이다.

산타는 단원들의 연주나 내 지휘와는 상관없이 자기가 기억하는 박자대로 북을 칠 것이고 그렇게 되면 공연은 돌이킬 수 없게 된다.

'안 되지.'

이번 오케스트라 대전을 위해 한계까지 자신을 몰아붙였던 단원들에게 그런 경험을 하게 할 순 없다.

오늘 공연을 기대하고 있을 팬들에게 최고의 연주를 들려주진 못할망정 그럴 순 없는 법이다.

그리고.

타마키의 곡을 연주할 수 있다는 기쁨으로 천진난만하게 북을 칠 산타를 생각해서라도 반드시 성공해야 한다.

굳이 언급하진 않았지만.

죠엘이 무엇을 걱정하는지 안다.

오늘의 공연이 잘못된다면 비난의 화살은 산타에게 향할 것이다.

많은 사람이 산타의 겉모습만 보고 착각하나 녀석도 주변이 어떤 분위기인지, 자기가 무슨 말을 들었는지 모두 안다.

그저 몸이 의지와 상관없이 움직일 뿐이다.

산타에게 가장 행복한 시간을 지켜주고 싶다. 녀석의 희망을 이어주고 싶다.

아니, 그래야만 한다.

마지막으로.

이 무대를 지켜보고 있을 타마키의 소망을 위해서 반드시 해내야만 한다.

'빌어먹을.'

그러나 아무리 그때의 연주를 떠올려 보아도 드문드문 모호한 부분이 있다.

손에 땀이 차오른다.

부담을 느끼는 건가.

이 내가?

'아니.'

실수란 있을 수 없다.

한 가지 다행인 건 적어도 단원들이 내 지휘에 따라오지 못할 리는 없다는 점이다.

나의 성채. 나의 사람.

나를 믿기에 가시 수풀이라도 기꺼이 따라올 그들이 있는 한 이 문제는 나만 완벽하면 해결될 일이다.

숨을 길게 내쉬고.

입을 열었다.

"올라가죠."

최지훈의 도움을 받아 무대로 나섰다.

커튼 밖에서 관객들이 내는 여러 소리가 전해진다.

가슴이 뛴다.

"오래 기다리셨습니다. 2027 오케스트라 대전 런던 그랑프리 1차전! 첫 번째 무대는 베를린 필하모닉입니다!"

장막이 걷히는 소리와 함께 관객들의 환호가 온몸을 때렸다.

"빈! 빈! 빈! 빈!"

"마에스트로!"

"빈! 빈! 빈! 빈!"

그 순간 요동치던 가슴이 차분해지고 땀이 차올랐던 손에 힘이 들어간다.

등을 타고 서서히 올라오는 이 고양감이야말로 최고의 안정제.

돌아서서 왼손을 들자 가우왕이 건반을 눌렀다. 오른손을 드니 최지훈이 또 한 번.

두 소리를 기준으로 중심을 잡고.

지휘봉을 들었다.

'아무 걱정 말고 지켜봐라, 타마키.'

두 손을 힘차게 내리자.

가우왕의 강렬한 타건이 바비칸 센터 콘서트홀을 울렸다.

첼로와 베이스가 두툼한 카펫을 깔고 스칼라가 이끄는 제1 바이올린이 다부진 목소리로 노래를 시작한다.

'좋아.'

시작은 성공적이다.

스칼라와 제1바이올린이 유도한 대로 잘 따라오고 다른 악기들도 연습과는 조금 다른 박자를 무리 없이 소화한다.

'가우왕.'

왼손을 내리자 가우왕이 평소보다 조금 느리게 연주했다.

문제는 여기서부터.

지휘만으로는 모든 정보를 전달하기 어렵다.

연주를 이어나가는 도중에 조금씩 조율해 산타가 북을 칠 지점에 정확히 도착해야 한다.

'너무 느렸나?'

지휘봉을 들어 올려 첼로와 비올라, 베이스에게 신호를 주었다.

연습 때와는 달리 조금 이르지만 단원 모두 잘 반응해 주고 있다.

'좋아.'

현악기가 펼치는 선명하고 맑은 음색이 타마키의 순수한 열정처럼 콘서트홀을 채워나간다.

조금씩 잠잠해지는 가우왕과 최지훈의 피아노.

소소가 이끄는 첼로가 그 위로 올라섰다.

두텁고 높은 성벽과 같은 단단한 연주와 선율이 마치 피아노를 억압하는 듯하고.

료코와 비올라들이 현실에 짓눌린 타마키를 애잔히 위로한다.

'빨라.'

이제 곧 타악기들이 나설 때.

머릿속에서 펼쳐 둔 악보를 따라 현악기를 다독였다.

조금 더.

조금만 더.

분위기가 조금씩 고조된다.

현악부가 안정을 찾아가고.

'지금!'

지휘봉을 높이 들어 튕기자.

둥-

마치 기다렸다는 듯 큰 북이 울렸다.

'됐어.'

나도 모르게 지휘봉을 잡은 손에 힘이 꽉 들어갔다.

심지어 북면에 손을 댄 듯 잔향마저 잡혀 있다.

처음부터 약속한 것처럼.

최지훈과 가우왕의 피아노가 맹렬히 질주하고.

금관악기와 타악기들이 내는 소리와 함께 처절한 사투가 시작된다.

힘차게 울리는 큰북 소리가 마치 타마키 히로시를 응원하는 듯하다.

죠엘은 두 손을 모은 채 가슴 졸였다.

연습 과정을 여러 번 구경하긴 했지만, 직접 해보진 않았던 동생이 혹시라도 실수할까, 그로 인해 베를린 필하모닉과 관객들에게 피해가 생길까.

또 산타가 상처받진 않을까.

여러 걱정으로 죠엘 웨인의 가슴은 터질 듯 뛰었다.

'산타.'

그녀는 차마 고개를 들 수 없었고 그레이 웨인은 그런 딸을 위로했다.

상냥한 손길에 고개를 돌린 죠엘은 어머니의 미소를 볼 수 있었고 곧 그녀를 따라 무대 위로 시선을 옮겼다.

그곳에.

동생 산타가 가장 동경하는 사람들과 함께 있었다.

누나 마음은 모르고 천진하게 웃으며 주변을 둘러보고 있었다.

'보스.'

죠엘은 배도빈의 등에 대고 기도했다.

제발 산타에게 힘을 달라고.

오늘의 공연을 무사히 마쳐달라고 간절히 바랐다.

그러다.

그가 지휘봉을 높이 튕겼을 때.

그저 웃고 있었을 뿐인 산타가 그녀가 기억하는 표정 중 가장 행복한 얼굴로 북채를 힘차게 휘둘렀다.

보호해야만 했던 동생이.

몇 년 전만 해도 대화조차 어려웠던 동생이 내는 북소리가 바비칸 센터 콘서트홀을 넘어서 전 세계에 울리고 있었다.

'아아.'

참아왔던 불안과 우려가.

환희로 바뀌는 순간.

죠엘 웨인은 눈물을 참을 수 없었다.

가까스로 입을 막아 흐느끼는 그녀 옆에 어머니도 조용히 눈물을 훔쳤고 연주는 대단원의 막을 내리기 시작했다.

"브라보!"

"브라보!"

배도빈이 두 팔을 번쩍 들어 끝을 고하자 관객들이 박수를 보냈고.

그 함성 사이로 객석에 있던 베를린 필하모닉의 직원들이 모두 일어나 일제히 외쳤다.

"산타! 산타!"

"산타! 산타!"

"흐항!"

그 환호 뒤에서 모녀는 서로를 끌어안았고.

배도빈은 신경을 극도로 집중한 탓에 땀을 비 오듯 쏟으면서도 만족스럽게 웃고 있었다.

♪

런던 그랑프리 1차전, 첫 번째 공연이 끝나고 객석의 반응은 금세 화제가 되었다.

관중석 한쪽에서 일제히 일어나 무대로 달려 나간 베를린 필하모닉 직원들이 산타를 연호했고.

연주를 마친 단원들이 생전 처음 보는 드러머와 배도빈을 헹가래 올린 탓이었다.

온라인을 통해 런던 그랑프리를 관람하던 사람들은 산타가 누군지 알기 위해 영상을 돌려보았고.

연주 도중 카메라에 순간적으로 잡힌 산타 웨인을 발견할 수 있었다.

ㄴ처음 보는 사람인데?

ㄴ베를린 필하모닉에 저런 애도 있었나?

ㄴ시선 처리도 이상하고 표정도 그렇고 이런 말 좀 조심스럽지만 어디 안 좋은 사람 아니야?

ㄴ그래 보임. 뭐지?

ㄴ뭔지 모르겠는데 눈물 나.

ㄴ나도 괜히 짠하네.

ㄴ결과도 안 나왔는데 엄청 좋아하네.

ㄴ연주가 좋았잖아. 성공적으로 연주해서 그런 거 아닐까?

ㄴ당연히 좋았지. 근데 베를린 필하모닉이 연주 잘했다고 저렇게 반응한다고?

ㄴ그건 그러네.

ㄴ[링크] 이유 나왔다. 방금 올라온 기사인데 가서 봐봐.

ㄴ[속보] 베를린 필하모닉 타악기 주자 슐링 뮌데르크 심근경색으로 쓰러져? 이게 뭔 소리야;;

슐링 뮌데르크의 소식이 전해지면서 팬들은 산타라는 사람이 어떻게 무대에 서게 되었는지 추측하기 시작했다.

그리고 과거 베를린 필하모닉 어린이 타악 교실에 재직했던 사람이 그가 자폐증을 가지고 있었단 사실을 언급하였고.

팬들은 베를린 필하모닉이 왜 그렇게 환호할 수밖에 없었는지에 대해 이해할 수 있었다.

그리고.

그들의 예상은 배도빈의 인터뷰를 통해 확실시되었다.

"마에스트로, 또다시 대기록을 수립하셨습니다. 6,000만 표 이상을 받으시면서 런던 그랑프리 1차전 우승이 사실상 확실시 되었는데 소감 어떠십니까?"

"예상된 결과입니다. 딱히 소감이라고 할 것은 없습니다."

6,011만 3,348표를 얻으며 또 한 번 기적을 일으켰으면서도 배도빈은 담담했다.

그의 무덤덤한 태도에 특종에 목말라 있던 기자들은 다소 당황했다.

ㄴ배도빈이니까 ㅇㅇ
ㄴ당연한 일 맞지.
ㄴ난 쟤 진짜 저렇게 아무렇지도 않게 당당한 게 좋더라.
ㄴ실력이 있으니까 가능.

인터뷰를 지켜보던 팬들은 웃음으로 채팅창을 채워나갔고 그사이 배도빈이 다시 입을 열었다.

"다만. 오늘 우리는 우승보다 가치 있는 것을 얻었습니다. 뮌데르크가 의식을 되찾았고 새로운 단원이 첫 무대를 성공적으로 마쳤죠. 무척 기쁩니다."

배도빈의 대답에 기자는 물론 팬들도 다소 놀랐다.

지금껏 언론을 통해 보여진 배도빈은 상당히 건조하고 담담한 편이었다.

그가 감정을 내비치는 경우는 보통 푸르트벵글러나 가우왕과 같이 친근한 사람과 다툴 때뿐이었고.

그나마도 대부분은 시큰둥하거나 살짝 인상을 쓰고 있었기에 무척 기쁘다와 같은 표현은 상당히 이례적이었다.

한 기자가 다급히 질문을 이었다.

"새로운 단원에 대한 관심이 큽니다. 그에 대해 설명해 주시겠습니까?"

배도빈은 잠시 간격을 두고 답했다.

"몇 년 전 어린이 타악 교실의 학생으로 들어왔습니다. 음악을 사랑하고 즐길 줄 아는 친구죠."

"온라인상에 그가 자폐증을 겪고 있단 이야기가 올라왔습니다."

한 기자의 발언에 엄마, 동생과 함께 인터뷰를 지켜보던 죠엘이 눈썹을 좁혔다.

배도빈은 또 한 번 간격을 두고 답했다.

"사실입니다."

기자들이 카메라 셔터를 요란히 울리며 질문을 쏟아냈다.

"어떤 방식으로 교육하셨습니까?"

"자폐증 환자가 입단할 수 있었던 이유가 무엇입니까?"

"언제부터 단원으로 받아들이셨습니까?"

"무모한 일이었단 평가를 어떻게 생각하십니까!"

"최대 규모의 공연에 자폐증 환자를 올리실 수밖에 없었던 이유가 무엇입니까?"

쾅!

어느 기자의 질문에.

배도빈이 테이블을 내려쳤다.

앞다투어 목소리를 높이던 기자들이 깜짝 놀라 입을 닫았고.

덕분에 회장이 고요해지자 배도빈이 조용히 경고했다.

"글 쓴다는 분들이 말을 함부로 하시네요. 글과 달리 말은 고칠 수 없습니다."

배도빈은 불쾌함을 감추지 않았다.

"최대 규모의 공연에 자폐증 환자를 올릴 수밖에 없었다?"

언성을 높이진 않았지만 그가 얼마나 화가 나 있는지 충분히 전달되었다.

긴장감으로 인터뷰장은 쥐죽은 듯 고요했다.

"엠마, 방금 헛소리한 인간 어디 소속인지 확인하고 앞으로 관련 업체는 모든 일정에서 제외하세요."

"네, 보스."

전 세계가 지켜보고 있는 자리에서 감히 언론을 적으로 두는 과감함을 걱정하는 팬들도 있었다.

그러나 이미 범지구적 문화로 자리 잡은 클래식 음악계에서 절대적인 지분을 차지하고 있는 배도빈의 발언이었기에.

언론인들은 도리어 자신들에게도 영향이 미칠까 두려워했다.

배도빈은 분명 화를 내고 있었다.

"나도."

감히 오케스트라 대전과 같은 권위 있는 무대에 자폐중 환자를 올릴 수밖에 없었던 이유가 무엇이냐는 질문에 분노하고 있었다.

"장애인입니다."

배도빈의 발언에 활발하게 올라가던 채팅창도 숙연해졌다.

"장애가 무대에 오르지 못할 이유입니까? 오케스트라 대전과 같이 권위 있는 무대에 참가할 자격조차 없는 겁니까? 나는 오늘 무대를 위해 최선을 다했습니다. 산타는 자기 역할을 훌륭히 수행했습니다."

배도빈은 뿌연 빛만을 느끼며 말했다.

볼 수 없었다.

실수를 한 기자 한 명이 아니었다.

차별과 증오라는 죄의식이 결여된 범죄를 저지르는 사람은 불특정다수였다.

앞을 볼 수 있던 때도.

지금도 특정할 수 없는 대상이었다.

좀처럼 나아지지 않는 세계 속에서 막막함과 답답함을 느끼는 그의 목소리가 조금씩 격앙되었다.

"무대에 오르기에 부족한 게 있었다면 오르지 않았습니다. 그것이 아무리 사소한 것이라도 오르지 않았을 겁니다."

그것은 자부심이자.

그가 그로서 있을 수 있는 신념이었다.

"방금 질문하신 분께 묻겠습니다. 내가 부족했습니까?"

카메라가 기자석을 비추자 다른 기자들이 슬금슬금 몸을 피했고 지목받은 기자는 어쩔 수 없이 입을 열었다.

"그, 그럴 리가 있겠습니까. 오해하신 듯한데. 저는 단지 그 자폐라는 게 지능적으로. 사, 사실 마에스트로는 그런 경우가 아니지 않습니까."

마지막 기회마저 걷어찬 대답.

배도빈은 일말의 동정조차 느끼지 않았다.

"산타의 큰북이 오늘 어떤 역할을 했는지조차 모르는 사람이 어떻게 문예부에 있는지 모를 일입니다."

기자들 사이에서도 철저히 배제된 그는 주변의 눈치를 보았다.

숨을 길게 내쉰 배도빈이 일어섰다.

"다시 한번 말하지만 산타 웨인은 오늘 본인의 역할에 충실했고 베를린 필하모닉과 함께할 자격이 있습니다."

싸늘한 분위기 속에서 인터뷰가 끝났고 그 모습을 지켜보던 그레이 웨인과 죠엘 웨인은 산타의 손을 꼭 쥐었다.

"힛."

지금도 연주의 기쁨에 사로잡혀 있는 산타는 웃을 뿐이었다.

'보스……'

죠엘은 말과 행동으로 다할 수 없는 감사와 희망을 전해준 그를 위해서라면 어떤 일이라도 할 수 있을 것 같았다.

한편.

"휘유."

한바탕 폭풍이 몰아친 뒤 숙소로 돌아가는 길에 피셔 디스카우가 한숨을 내쉬었다.

그와 함께하는 타악기 주자들도 일단은 안도했다.

"피셔, 산타 오늘 너무 완벽했죠?"

네빌 부수석의 질문에 피셔 디스카우가 우쭐해졌다.

"당연하지. 누가 가르쳤는데."

"그러니까요. 보스랑 피셔는 알고 있었던 거네요. 진짜 어떻게 그렇게 딱딱 맞는지 연주하면서도 너무 신기했어요."

네빌의 말에 피셔 디스카우가 작게 웃었다.

"도빈이 덕분이야."

그의 말에 타악기 주자들이 귀를 기울였다.

"기억력이 좋고 박자 감각이 뛰어난 건 사실이지만 산타가 기억하는 타마키 히로시는 작년 첫 공연 때의 연주였어."

"그런데요?"

"우리가 준비했던 대로 연주했으면 어긋났을 거란 뜻이지.

오늘 공연 준비했던 거랑은 좀 달랐잖아."

"네. 박자가 좀."

"도빈이가 맞춘 거야. 난 솔직히 그게 가능할 거라곤 생각 안 했어. 그저 기적을 바랄 뿐이었지."

피셔 디스카우의 설명에 단원들은 의아할 수밖에 없었다.

"무슨 뜻이에요? 보스가 작년 공연 때 큰북 소리에 맞춰 지휘했던 말씀이세요? 그게 가능해요?"

"그러니까 말했잖아. 기적이었다고."

피셔 디스카우는 그저 웃음만 나왔다.

"왜, 농담이든 진담이든 도빈이보고 신이라고들 하잖아. 그냥 관용적 표현이지만 오늘만큼은 정말, 정말 대단했어. 연주하는 내내 소름이었다니까. 생각해 봐. 1년 전의 연주를 그대로 재현하는 게 가당키나 한 일이야?"

"……"

"……"

배도빈을 잘 아는 단원들조차.

그가 오늘 어떤 일을 해냈는지에 대해 쉽게 믿을 수 없었다.

최지훈과 함께 숙소로 귀가한 배도빈은 침대가 어디 있는지 확인한 순간 쓰러지듯 엎드렸다.

신경을 극도로 예민하게 곤두세웠던 탓에 그는 이미 녹초가 되어 있었다.

그렇게 지친 모습은 처음 보았기에 최지훈이 형제를 위로했다.

"고생했어."

"어. 고생했어."

항상 강한 모습만 보였던 배도빈이 드물게 자신이 고생했음을 인정하자 최지훈이 웃으며 그의 등을 토닥였다.

"어? 왜 이렇게 축축해?"

땀으로 범벅이 된 와이셔츠에 최지훈이 깜짝 놀랐다.

"몰라. 잔다."

"안 돼. 씻고 자."

"귀찮아."

"빨리."

최지훈이 배도빈을 샤워실로 안내해 샴푸와 바디클렌저, 수건, 샤워기 위치 등을 알려주었다.

최지훈이 샤워 부스에서 나가자 배도빈은 궁시렁대며 옷을 벗기 시작했고 최지훈은 느긋하게 TV를 틀었다.

뉴스에선 런던 그랑프리 1차전 개막일을 다뤘고.

소파에 기대어 앉은 최지훈은 핸드폰을 펼쳐 클래식 음악 포럼 '아마데우스'에 접속, 오늘 공연의 반응을 모니터링했다.

잠시 후 배도빈이 샤워를 마치고 가운을 입은 채 나왔다.

최지훈이 그에게 다가가 화장대 앞에 앉혔다.

"안 말려도 된다니까."

"감기 걸려."

"안 걸려."

"걸려."

최지훈이 드라이기를 꺼내 배도빈의 머리를 말려주었고 그러는 도중에도 두 사람은 시시한 말다툼을 이어나갔다.

그러다 배도빈이 한숨을 작게 내쉬었다.

"신경 쓰여?"

"……좀."

최지훈이 드라이기를 껐다.

"많이 바뀐 것 같으면서도 조금도 안 바뀐 것 같고 그래."

희망을 노래했지만 증오와 차별은 계속되었다.

어쩔 수 없는 일이 아니라고 부정하며 신념을 지켜왔던 그도 오늘만큼은 조금 지쳤다.

최지훈은 그런 형제를 보며 로션을 짜 그의 얼굴에 바르기 시작했다.

"글쎄. 난 많이 바뀐 것 같은데?"

배도빈이 눈썹을 좁히며 설명을 촉구하자 최지훈이 빙그레 웃었다.

"홈페이지에 산타 정식 단원으로 되었으면 좋겠단 글이 올라오고 있어. 벌써 몇 백 개나."

"……그래?"

"응. 다들 분명 감동한 거야."

최지훈의 말에 배도빈이 작게 고개를 끄덕였다.

그의 어깨가 아직 처져 있었기에 최지훈은 로션을 바르던 손에 힘을 주었다.

"무슨 짓이야!"

"히힛."

최지훈은 평소와 같이 화내는 형제가 언젠가는 꼭 그가 이룬 기적을 두 눈으로 확인하길 바랐다.

진심으로 그렇게 되리라 믿었다.

런던 그랑프리 1차전 두 번째 날의 모든 일정이 끝나고.

세계 클래식 음악 협회장 미카엘 블레하츠는 한 가지 일을 처리하기 위해 임원들을 소집했다.

설명을 마친 블레하츠가 임원들의 의견을 구했다.

"어떻게 생각하시는지 자유롭게 들려주시죠."

다들 말을 아끼던 중 레이 스클레너 이사가 입을 열었다.

"협회 홈페이지에도 그에 관한 이야기가 많이 올라오고 있습니다. 인터넷 반응을 보아도 무리는 없을 것 같고요."

레이 스클레너가 블레하츠의 제안을 긍정적으로 받아들이자 한 사람씩 의견을 더했다.

대한민국 클래식 음악 협회장이자 세계 클래식 음악 협회 이사인 한지석도 블레하츠와 스클레너의 의견에 동참했다.

"사실 개인상이 없는 게 아쉬움도 있었지요. 이번 기회에 제정하는 것도 나쁘지 않겠지만 일단은 특별상으로 두고 반응을 지켜보는 게 어떻습니까."

한지석의 말에 임원들 모두 고개를 끄덕였다.

이미 네 번째 그랑프리가 진행되는 도중에 새로운 상을 제정하는 건 형평성에 어긋났기에 내놓은 절충안이었고 미카엘 블레하츠도 그 의견이 옳다고 여겼다.

"좋습니다. 그럼 이 안건을 그렇게 준비하도록 하죠."

[런던 그랑프리 1차전 종료!]

[우승, 베를린 필하모닉!]

[공동 1위로 올라선 베를린 필하모닉!]

[세계 클래식 음악 협회, 런던 그랑프리 1차전 특별상 제정. 수상자

는 산타 웨인]

[산타 웨인, 오케스트라 대전 최초로 개인 수상의 영광을 얻다]

[베를린 필하모닉과 산타 웨인이 보여준 기적]

[네티즌들의 응원 쇄도]

지난 4월 24일. 베를린 필하모닉 홈페이지가 잠시 마비되는 소동이 있었다.

이유는 당일 베를린 필하모닉의 그랑프리 우승이 확정되고 산타 웨인이 세계 클래식 음악 협회로부터 '매카시 상'을 받았던 것으로 보인다.

세계 클래식 음악 협회는 전설적인 왼손 피아니스트 '니콜라 매카시'의 이름을 딴 특별상을 제정, 런던 그랑프리 1차전에서 수많은 사람에게 감동을 안겨준 산타 웨인의 공로를 치하했다.

산타 웨인은 다음과 같은 수상 소감을 남겼다.

"타마키 형이 보고 싶어요. 도빈 형이 느끼게 해줬어요. 엄마, 누나 사랑해요."

어눌한 말투로 전한 진심 어린 목소리에 세계가 감동했다.

그들은 산타 웨인이 베를린 필하모닉의 정식 단원이 될 수 있길 기원한다는 글을 남기고자 베를린 필하모닉 홈페이지에 접속, 현재까지 7만여 건의 글을 남기며 이제 막 첫발을 내디딘 음악가를 응원했다.

-정세윤(관중석)

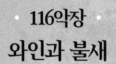

· 116악장 ·
와인과 불새

런던 그랑프리 2차전.

세 번째 날 마지막 순서로 배정된 베를린 필하모닉에게 잠시 간의 휴식이 주어졌다.

"크학학황! 마시자고! 마셔!"

"잔 올려!"

로스앤젤레스 필하모닉이 1차전에서 준우승을 거두어 비록 단독 선두로 올라서진 못했지만 단원들은 사기충천해 있었다.

런던 시내의 프렌차이즈 펍, 웨더스푼에 자리 잡은 베를린 필하모닉의 애주가들이 다 함께 맥주를 들이켰다.

바닥을 완전히 들어 올리고 나서야 만족한 그들은 심심한 입을 달래기 위해 함께 주문한 감자튀김을 하나씩 집어 들었다.

"우엑. 이거 맛이 왜 이래?"

"어떻게 감자튀김이 맛없을 수 있지? 이 완두콩은 먹으라고 준 거야?"

"도빈이가 만든 카레보다 엉망인데."

간단히 저녁을 해결하고 맥주도 마시려 했던 그들은 이내 음식을 치우고 술만 들이켰다.

"그러고 보니 왕은?"

피셔 디스카우가 애주가 모임에 자주 함께했던 가우왕이 안 보이자 주변을 둘러보며 물었다.

다니엘 홀랜드가 잔을 내려놓으며 답했다.

"처가에 간다고 하던데."

"오, 화해한 거야?"

"아마. 잘 됐지 뭐."

"그러게. 그러고 보니 찰스도 안 보이는구만. 가족 모임이라도 하나 보네."

"오오, 이것 좀 봐. 한스가 딸 사진을 보냈어."

마누엘 노이어가 핸드폰을 테이블 위에 올려두었다.

요람에 누워 있는 이승희, 한스 이안 부부의 딸 메리 이안이 하품하고 있었다.

"귀엽네. 귀여워."

"어우. 저 때가 제일 힘들어. 밤낮이 없거든."

자식이 있는 사람과 없는 사람의 반응이 갈렸지만 메리 이안이 귀엽다는 의견만은 일치했다.

"그러고 보니 승희는 성을 그대로 쓰네."

"요즘엔 뭐 특이할 것도 없지 않나? 왜, 발그레이도 따로 쓰잖아."

"큭큭. 승희 이안이란 이름이 안 어울려서 그랬대. 승희답지."

"그러고 보니 처음 승희 이름은 발음이 너무 어려웠어."

"맞아. 난 지금도 솔직히 어려워. 그래서 항상 이 수석, 이 수석 했잖아."

"해봐."

"성희."

"아니. 그건 아니지. 잘 따라 해보라고. 승희. 승. 희."

"스엉희?"

"비슷했어."

시시콜콜한 일상 이야기 뒤에는 자연스레 런던 그랑프리 2차전에 관한 이야기가 이어졌다.

"당연히 우승이지."

마누엘 노이어가 맥주잔을 비우며 말했다.

다들 언급하진 않았지만 런던 그랑프리 2차전은 베를린 필하모닉에게 있어 반드시 우승해야만 하는 대회였다.

개최 악단이 레몽 도네크가 지휘자로 있는 런던 심포니였기 때문에 단원들은 저마다 단단히 마음먹고 있었다.

"그야 당연하지. 찰스랑 윤희가 나서잖아. 무슨 걱정이야."

더욱이 가우왕-최지훈과 함께 베를린 필하모닉이 자랑하는 프랜차이즈 연주자 찰스 브라움과 나윤희를 전면에 내세운 무대.

비록 최근 베를린 필하모닉의 여러 사업을 책임지고 있어 활약 빈도가 줄었지만 찰스 브라움은 여전히 가장 많은 앨범을 판매하는 바이올리니스트였다.

또 첫 번째 오케스트라 대전을 통해 일약 스타가 된 나윤희도 잠자는 숲속의 공주를 통해 2025년과 2026년 2연속 가장 많이 재생된 곡과 연주자란 기네스 기록을 가지고 있었으니.

단원들은 이미 우승을 확신하고 있었다.

"말은 안 했지만 도빈이도 아마 노렸을걸?"

피셔 디스카우의 말에 다들 고개를 끄덕였다.

장기 레이스인 오케스트라 대전에서는 페이스 조절이 필수였다.

그럼에도 단원들의 건강을 끔찍이 여기는 배도빈이 굳이 찰스 브라움과 나윤희를 함께 내세웠단 것부터 레몽 도네크를 의식한다는 증거였다.

"망할 자식."

마누엘 노이어가 새로 주문한 맥주마저 비워버리곤 이를 갈았다.

서운함은 5년 동안 차츰 변해 오고 있었다.

'무엇이 잘못되었을까.'

'그래. 녀석도 지휘자가 되고 싶었으니까.'

의문에서 이해로.

'하지만 꼭 그랬어야 했나?'

'말도 없이 하필 인터플레이에게 돈을 받아 가면서까지?'

다시 의문에서 분노로 이어지며 이후 사과는커녕 연락조차 받지 않는 그에게 단원들은 분명 화를 내고 있었다.

"오."

그때 반가운 목소리가 들렸다.

고개를 돌린 단원들이 독립한 파울 리히터를 두 눈을 크게 뜨고 반겼다.

"뭐야. 와 있으면서 왜 연락을 안 해?"

다니엘 홀랜드가 일어나 파울 리히터를 와락 끌어안았다.

"그랑프리 도중이라 바쁜 줄 알았지. 이러고 있는 줄 알았으면 안 했겠어?"

"하하하하!"

"마누엘은 왜 또 저러고 있어?"

"레몽 이야기 나와서 그래."

파울 리히터가 이해한다는 듯 고개를 주억이며 마누엘 노이어 곁에 자리했다.

"머리는 더 빠졌구만?"

"시끄러워."

마누엘 노이어가 툴툴대면서 파울 리히터에게 맥주와 포크를 챙겨주었다.

그의 오랜 친구이자 경쟁자였던 헨리 빈프스키 감독이 잔을 들이밀었고 파울과 마누엘 그리고 다른 사람들도 어울리며 건배했다.

"챔버 한다더니 여긴 어쩐 일이야?"

빈프스키가 물었다.

"구경 왔지. 찰스랑 윤희가 듀엣으로 나서는데 놓칠 수 있나. 1차전도 인상적이었고. 최는 이제 정말 가우왕한테 안 지던데?"

"학학황학. 왕이 들었다면 발작했을걸?"

진 마르코가 가우왕 흉내를 냈고 다들 그 모습이 너무 똑같아 웃고 말았다.

"정말 괜찮으시겠습니까?"

엠마가 걱정스레 물었다.

"네. 혼자 가는 것도 아니니까."

"그럼 대기하고 있겠습니다."

그럴 필요 없다고 말해봤자 듣질 않으니 어쩔 수 없다.

카밀라와 멀핀이 비서실에 단단히 일러둔 탓에 죠엘이고 엠마고 모두 꽉 막혀 있다.

오랜만에 나서는 외출도 마음껏 못 하니 답답하다.

나윤희의 발소리다.

똑똑-

"네."

엠마가 대답하곤 멀어진다.

곧 문 열리는 소리와 함께 그녀가 다소 들뜬 목소리를 냈다.

"안녕하세요, 엠마."

"좋은 아침입니다. 멋진데요?"

"아, 가, 감사합니다."

"그럼."

엠마가 밖으로 나섰고 나윤희가 다가왔다. 평소와 같은 향이 나는데 어떻게 입고 있길래 엠마가 멋지다고 했는지 확인할 길이 없다.

"갈까?"

"네."

런던 그랑프리 2차전 개막일 오전.

빈 시간을 어떻게 보낼지 고민하다 그간 외출하지 못해 답답했던 기분을 달래고자 했다.

그러나 무엇을 구경할 수 있는 입장은 아니라 조용한 카페에서 브런치나 먹으며 수다를 떠는 정도로 만족해야 할 듯하다.

　나윤희의 손을 잡고 호텔 밖으로 나섰다.

　"차를."

　"걸어요. 날씨 좋은 런던은 드물잖아요."

　"……응."

　나윤희가 간격을 두고 망설이듯 답했다.

　따뜻한 햇볕을 느낄 수 있고 또 바람이 살에 닿는 느낌이 좋다.

　평소에는 조금도 신경 쓰지 않았던 햇살과 바람 그리고 런던의 거지 같은 냄새마저 상당히 신선하게 다가온다.

　천천히 걷고 있자니 주변에서 수군대는 이야기가 귀에 들어온다.

　"배도빈 아니야?"

　"맞아. 옆에는 나윤희지?"

　"응. 어디 가는 거지?"

　"데이트?"

　그녀가 왜 망설이듯 답했는지 알 것 같다.

　안 그래도 이목이 쏠리는데 단둘이 손까지 잡고 걸으니 그런 오해가 생길 만하다.

　손을 놓으려 하자 그녀가 힘을 꼭 주었다.

　"안 돼. 놓으면."

"오해하잖아요."

"괘, 괜찮아. 그러다 부딪히면 어떡해."

확실히 다치고 싶진 않지만 나윤희가 난감해하는 것도 마음에 걸린다.

아무래도 욕심이었던 모양.

이만 돌아가자고 말하려던 차에 그녀가 손을 이끌었다.

"조, 조금만 더 가면 돼."

내키지 않으면서도 함께하고 싶은 모순된 마음을 애써 무시하고.

그녀를 따라 발을 옮겼다.

"그러고 보니."

"응."

"어디 가는 거예요?"

"흐. 맞혀 봐."

생각해 봤자 맞힐 수 있을 리 없다. 런던에 몇 번 오긴 했지만 공연장과 호텔에서만 지냈으니 알 턱이 없다.

"어딘데요?"

"다 왔어."

놀라게 해주고 싶은 것 같아 더 묻지 않고 걷고 있자니 생각보다 오래 걸린다.

"멀었어요?"

"거의 다 왔어."

"……."

너무 걸어서 길을 잃은 건 아닌지 걱정하고 있을 때 나윤희가 반가운 소식을 전했다.

"문이야. 조심."

나윤희가 문을 열자 진한 커피향과 빵 냄새가 훅 풍겼다. 꽤 오래 걸었던 탓인지 아니면 정말 좋은 냄새인지 식욕이 생긴다.

"안녕하세요. 카페모카 한 잔이랑 블루마운틴 한 잔 주세요. 초콜릿 크로와상이랑 수제 퍼지도 두 개씩이요."

초콜릿과 초콜릿이라니.

아침으로 아주 흡족한 식단이다.

자리를 잡고 앉았다.

"냄새 좋은데요."

"응. 파카페라는 곳인데 소소가 추천해 줬어."

"소소가요?"

퇴근 후와 주말은 침대에서 지낼 뿐인 소소가 이런 곳을 알고 있다니 상당히 의외다.

"예나 씨랑 왔었나 봐."

"아."

거추장스러운 오빠를 데려간 데다 디저트라면 사족을 못 쓰는 소소에게 이런 곳을 알려줬으니 두 사람이 친한 것도 이해가 된다.

곧 커피향이 더 진해졌다.

조심스레 잔을 들어 입으로 가져가니 확실히 괜찮은 느낌이다. 신맛이 적은 대신 부드럽게 혀를 감는 질감이 썩 괜찮다.

나윤희가 포크를 쥐여주었다.

"수제로 만든 퍼지래."

커피가 합격점이었기에 망설이지 않고 입에 넣자 과연 소소가 추천할 만한 곳임을 알 수 있었다.

버터와 설탕 그리고 초콜릿이 이루는 하모니가 절묘하다.

독주로 나선 초콜릿을 더욱 부각시키는 설탕과 버터의 묵직함에 패배를 인정하지 않을 수 없다.

"맛있네요."

"그치."

질이 그다지 좋지 않은 스피커에서 블랙 나이트 삽입곡이 흘러나왔다.

"이거 인크리즈 맞지?"

"네."

내 곡을 틀다니.

주인이 제법 센스 있는 카페다.

♪

런던 그랑프리 2차전 두 번째 날.

사카모토 료이치와 빈 필하모닉이 브람스 바이올린 협주곡 D장조를 연주하며 5,008만 2,344표를 획득.

첫 번째 날 로스앤젤레스 필하모닉이 얻은 4,119만 7,990표를 큰 차이로 따돌렸다.

네 번 연속 3위를 기록했던 빈 필하모닉으로서는 통합 우승의 발판을 마련한 계기였지만.

베를린 필하모닉이 아직 무대에 오르지 않았기에 안심하고 있을 수만은 없는 상황이었다.

또한 지금껏 우승과 준우승을 내준 적 없던 로스앤젤레스 필하모닉도 위기의식을 느낄 수밖에 없었다.

한편.

오케스트라 대전 개최 이후 줄곧 중하위권을 전전하던 런던 심포니에게는 홈에서의 고득점이 너무나 간절한 상황이었다.

당연히.

악단 이사진은 아르투로 토스카니니 시절과 너무나 대조되는 실적에 후원자들의 눈치를 볼 수밖에 없었다.

"도네크 감독, 더 이상 이러면 곤란하오."

런던 심포니의 소유주 폴 퍼즈가 레몽 도네크에게 경고했다.

"이번 그랑프리에서 3위 안에 들지 못하면 다른 악단을 찾아봐야 할 것이오."

♪

"알겠습니다."

임원진에게 최후 통보를 받고 나선 레몽 도네크는 곧장 그의 집무실로 향했다.

책상에 앉아 고민을 거듭하길 얼마간 어느새 해가 지고 있었다.

피로를 느낀 그가 잠시 눈 근처를 주무르는데 핸드폰이 울렸다.

아들이었다.

-아빠!

"그래, 아들."

-언제 들어오세요?

"글쎄. 오늘은 좀 늦을 것 같은데."

-저녁은요?

아들의 목소리에 아버지를 걱정하는 마음이 묻어 나왔다.

런던 심포니를 맡게 되면서 줄곧 무리하고 있던 레몽 도네크는 하루가 다르게 야위었고 그것을 지켜보는 아들의 마음이 편할 수 없었다.

"먹었지. 너는?"

-저도 먹었어요. 너무 무리하지 마세요.

"그래. 아빠 기다리지 말고 먼저 자."

통화를 마친 레몽 도네크는 핸드폰 배경화면으로 설정해 둔 아들 사진을 보며 슬며시 웃었다.

뒤늦게 얻은 아들은 난치병을 앓고도 웃음을 잃지 않았다.

대견하게도 힘든 투병 생활을 버텨내 지금은 다른 아이들과 같이 평범히 생활하고 있었다.

절대 희망을 버리지 말자고 약속했기에, 아들이 그 약속을 지켰기에.

레몽 도네크는 마음을 다잡았다.

'실적을 내야 해.'

런던 심포니의 재정은 큰 위기를 맞이하고 있었는데.

재정 자립을 이루었던 아르투로 토스카니니가 떠나면서 하락한 수입은 좀처럼 회복되지 않았다.

토스카니니의 명성을 좇았던 후원자도 큰 폭으로 줄었고 그나마 남아 있는 사람도 오케스트라 대전에서 연이어 하위권에 머문 런던 심포니를 후원하는 데 망설였다.

이제는 임원진마저 최후 통보를 보냈으니 레몽 도네크가 느끼는 부담은 이루 다 말할 수 없었다.

그러나 아들과의 약속을 지키기 위해 또 음악가로서의 성공을 위해 그는 포기하지 않았다.

그의 앞에 오래된 악보가 놓여 있었다.

베토벤 바이올린 협주곡 D장조.

위기를 맞이한 그는 자신이 처음 악장으로 데뷔했을 때 연주했던 곡을 찾았다.

음악가 레몽 도네크의 시작.

마지막이 될지도 모르는 무대에서 유종의 미를 거두기 위한 선택이었다.

오래된 악보에는 순수했던 시절 기록해 둔 여러 메모가 남아 있었다.

그의 왕이 남긴 말을 고스란히 옮겨놓은 것이었다.

사소한 지시 하나 놓치지 않은 덕분에 악보를 살피는 것만으로도 그때의 기억이 선명했다.

'작게. 더 작게.'

'작게 연주하라 했지 누가 음을 흐리라 했어!'

당시 젊은 폭군의 호통이 지금도 귓가에 선명했다.

혈기가 넘쳤던 빌헬름 푸르트벵글러는 단원들을 모질게 다뤘다.

완벽할 때까지 연습을 반복했고 그것이 늦은 밤까지 이어졌기에 당시에는 푸르트벵글러의 완벽주의에 지쳐 떠난 사람도 많았다.

그러나 강행군 속에서 남은 사람들은 짧게는 20년, 길게는 30년 이상 빌헬름 푸르트뱅글러와 함께 베를린 필하모닉을 지켰다.

모두 그가 옳다고.

그의 음악이 완벽하다고 여겼기에 가능한 일이었다.

단 한 번뿐일지라도 완벽한 무대를 위해서라면 기꺼이 모든 것을 바칠 수 있는 사람이었다.

레몽 도네크는 그런 사람 중에서도 유별났다.

그에게 빌헬름 푸르트뱅글러는 규율이자 이상향이었다.

그에게 다가가는 것이 목표였고 그의 세계를 탐구하는 것이 젊은 시절 레몽 도네크의 목적이었다.

지금도 마찬가지.

'선생님.'

수많은 바리에이션을 들어왔지만.

레몽 도네크는 지금껏 빌헬름 푸르트뱅글러가 지휘하고 그가 악장으로 나섰던 1996년 발트뷔네에서의 베토벤 바이올린 협주곡 D장조보다 완벽한 연주를 들어본 적 없었다.

'그걸 뭐 하러 가지고 있어. 다음 공연이나 준비할 것이지.'

'그래도 언젠가 꼭 필요할 때가 있지 않겠습니까.'

폭군은 공연을 마친 뒤에는 악보를 따로 관리하지 않았다.

같은 곡이더라도 매번 다르게 표현하고자 했고 레몽 도네크는 그 마음을 충분히 이해하면서도 그가 남긴 악보를 창고에 처박아 둘 수 없었다.

이미 과거가 되었다고 해도.

그 연주가, 그 악보가 가진 가치마저 없어지는 건 아니라 생각했다.

때문에 아이러니하게도 빌헬름 푸르트벵글러가 남긴 수많은 악보는 대부분 레몽 도네크가 소장하고 있었다.

제국을 등진 배신자면서.

동시에 폭군을 가장 따르는 추종자이기도 한 그의 모순을 이해하는 사람은 없었다.

스스로도 그리 생각하기에 레몽 도네크도 이해를 바라진 않았다.

그저 빌헬름 푸르트벵글러가 남긴 악보를 통해 그에게 다가가고자 끝내 그를 넘어서고자 할 뿐이었다.

한편.

오케스트라 대전에 관한 이야기로 시끌벅적했던 클래식 음악 팬들 사이에 또 하나의 화제가 생겨났다.

런던 시내에서 배도빈과 나윤희가 손을 잡고 걷는 사진이 여럿 게시되면서 두 사람이 어떤 관계인지 추측하는 글들이 쏟아졌다.

　ㄴ헐. 헐. 헐. 헐.

　ㄴ둘이 사귀는 거야?

　ㄴ그냥 도빈이가 앞 못 보니까 잡아주는 거 아님?

　ㄴ단둘이 외출하는 거 봐선 빼박 데이트네.

　ㄴ둘이 나이 차이가 꽤 있을 텐데.

　ㄴ배도빈이 만 21살이고 나윤희가 만 30살임. 9살 차이네.

　ㄴ히~ 말도 안 돼.

　ㄴㅋㅋㅋㅋ 나이 차이 보니까 옛날 인터뷰 생각난다.

　ㄴ뭔데?

　ㄴ예전에 어디 프로그램에서 배도빈한테 연상이 좋냐 연하가 좋냐고 물었는데 연하가 좋다고 했었음.

　ㄴ악ㅋㅋㅋ 나도 생각 나. 연하라면 몇 살 정도냐고 물으니까 30대 정도가 적당하지 않겠냐고 해서 다들 멘붕ㅋㅋㅋㅋ 그때 도빈이 막 20살 되었을 때였는데.

　ㄴ20살 먹은 애가 연하가 좋다면서 30대가 좋다는 건 뭔 경우야?

　ㄴ그러니깐ㅋㅋㅋ

　ㄴ아니 그건 그냥 인터뷰잖아. 지금 나윤희랑 같이 다니는 건 뭔데.

　ㄴ안 돼 ㅠㅠ 도빈이는 가우왕이랑 이어져야 한다고오 ㅠㅠ

└너 전에 가우왕은 찰스랑 이어져야 한다고 했던 애 아님? ㅋㅋㅋㅋ

└어허. 가우왕 임자 있어. 유부남하고는 엮지 말자.

└근데 도빈이 열애설 진짜 오랜만이다.

└있긴 있었음? 난 한 번도 못 봤는데.

└예전에 지훈이랑 사귀는 거 아니냐는 말 나왔었음. 둘이 워낙 친하니까.

└그거 말곤 없음?

└ㅇㅇ. 애가 워낙 어릴 때부터 활동하기도 했고 음악 말곤 관심도 없어서 유명세에 비하면 진짜 없었지. 지훈이랑 열애설도 다들 반쯤 농담삼아 했던 말이고.

└나윤희 근데 평소엔 저렇게 입고 다니나 보네. 정장이랑 드레스 입은 모습만 봐서 의외다.

└외모로 봐선 나이 차이 있어 보이진 않지만 그래도 좀 의외다.

└도빈이 키 좀 큰 듯. 나윤희보다 머리 하나 더 큰데?

└나윤희도 작은 키는 아닐 텐데. 오히려 큰 편 아닌가?

└프로필상에는 167㎝로 되어 있음.

└우리 꼬맹이 커버렸구나……. 몸도 마음도.

└반대하는 건 아닌데 그래도 좀 싱숭생숭하다.

└이해함. 나이 차이가 많으면 모르겠는데 팬 활동이 음악만 좋아하는 형태는 아니니까. 또 배도빈 활동 기간도 길고 팬들과 소통도 잘해서 서운하다? 같은 느낌도 당연함.

ㄴ나 도빈이 곡 처음 들었을 때 대학 1학년이었는데 지금 내 아들이 초등학교 들어갔으니까 뭐. 시간 참 빠르다.

ㄴ근데 도빈이 이런 사생활 건드는 거 진짜 경멸하던데. 괜찮으려나.

ㄴ일단 사진 올린 파파라치는 인생은 실전인 거 알게 될 테고. 팬들한테는 솔직하게 말하겠지. 배도빈 팬한테 거짓말한 적 없음.

ㄴ그걸 네가 어떻게 알아?

ㄴ체르니? 저 아이디 차채은 아이디 아님?

ㄴ아, 글 삭제됐네.

전 세계적으로 큰 사랑을 받는 두 사람이었기에 배도빈·나윤희 열애설은 급속도로 확산되었다.

호텔에서 쉬고 있던 나카무라 료코, 진달래, 왕소소는 영상 통화까지 켜 이승희도 불러모은 채 나윤희를 소환.

심문을 시작했다.

-너 솔직히 말해.

"딱 말해."

"아니죠? 언니, 아니죠?"

"언제부터 만났어?"

이승희, 왕소소, 료코, 진달래 순으로 질문을 시작했고 나윤희는 당황하여 고개를 저었다.

"아니야. 그냥 지쳐 보이길래 단 거 좋아하니까……."

그러나 취조를 시작한 형사들의 귀에 나윤희의 설명은 변명일 뿐이었다.

-그러고 보니 이상하긴 했어. 왜, 예전에 도빈이가 카레도 양보했잖아.

"세상에. 세상에. 배도빈이, 그 카레 귀신이 카레를 양보했다고오? 그것도 슈퍼 슈바인 김덕배 사장님이 8시간 이상 푹 익혀서 만든 특제 카레를?"

"지금까지 속였던 거야?"

이승희의 리시브를 진달래가 토스했고 기회를 포착한 왕소소가 사정없이 때렸다.

"속이긴 뭘. 진짜 그런 거 아니라니까."

"맞아. 윤희 언니가 배도빈이랑 사귈 리가 없잖아. 안 돼. 안 돼."

료코가 다급히 나윤희를 옹호하며 나섰다.

직장 상사이자 음악가로서의 배도빈은 료코에게 너무나 큰 존재였지만 그 외 부분에 있어서는 의문이었다.

커피나 카레, 오렌지 주스 등 여러 분야에 강박증이 심각한 수준이었고 심지어 성격도 그다지 좋지 못했다.

걱정은 또 얼마나 끼치는지 세상 무모하고 무리한 일은 죄다 맡는 것도 마음에 안 들었다.

외유내강한 나윤희를 믿고 따르는 료코로서는 자신이 가장 사랑하는 나윤희와 배도빈이 만나는 걸 납득할 수 없었다.

"진짜 아니야?"

"웅. 정말."

소소의 질문에 나윤희가 고개를 끄덕였다.

그러나 지금까지의 여러 정황이 퍼즐처럼 맞춰졌기에 그들은 쉽게 납득할 수 없었다.

진달래가 물었다.

"왜? 도빈이 괜찮잖아. 잘 어울리는데?"

"아니야. 안 어울려."

료코가 기다렸다는 듯이 부정했지만 왕소소에 의해 진압되었다.

-도빈이 같은 애 몇 없다? 좀 이상한 구석이 있어도 생활 바르지, 예의 바르지.

"예의? 허구한 날 다른 사람 엉덩이 걷어차고 다니는데?"

-그럼 그건 빼고. 윤희 너 정말 도빈이한테 아무 생각 없어?

"맞아. 어떻게 생각하는데?"

나윤희는 그저 친구들이 질문을 쏟아내는 이 상황이 웃길 뿐이라 고개를 저었다.

"멋있지. 상냥하고. 근데 정말 아무 사이 아니야."

"생각도 없어?"

"웅. 지금이 좋아."

"왜? 같이 있다 보면 마음 생기고 그럼 만날 수도 있잖아."

"어……. 나 누구 사귀어 본 적도 없고, 그냥. 그냥 이대로가 좋아."

나윤희의 말에 이승희와 진달래가 깜짝 놀랐다.

-진짜?

"말도 안 돼. 서른 될 때까지 한 명도 안 사귀어봤다고?"

진달래의 반응에 료코를 제압하고 있던 왕소소가 고개를 돌렸다.

"언니도?"

"난 결혼 안 해."

진달래는 밴드 생활을 함께하는 스칼라를 떠올리며 그가 안됐다고 생각했다.

-억지로 마음 닫고 있을 필요는 없잖아. 그냥 마음 생기면 자연스레 만나고 그러는 건 괜찮지 않아?

나윤희도 이승희와 같은 생각이었지만 그렇다고 억지로 나서고 싶은 마음은 없었다.

배도빈을 생각하는 그녀의 마음은 하나로 정리할 수 없었다.

"사실 나도 잘 모르겠어. 이게 좋아하는 건지. 근데 계속 함께 음악하고 싶은 건 확실하니까."

그녀도 배도빈과 함께 있으면 다른 사람과 있는 것과 다르게 편안하고 때로 자신에게 솔직해질 수 있었다.

그녀도 그를 향한 복잡한 마음 중에 연정이 없다고 할 순 없었다.

그러나 그렇게 불명확한 감정보다 배도빈과 음악을 함께하는 것이 중요했다.

그가 만든 악보를 통해 그를 이해하고 그것을 연주로 실현시키는 과정과 그 사이에서 나누는 대화들이 너무나 소중했다.

아무 것도 아닌 자신을 발견해 주고.

완전하게 있을 수 있도록 도와준 배도빈에 대한 감정은 사랑이란 단어로 한정할 수 없었다.

우정, 존경, 경의.

모두 마찬가지였고.

그 관계 역시 동료나 친구, 연인으로 규정할 수 없었다.

"이대로가 좋아. 정말."

나윤희의 진솔한 고백이었다.

그리고.

'그게 좋아하는 거잖아.'

'배고파.'

'아, 답답해. 아, 진짜 답답해 미치겠네.'

'다행이다. 그럼 그렇지. 윤희 언니는 무조건 능력 있고 가정적이고 현명하고 윤희 언니만 좋아하는 사람이랑 만나야 해.'

이승희, 왕소소, 진달래, 나카무라 료코는 저마다의 방식으로 상황을 이해했다.

♪

"음악에 관한 모든 이야기를 다루는 너만 모름의 우진입니다."

우진이 카메라를 향해 고개를 숙이며 '너만 모름'이 시작되었다.

"런던 그랑프리 2차전 마지막 날을 앞두고 있죠. 오늘은 오케스트라 대전이 어떻게 흘러갈지 이야기 나눠보도록 하겠습니다. 정말 대단한 분이죠? 히무라 쇼우 샛별 엔터테인먼트 대표를 모셨습니다. 반갑습니다, 히무라 씨."

"반갑습니다."

두 사람이 가볍게 묵례했다.

"혹시 모르시는 분을 위해 히무라 대표에 대해 간략히 설명해 드리겠습니다."

우진의 말과 함께 히무라 쇼우의 이력이 화면에 잡혔다.

"16살에 도쿄 예술대 수석 입학. 졸업과 동시에 일본 최대 음반 레이블 엑스톤에 입사하여 5년 만에 총괄 프로듀서로서 일본을 포함, 유럽과 아메리카 등지에서 활동해 그 실력을 널리 인정받았습니다."

히무라 쇼우가 민망한 듯 웃었다.

"이후 배도빈을 발굴하시면서 프로듀서로서의 활동보다는

매니저, 사업가로 활동하기 시작하셨죠."

"그렇습니다."

"현재 가장 많은 아티스트가 함께하고 싶어 하는 샛별 엔터테인먼트를 창설. 현재는 도빈 재단 이사장이자 세계 클래식 음악협회 자문위원 등으로 활동하고 계시는데, 특이사항으로는 음악 외로 여러 언어를 구사할 수 있다고 하십니다. 어떠신가요?"

"일본어, 영어, 독일어, 프랑스어, 중국어, 한국어, 폴란드어, 스페인어, 러시아어, 이탈리아어 정도는 무리 없이 가능합니다."

우진이 조금 질린다는 표정을 지으며 히무라 쇼우 대표가 가진 언어 자격증들을 살폈다.

"……솔직히 믿기지 않네요. 도대체 어떻게 그런 일이 가능한가요?"

"하하. 필요할 때마다 공부하다 보니 그렇게 되었습니다."

"겸손한 발언이시네요. 좋습니다. 클래식 음악 부흥의 선두에 계신 입장에서 현재까지의 상황을 어떻게 보고 계십니까?"

"현재 공동 1위인 베를린 필하모닉과 로스앤젤레스 필하모닉 그리고 빈 필하모닉의 3강 구도가 유지될 거라 보고 있습니다."

"히무라 씨도 그렇게 생각하시는군요. 하면 첫 번째 대전에서 좋은 성적을 보였던 악단들이 힘을 쓰지 못하는 이유는 무엇으로 보십니까?"

"역시 소비자의 욕구가 변한 탓이 아닐까 생각합니다."

"욕구가 변했다. 구체적으로 들려주시죠."

"기존의 곡을 연주하고 소비했던 과거와 다르게 현재 클래식 음악 팬들은 새로운 곡을 원하고 또 그것을 받아들일 준비가 되어 있습니다. 그런 점에서 자체적으로 곡을 생산하는 베를린과 로스앤젤레스, 빈이 강점을 보이죠."

"확실히 그렇군요. 세 악단의 지휘자인 배도빈, 아리엘 얀스, 사카모토 료이치 모두 뛰어난 작곡가이기도 하니까요."

"그렇습니다. 이건 제 말이 아니라 사카모토 선생님께서 하신 말인데."

"네."

"시대가 빠르게 변하는 만큼 음악을 소비하는 사람들의 패턴이 다양화되고 있습니다. 예를 들어 콘서트홀에 가서 오직 음악을 감상하는 데 시간을 쓰는 사람도 있지만 그럴 수 없는 사람도 있죠."

"확실히 그러지 못하는 사람이 더 많겠군요."

"네. 다들 바쁘고 지쳐 있으니까요. 그러다 보니 현장이 아닌 온라인을 통해 집에서 편하게 들을 수 있는 방식을 선호하게 됩니다. 또 퇴근 후 시간을 조금이라도 알차게 쓰기 위해 여러 일을 함께하곤 하죠. 그럴 때 음악 특히 클래식이 아주 좋은 요소로 작용하고 있습니다. 예를 들어 독서나 게임을 할 때도 음악을 듣는 게 가능하죠."

"확실히 깊이 있게 감상하진 못하지만 그럴 수 있죠."

"네. 그게 중요합니다. 도빈이가 이렇게까지 큰 사랑을 받을 수 있는 이유에는 그것이 큰 지분을 차지하고 있을 겁니다."

"조금 더 풀어서 말씀 부탁드립니다."

"사카모토 선생님과 도빈이는 이걸 쉬운 음악이라 하는데 저나 업계 사람들은 선이 굵은 음악이라고 합니다. 다른 행동에 집중하고 있어도 단순하고 강렬한 주제 덕에 인식이 잘 되는 곡이 현재 소비자들에게 어필되는 거죠."

"말씀을 듣고 보니 그런 것 같기도 하네요. 배도빈 씨의 음악은 기억에 정말 잘 남습니다."

"네. 다른 부분에서는 큰 차이를 보이지만 적어도 선율이 명확하다는 점은 사카모토 선생님과 아리엘 얀스의 곡에서도 공통된 사항이죠."

"이제 좀 정리가 되네요. 현재 사람들의 음악 소비 패턴과 또 새로운 곡을 듣고 싶은 니즈를 충족하는 베를린, 로스앤젤레스, 빈이 강세일 수밖에 없고. 반대로 생각하면 부진하는 다른 악단은 그걸 충족시키지 못하고 있다 볼 수 있겠네요."

"그렇습니다. 시대가 변한 거죠. 라이든샤프트라고 하지 않습니까."

히무라가 고개를 끄덕이며 설명을 덧붙였다.

"그러나 하나 주의할 점이 적어도 흔히 빈 고전파로 불리는 음악가들의 곡도 여전히 수요가 있습니다. 그것을 무시해서는 오랜 시간 확보해 두었던 기존 음악 팬을 스스로 떠나보내게 되겠죠. 베를린, 로스앤젤레스, 빈 모두 기존 팬과 유입 팬 사이에서 균형을 잘 잡고 있기에 성공하고 있다고 봅니다."

"그렇군요. 전통을 지키려는 것 역시 가치 있다는 말씀도 해 주셨습니다. 클래식한 느낌이라면 빠질 수 없는 곳이 있죠. 현재 그랑프리를 개최하고 있는 런던 심포니인데요."

히무라가 고개를 끄덕였다.

"현재 그랑프리를 개최하고 있는 런던 심포니의 경우 종합 11위에 머물고 있습니다. 아르투로 토스카니니 시절과 그 이전을 고려하면 정말 처참한데, 내일 공연에서 반등할 수 있을까요?"

히무라는 잠시 고민하다 신중히 입을 열었다.

"답변하기 전에 명확히 짚고 넘어갈 일이 있습니다."

"짚고 넘어갈 일이요."

"네. 사실 오케스트라 대전은 본선에 진출하는 것만으로도 실력과 지지도를 증명했다고 볼 수 있습니다. 전 세계 탑 12에 든 것이니까요."

우진이 고개를 끄덕여 히무라의 말에 동조했다.

"아르투로 토스카니니 시절에 비하면 상대적 우위를 잃은 건 사실이나 지금도 많은 팬을 보유한 오케스트라임에는 변함 없다는 말씀이시군요."

"그렇습니다."

선을 그은 히무라는 단호히 런던 심포니를 비판하기 시작했다.

"그러나 분명 상위권 악단에 비해 지지도가 낮은 것도 사실이죠. 저는 이것이 런던 심포니의 문제라곤 생각지 않습니다. 기존 단원이 이탈하거나 추가된 경우는 없으니까요."

"그럼……."

"네. 런던 심포니의 문제는 레몽 도네크 감독에게 있다고 생각합니다."

런던 그랑프리 2차전 마지막 날.

공연을 앞두고 레몽 도네크가 단원들에게 당부했다.

"여러 매체에서 우리의 부진을 언급하고 있습니다."

레몽 도네크는 4~5년간 함께한 단원들을 둘러보며 단호히 말했다.

"부정할 수 없는 사실입니다만 여러분이 얼마나 뛰어난지는 그 누구보다 잘 알고 있습니다. 여러분은 최고라 불리기에 부족함이 없습니다."

단원들이 고개를 끄덕였다.

잠시 흔들렸을 뿐, 최선을 다하기 위해 의지를 다졌다.

"최고의 연주를 하러 갑시다. 우리가 최고입니다."

레몽 도네크의 격려가 다소 침체되어 있던 런던 심포니에 활력을 불어넣어 주었다.

공연 전 빌헬름 푸르트벵글러의 의식을 그대로 모방한 일이었지만 그것으로 충분했다.

'너희가 최고다.'

거장 빌헬름 푸르트벵글러의 확신에 찬 말은 단원 시절 레몽 도네크에게 너무나 큰 힘이 되어 주었다.

존경하는 인물로부터 인정받았을 때의 안도감과 자신감은 레몽 도네크와 당시 베를린 필하모닉을 정말 세계 최고의 연주자로 거듭나게 했다.

그뿐만이 아니었다.

가장 완벽한 지휘자 빌헬름 푸르트벵글러를 본받기 위한 노력으로.

아르투로 토스카니니로부터 후계자로 인정받았고 단원들도 레몽 도네크를 그들의 리더로 받아들였다.

무대에 오르고.

준비를 마친 레몽 도네크는 마지막이 될 수도 있다는 각오로 관객들을 맞이했다.

연주가 시작되고.

객석에 있던 파울 리히터는 런던 심포니의 연주에 감탄하면서도 안타까움을 감출 수 없었다.

'레몽.'

그와 함께 30년을 보냈던 그였기에 모를 수 없었다.

런던 심포니가 연주하는 베토벤 바이올린 협주곡 D장조의 바탕은 그들의 스승 빌헬름 푸르트벵글러였다.

강약 조절로 인한 충만한 감정 표현과 그것을 더욱 극적으로 하기 위한 당김음 사용은 스승을 꼭 빼닮았다.

스승이 남겼던 연주를 더욱 발전시킨 모습에 파울 리히터는 레몽 도네크가 빌헬름 푸르트벵글러를 얼마나 존경하는지 알 수 있었다.

그리고 두 사람 사이가 결코 회복될 수 없음을 인지한 순간이기도 했다.

'이 어리석은 친구야.'

파울은 그것이 너무나 안타까웠다.

레몽 도네크는 뛰어났다.

지금의 연주로 그가 1990년대 초 이미 거장 중의 거장으로 불리던 당시의 빌헬름 푸르트벵글러에게 근접해 있음을 알 수 있었다.

그런 저력을 가지고 있으면서도 스승에 대한 과한 존경이 음악가 레몽 도네크의 개성을 죽이고 말았다.

빌헬름 푸르트벵글러 2세가 되고 싶었던 레몽 도네크의 진심이 그에게 한계를 만든 것이었다.

'선생님께선 그분의 후계자를 만들고 싶었던 게 아닐세. 왜 그것을 모르는가.'

놀랍도록 완성도 있는 연주가.

레몽 도네크와 빌헬름 푸르트벵글러의 일을 아는 사람들에게는 그렇게 슬플 수 없었다.

전설 빌헬름 푸르트벵글러는 2000년대에 들어 조금씩 쇠퇴하는 베를린 필하모닉에 새로운 변화가 필요하다고 판단했다.

연주, 무대, 구조.

부족한 것은 없었다.

단지 달라진 시대와 맞지 않는 것일 뿐.

완벽했던 관행들을, 그때까지 그를 최고로 해주었던 모든 것에 변화를 주는 데 푸르트벵글러는 망설이지 않았다.

후계자를 찾을 때도.

자신의 음악 성향을 잇는 이를 찾기보단 베를린 필하모닉을 새 시대의 오케스트라로 이끌 수 있는 사람을 바랐다.

배도빈.

레몽 도네크로서는 참을 수 없었다.

누구보다도 존경했기에 닮으려 했지만 그의 음악을 이으려 했지만 스승은 자신보다 사제를 더 총애했다.

지나간 세월의 노력이 허망해지는 순간이었다.

왕이 이루었던 수많은 업적은 역사로 남을 뿐이었고 그들이 함께 쌓아온 성벽이 허물어지는 것을 보면서 레몽 도네크는 좌절했다.

배신감을 느꼈다.

"미련한 놈."

TV를 통해 오케스트라 대전을 시청하고 있던 빌헬름 푸르트뱅글러가 탄식했다.

첫 번째 제자의 베토벤 바이올린 협주곡 D장조는 그가 악장으로서 처음 공연했던 그때와 같았다.

아니, 그보다 훌륭했다.

그렇기에 안타까웠다.

누구에게도 뒤지지 않는 재능을 지녔으면서도, 부단한 노력을 더해 그 기량이 하늘에 닿았음에도 자신의 그늘에서 벗어나려 하지 않는 제자.

'그렇게 나가서 하려던 게 고작 그것이냐.'

레몽 도네크의 지휘가 스승을 향한 존경심과 존중이라면 푸르트뱅글러는 차라리 그가 자신을 증오하길 바랐다.

저 뛰어난 음악가가 자신의 목소리가 아닌, 빌헬름 푸르트뱅글러라는 음악가를 좇고 있음이 애석할 따름이었다.

'네 한계가 고작 나란 말이더냐.'

레몽 도네크는 스승을 완벽하고 무결한 이상(理想)으로 여겼지만.

빌헬름 푸르트벵글러는 여든이 된 지금도 자신의 한계를 인정하려 들지 않았다.

만족한 순간 다리는 멈추게 되어 있다.

자신을 갖고 자부심으로 끝없이 나아가길 바랐던 스승은 그의 제자가 자신을 좇는 것이 아니라 넘어서길 바랐다.

그래서 언젠가는 동등한 입장에서 함께할 수 있길 바랐다.

관계를 돌이킬 수 없는 지금.

적어도 먼 곳에서나마 자신의 음악을 하길 바랐거늘.

30년 가까이 가장 믿음직했던 제자가 맹목적인 감정에 휘둘려 끝내 실망을 주었다.

푸르트벵글러는 눈을 감고 고개를 저었다. 이 안타까운 일을 보고 들을 자신이 없었다.

그래서 리모컨을 쥔 순간.

곡풍이 달라졌다.

섬세하게 노래하던 독주 바이올린 뒤에 오케스트라가 주제를 반복하는데, 지금껏 들을 수 없었던 힘으로 치고 나왔다.

독주 바이올린은 한 번 더 자신의 목소리를 분명히 했고.

오케스트라가 그에 다시 대응하듯 힘차게 나서며 바이올린과 다투듯 언쟁을 시작했다.

실로 과감한 편곡.

3악장에 들어선 런던 심포니의 연주는 지금까지 그들의 연주와는 사뭇 달랐다.

보다 치열하고.

보다 절실했다.

그 연주가.

푸르트벵글러가 만들어놓은 악보를 답습하는 것보다 더욱 푸르트벵글러스럽게 울려 퍼졌다.

"브라보!"

런던 심포니가 공연을 마치자 관객들이 박수와 환호로 그들이 받은 감동을 돌려주었다.

실로 과감한 편곡이었다.

오케스트라 대전을 통해 그들의 연주를 오랜만에 혹은 처음 들었던 이들도 절로 고개를 끄덕였다.

런던 심포니의 연주에 익숙한 오랜 팬들에게는 특히나 신선한 공연이었다.

"레몽 도네크 감독이 이번에는 정말 칼을 간 것 같은데."

"그러니까. 무난하게 감상하기 좋았던 전과 다르게 오늘은 좀 뭔가 달랐어."

관객들은 변화한 런던 심포니에 충분히 호감을 느꼈지만 레몽 도네크는 직감했다.

런던 심포니를 지휘하는 일은 이제 없을 거라고.

앞서 빈 필하모닉과 로스앤젤레스 필하모닉을 향했던 열렬한 환호에 비해 관객들의 반응은 심심했고.

바로 다음 그가 그토록 넘어서고 싶었던 배도빈이 간절히 함께하고 싶었던 베를린 필하모닉을 데리고 나서기 때문.

레몽 도네크는 자신의 한계를 담담히 받아들이고자 애써 고개를 끄덕였다.

이사진으로부터 통보받았을 때부터 어렴풋이 이 공연이 마지막이라는 걸 느꼈기에 도리어 후련한 마음도 있었다.

"수고했어."

"멋지던데."

그는 무대에서 내려오는 단원들과 인사를 나누었다.

그들은 한때 최고의 오케스트라로 불렸던 만큼 훌륭한 기량을 가지고 있었다.

만약 문제가 있다면 자신에게 있다고 생각했기에 적어도 그들이 자신들의 기량을 충분히 펼칠 수 있도록 마지막 무대를 준비했다.

기존 방식과는 달랐지만.

이 또한 가치 있는 일이라 생각했다.

다행히 단원들도 그의 시도가 마음에 들었던 모양.

밝은 얼굴로 인사했다.

"오늘 정말 최고였어요."

"연습 때도 느꼈지만 정말 편했어요. 다음에도 이런 식으로 가면 안 될까요?"

마치 맞춤 옷을 입은 듯한 기분에 사로잡힌 단원들은 다음 공연을 말했다.

"그래."

다음이 없음을 알면서.

레몽 도네크는 그들이 자신보다 뛰어난 지휘자와 함께 희망을 이어나가길 바랐다.

"8일간 진행되었던 런던 그랑프리도 이제 마지막 순서를 앞두고 있습니다. 끝을 장식하기에 이보다 훌륭한 오케스트라가 또 있을까요? 베를린 필하모닉입니다."

사회자의 소개와 함께 커튼이 걷혔다.

"오오."

베를린 필하모닉의 색다른 모습이 관객들과 시청자들의 기대감을 잔뜩 고양시켰다.

단원 모두 채도가 낮은 주홍색 정장을 입고 있었고 그들 뒤의 대형 스크린에는 불꽃이 이글거리고 있었다.

배도빈이 고개를 숙이자 잠시 놀라 가만 있던 관객들이 힘차게 배도빈의 이름을 연호했다.

"빈! 빈! 빈! 빈!"

마왕이 왼손을 들자 찰스 브라움이 고개를 숙였고 오른손을 들자 나윤희가 인사했다.

2023년 첫 발표 이후 가장 정열적이고 매력적인 곡으로 알려진 불새 바이올린 협주곡의 두 주인공은 눈부셨다.

아름다운 황금빛 머리카락을 뒤로 넘긴 찰스 브라움은 파이어버드의 고혹적인 자태와 어울렸고.

어깨를 드러낸 나윤희는 블러드 와인의 치명적 자태와 함께 관객들을 도발했다.

'이번에는.'

나윤희는 지난 오케스트라 대전을 떠올렸다.

찰스 브라움이 심각한 항문 질환으로 이탈하고 그를 대신하기 위해 무리한 나머지 공연 중 실수가 있었다.

수많은 사람이 그 모습에 감동받았지만 나윤희로서는 얼굴이 화끈거리는 일이었다.

오케스트라 대전이라는 같은 무대에서 오늘이야말로 기필코 완성된 연주를 하고 싶었다.

그런 확신이 있었다.

배도빈을 바라보는 그녀의 눈빛처럼 흔들림 없었다.

그와 함께 있으면 솔직해질 수 있었다. 사회적 시선에 따라 만들어진 모습이 아니라, 있는 그대로의 모습으로 있을 수 있었다.

느린 행동 때문에 유치원에서도 학교에서도 사회에서도 구박과 무시를 당했던 그녀는 자신을 숨기는 데 능했고 타인의 눈치를 보는 데 익숙해졌다.

그러다 그런 자신을 바꾸기 위해 나섰던 베를린 필하모닉 악장 오디션.

그곳에서 배도빈을 만났다.

처음에는 동경이었다.

어리고 작았지만 당당한 그를 그저 대단하게 여길 뿐이었다.

입단한 뒤에는 재능, 권력, 부 모든 것을 갖춘 그가 사실은 정말 치열하게 음악을 하고 있음을 알게 되었고.

용기를 얻었다.

단순한 동경이 아니라.

배도빈처럼 열심히, 당당히, 매번 최선을 다하고 싶었다.

그렇게 5년.

나윤희는 자신을 찾았다.

친구 한 명 사귀지 못했던 그녀에게 왕소소, 이승희, 나카무라 료코, 진달래, 차채은과 같은 소중한 이가 생겼고.

자신의 생각을 말하는 게 무서워 떨었던 그녀가 감히 빌헬름 푸르트뱅글러를 사임시키고 배도빈을 베를린 필하모닉 주인 자리에 앉혔다.

간혹 버릇처럼 나오긴 해도 심한 말 더듬는 버릇도 고쳤다.

아무도 알아주지 않았던 그녀의 바이올린을 진실로 이해해 준 사람이 있었기에.

스스로도 믿지 못했던 자신을 믿어주는 사람이 있었기에.

그녀는 강해질 수 있었다.

'무슨 생각해?'

나윤희가 지휘봉을 든 배도빈에게 물었다.

바이올린 협주곡 불새는 나윤희가 자신의 기량을 한껏 뽐내기에 완벽한 곡이었다.

연주자가 어떤 소리를 가장 잘 내고 좋아하고 어디까지 이를 수 있는지를 정교하게 다룬 완전한 편곡이었다.

반대로.

나윤희는 배도빈이 바라는 연주가 어떤 것인지 알고자 끊임없이 물었다.

그가 자신을 완전하게 해주었듯.

그녀 역시 배도빈을, 베를린 필하모닉을 온전하게 하고 싶었다.

그렇게 지휘자와 연주자의 마음이 어울려 완성된 불새가.

지휘봉과 함께 비상했다.

배도빈 바이올린 협주곡 D장조.
'불새'

창공을 향해 치솟은 불새가 해를 삼켰다.

블러드 와인과 함께 질주하던 오케스트라가 순간 멈추었고 해를 잃은 세계는 어둠으로 뒤덮였다.

정적.

배도빈이 두 팔을 펼치자 폭음과 함께 연주가 재개되었다.

어둠을 밝히는 단 하나의 빛.

날개를 펼친 불새는 태양과도 같이 이글거리며 주변을 밝히고, 그 열기로 초목이 타들어 간다.

얼어붙은 대지와 북극의 냉기조차 불새의 위용에 녹아든다.

모든 악기가 블러드 와인이 펼치는 거대한 흐름에 범접하지 못하고.

나윤희의 독주가 시작되었다.

블러드 와인의 노래가 객석을 덮친다. 태양을 집어삼킨 불새처럼 저항할 수 없는 압도적인 힘으로 유린한다.

그녀의 정열이.

'캐논'에 필적할 만큼 크고 곧은 선율로 그 외의 어떠한 것도 용납하지 않았다.

그 순간만큼은 오직 그녀와 블러드 와인만이 노래했다.

'훌륭하다.'

자신의 차례를 기다리며 찰스 브라움은 고개를 끄덕였다.

나윤희의 맑고 올곧은 연주는 블러드 와인을 만나 더욱 선명해졌고 지금에 이르러서는 폭력이라고밖에 설명할 길이 없었다.

마치 배도빈처럼.

'이해하는 거겠지.'

배도빈이 그녀를 이해하듯이.

나윤희도 그를 이해하고 받아들였다.

그 둘이 함께하는 이 순간이 마치 세계의 모든 소리가 사라지고 오직 그들만 노래하는 것처럼 느껴졌다.

그 감각을.

찰스 브라움은 익히 오래 전부터 알고 있었다.

바이올리니스트 찰스 브라움을 베를린 필하모닉으로 이끌었던 유일한 이유.

그 어떤 말로도 부족한 감각.

작곡가와 연주자가 완전히 서로를 이해해 연주하는, 그로 인해 관객들을 홀리는 그 순간의 환희가 그를 이곳에 있게 했다.

지독한 중독이었다.

한 번 맛본 쾌락은 어떠한 방법으로도 벗어날 수 없었다.

탐할수록 더욱 갈증을 느꼈고.

그렇기에 독점하고 싶었다.

나윤희의 연주가 절정으로 치달았을 때.

찰스 브라움이 파이어버드를 켜기 시작했다.

세상을 뒤덮었던 불새를 또 다른 불새가 가로막았다.

형제처럼 닮은 두 불새는 서로를 견제하며 날갯짓했다.

태양을 내놓아라.

파이어버드의 경고에 잠시 주춤했던 블러드 와인이 코웃음
을 쳤다.

나윤희의 연주가 속도를 냈다.

세상을 지배할 강력한 힘으로 날아오른 블러드 와인은 창
공을 넘어 푸르스름한 하늘을 아래에 두었다.

찰스 브라움도 지지 않았다.

그에 질세라 거대한 날개를 힘차게 쳐 블러드 와인을 따랐다.

블러드 와인이 선회하면 파이어버드가 반대 방향으로 돌아
그를 저지하려 했다.

블러드 와인이 그를 비웃기라도 하듯 불을 토해낸다.

두 바이올리니스트가 번갈아가며 펼치는 연주가 절정으로
치닫고.

두 새가 뱉어낸 화염이 지상으로 떨어졌다.

타악기가 우렁차게 울리며 위협을 알리자 현악기가 도망치

는 산새처럼 퍼덕인다.

　장대한 싸움이.

　마왕을 웃게 했다.

♪

"……."

　베를린 필하모닉의 무대를 지켜보고 있던 아리엘 얀스의 표정이 심각해졌다.

　배도빈과 그들의 기량은 익히 알고 있었지만 오케스트라 대전을 기점으로 그들이 마치 어떤 선을 넘어선 듯한 기분에서 헤어나올 수 없었다.

　2026년 단 두 번의 공연만 가졌던 배도빈은 오케스트라 대전을 통해 그간 얼마나 많은 준비를 했는지 증명하고 있었다.

　가우왕과 최지훈.

　찰스 브라움과 나윤희와 같이 절정의 연주자들이 펼치는 연주도 놀랍지만 익히 알고 있는 수준이었다.

　베를린 필하모닉 단원들이 최고 수준의 연주자라는 것도 알고 있었다.

　그러나 이럴 수는 없었다.

　단 하나의 오차도 없이 완벽하게 조율된 소리.

각 악기가 한목소리로 노래했고 그들의 노래는 철저한 계산 속에서 다른 악기들과 유기적으로 결집해 나갔다.

'어떻게.'

아리엘은 이해할 수 없었다.

120개의 악기를 완벽히 이해하는 배도빈도, 또 그 지시를 따라 완벽히 움직이는, 하나의 악기처럼 움직이는 베를린 필하모닉을 이해할 수 없었다.

단 한 명의 천재가 모든 단원을 이해하더라도.

모든 단원이 지휘자의 의지대로 이토록 완벽한 하모니를 이룰 수 있는가.

만약 한 사람의 지휘자가 그런 것이 가능하도록 유도했다면.

그는 아마 신일 것이다.

불가능한 일이고 불가해한 발상이었다.

아리엘 얀스는 '불새'를 들으면서도 그들을 이해할 수 없었다.

그만의 생각은 아니었다.

사카모토 료이치, 마리 얀스, 브루노 발터, 아르투로 토스카니니, 제르바 루빈스타인과 같은 거장들도 베를린 필하모닉의 연주에는 감탄과 의문이 앞섰다.

음악의 신이 있다면 가능할까.

오케스트라의 완성도는 지휘자에게 있다지만 한 사람이 할 수 있는 일에는 한계가 있는 법.

'정말. 정말 대단하네, 도빈 군.'

'어떻게 준비를 했기에 이런 연주가 매번 가능하단 말이냐.'

그랜드 심포니를 준비하는 과정에서 앞을 볼 수 없는 배도빈이 했던 노력과.

그를 위해 단원들이 무엇을 했는지 알 수 없는 그들로서는 결코 이해할 수 없는 일이었다.

연주가 막바지에 이르러.

두 비르투오소를 앞세운 마왕이 자신의 군세를 일으켜 세우자.

치열하게 자웅을 겨루던 두 불새가 마침내 쓰러지고.

블러드 와인이 해를 토해냈다.

마침내 찾아온 광명의 순간에 관객들이 기립했다.

"브라보!"

"브라보!"

117악장

Fin

관객들이 함성을 내지르는 것처럼 시청자들도 베를린 필하모닉이 안겨준 깊은 감동을 저마다의 방식으로 표현했다.

ㄴ지렸다 지렸어.

ㄴ소름 돋는다 진짜. 음악 잘 모르는 내가 봐도 베를린은 다른 악단하고 클래스가 다른 듯.

ㄴ그 말이 아주 틀린 말도 아닌 게 진짜 단원 모두 하나라는 느낌이 강함. 악기별로 완벽하게 같은 연주를 하고 각 섹션이 서로 작용하는 게 진짜 완성된 오케스트라가 뭔지 보여주잖아.

ㄴ베를린 필하모닉이 대단한 건 사실이지만 연주자 실력에선 암스테르담이나 빈, 런던도 비슷하지 않나?

ㄴ지휘자 차이지. 저렇게까지 조율하려면 지휘자가 기준이 되어야 하는데 말이야 쉽지. 기사 못 봄? 제1바이올린 20명이 90퍼센트 이상 같은 연주를 한단다. 세상 어떤 인간이 이걸 분간해내.

ㄴ연주자들도 차이가 있긴 함. 다른 데가 못한다는 게 아니라 베를린이 좀 유별하게 뛰어나.

ㄴ난 못 하지만 음악가라면 당연한 거 아님?

ㄴ인간의 감각이 예민한 것처럼 보여도 그렇게 뛰어나지 않음. 감지할 수 있는 영역도 협소하고 인지 능력도 떨어짐.

ㄴ가우왕이 1초에 20개 건반을 누르는데 그거 그냥 들으면 그냥 음이 이어지는 것처럼 들리잖아.

ㄴ1초에 20개???

ㄴ그 전까지 세계 신기록은 루보미르 멜닉이었음. 1초에 19.5개.

ㄴ손은 가능해도 귀는 제대로 인지하기 힘들어. 그래서 배도빈이 대단한 거임. 백 개가 넘는 악기를 동시에 판별한다는 거니까.

ㄴ아마 모르긴 몰라도 연습 때 단원들도 미칠 지경이었을걸? 자기들도 뭐가 잘못되었는지 모르는 상태에서 배도빈의 지시에 의지해 맞췄을 테니까.

ㄴ마왕님 위엄 보소;;

ㄴ배도빈이 단원들 괴롭히는 건 어렸을 적부터 유명했지.

런던 그랑프리 1차전과 2차전에서의 베를린 필하모닉은 그야말로 완성된 오케스트라였다.

음악인, 평단, 언론, 대중마저 그들의 연주를 기적과 같은 일로 칭송했고.

시력 상실 이후 배도빈이 재기를 넘어서 또 한 번 한계를 극복했다고 평했다.

불새가 남긴 여운에 현장에 있던 음악가들은 혀를 내둘렀고 관객들은 벅찬 가슴을 달래느라 애썼다.

그런 분위기 속에서 투표가 마무리되었다.

"오래 기다리셨습니다."

사회자 자르제가 안내를 시작했다.

"2027 OOTY 오케스트라 대전 런던 그랑프리 2차전의 모든 공연이 마무리되었습니다. 8일간 행복했던 건 저뿐만이 아니었던 것 같습니다. 함께해 주신 누적 6억 명의 시청자분들게 감사드리며, 런던 그랑프리를 장식한 12개 오케스트라에 다시 한번 큰 박수 부탁드립니다."

관객들이 크게 환호했다.

"그럼 투표 결과 발표하겠습니다. 런던 그랑프리 2차전! 과연 우승의 영광이 어디로 돌아갈지! 지금 공개합니다!"

중앙 대형 스크린에 클리블랜드 오케스트라, 런던 심포니, 베를린 필하모닉의 로고가 순서대로 비쳤고.

이내 각 악단의 로고가 투표 결과 순으로 배열되었다.

[2027 오케스트라 대전 런던 그랑프리 2차전 4일 차 투표 결과]

베를린 필하모닉

(배도빈 바이올린 협주곡 D장조 '불새'. 찰스 브라움·나윤희, 배도빈)

68,217,154표(1st)

런던 심포니 오케스트라

(베토벤 바이올린 협주곡 D장조. 알프레도 캄폴리, 레몽 도네크)

12,071,553표(5th)

클리블랜드 오케스트라

(안토니오 비발디 Opus 8, No.1-4 '사계'. 사라 장, 프란츠 미스트)

8,548,331표(8th)

"워어어어어!"

"빈! 빈! 빈! 빈!"

투표 결과가 발표되자 팬들이 콘서트홀을 무너뜨릴 기세로 함성을 내질렀다.

제2회 오케스트라 대전 중 가장 많은 표를 획득했던 베를린 필하모닉이 6,821만 7,154표를 쓸어 담으며 또 한 번 신기록을 작성한 탓이었다.

뛰어난 역량을 보이며 3일 차까지 런던 그랑프리 2차전 1위를 유지했던 사카모토 료이치의 빈 필하모닉(5,008만 2,344표)과도 큰 격차를 보였기에.

팬들은 배도빈과 베를린 필하모닉의 저력에 놀라지 않을 수 없었다.

"자, 잠깐. 순위 어떻게 되는 거야?"

"누적 랭크는?"

"베를린이 1위잖아. LA와 몇 점 차이야?"

그들의 바람대로 곧 현재까지의 누적 점수에 따른 순위가 공개되었다.

[2027 오케스트라 대전 포인트 랭킹]

1st 베를린 필하모닉----------(111pt)

2nd 로스앤젤레스 필하모닉--(101pt)

3rd 빈 필하모닉---------------(78pt)

4th 로얄 콘세르트허바우------(50pt)

5th 시카고 필하모닉----------(42pt)

6th 로테르담 필하모닉--------(34pt)

치열했던 통합 우승 경쟁에서 베를린 필하모닉이 로스앤젤레스 필하모닉을 따돌렸고.

빈 필하모닉이 우승권에 근접한 순간이었다.

└111점 미쳤는데?

└베를린 필하모닉은 그랑프리 다섯 번 중에 우승 세 번, 준우승 두 번 한 거야? ㄷㄷ

└LA도 만만치 않음. 2회 우승, 2회 준우승, 1회 3위임.

└이번 오케스트라 대전은 베를린이랑 LA가 그냥 씹어먹네.

└ㄴㄴ 빈 필하모닉도 기반 잘 깔았는데? 지금부턴 한국 빼고는 전부 유럽 공연이라 로스앤젤레스에겐 불리하지.

└그럼 어떻게 되는 거임?

└어떻게 되긴 어떻게 돼. 암스테르담도 아직 포기하긴 이르고 1위 ~3위권은 아직 경쟁 중이라고 봐야지. 그랑프리 아직 7번이나 남음.

"으하하하하하!"

베를린의 단원들이 서로를 끌어안거나 그들의 지휘자에게 달려들었다.

로스앤젤레스 필하모닉에게 2연속 우승을 내주었던 것과 레몽 도네크를 의식하면서 런던 그랑프리를 준비했던 그들에게 두 번의 우승은 너무나 값진 결과였다.

주변의 축하에 찰스 브라움은 당연한 일이라는 듯 짐짓 기쁨을 감췄고 나윤희는 드물게 주먹을 꽉 쥐며 쾌감을 만끽했다.

그리고 배도빈은 또 한 번 봉변을 당할 위기에 처해 있었다.

"들어! 들어!"

"또 해?"

"또 해!"

단원들이 배도빈을 헹가래 올리고자 달려들었고 배도빈은 필사적으로 저항했다.

앞이 안 보이는 상황에서 공중으로 뜨는 기분이 몹시 싫었기에 발버둥 칠 뿐, 무섭다고 말하기엔 그의 자존심이 허락지 않았다.

"와, 이젠 들기 힘든데?"

"싫어하는 거 같으니까 그만하자."

단원들은 격렬히 저항하는 그를 들 수 없었다.

지금까지 배도빈을 빨랫감 던지듯 헹가래 올렸던 그들은 배도빈이 성장했음과 그들이 나이를 먹었음을 인지하며 다른 방법을 강구할 필요성을 느꼈다.

나윤희는 그 모습을 걱정스레 지켜보다가 진이 빠져 씨익씨익 숨을 고르던 배도빈이 다소 개운한 표정을 짓는 것을 확인하고는 미소 지었다.

"보스, 시간 되었습니다."

"가죠."

폐막일.

배도빈이 엠마의 안내를 받아 인터뷰장으로 향했다.

타마키 히로시 피아노 협주곡 뒤의 인터뷰가 몹시 불쾌했고, 더군다나 오랜만에 사카모토 료이치와 저녁 약속이 있었기에 되도록 응하고 싶지 않았지만 책임감이 그를 이끌었다.

배도빈은 웅성거리는 소리가 가까워지는 것으로 인터뷰장에 다다랐음을 인지했다.

"도착했습니다. 문에 턱이 있으니 조심하세요."

엠마가 문을 열자 카메라 셔터 소리가 시끄럽게 울렸다.

그 소리가 그를 몹시 거슬리게 했지만 이 역시 악단주이자 감독으로서 해야 할 일이었기에 잠자코 부축을 받아 자리에 앉았다.

엠마가 한 기자를 지목해 발언권을 주었다.

"그랑프리 우승 축하드립니다. 통합 포인트에서 로스앤젤레스 필하모닉과 격차를 벌리셨는데 남은 그랑프리는 어떻게 준비할 예정이십니까?"

"평소대로 할 겁니다."

배도빈의 단답에 질문했던 기자가 다소 민망해했다.

그러나 항상 최선을 다해 공연을 준비했던 배도빈과 베를린 필하모닉에게 그 외의 답은 없었다.

다음 기자가 질문했다.

"런던 그랑프리 1, 2차전을 모두 우승하셨습니다. 앞으로 남은 7번의 그랑프리에서도 이 기세를 이어나갈 수 있을까요?"

"지금까지 그랑프리든 우리의 공연이든 새로운 방식에 적응할 시간이 필요했습니다. 그리고 이제 충분한 시간을 보냈죠. 자리를 내주는 일은 없을 겁니다."

자리를 내주지 않는다는 대답에 잠시 의문을 가졌지만 이내 그 뜻을 이해할 수 있었다.

ㄴ우승하고 싶단 말인가?

ㄴ자기 자리란 뜻이지.

ㄴ배도빈한테는 우승이 해내야 하는 일이 아니라는 뜻임. 본래 자기 자리였고 우승은 그냥 그대로 앉아 있는 일처럼 당연하단 거지.

ㄴ난 배도빈 저런 말 할 때마다 너무 신기한 게 어떻게 저런 말을 당연하게 할 수 있지?

ㄴ사실이니까?

ㄴㅋㅋㅋㅋㅋㅋ맞네. 그러네.

"그 말씀은 남은 그랑프리에서 모두 우승할 계획이란 뜻인가요?"

"그렇습니다."

기자들이 '마왕, 통합 우승 예고'와 같은 제목을 적어대기 시작했다.

다음 질문이 이어졌다.

"오케스트라 대전을 통해 베를린 필하모닉이 완성되었다는 평이 지배적입니다. 평단에서는 모두 마에스트로의 지휘력 덕분에 가능한 일이라고 하는데 어떻게 그런 일이 가능했습니까?"

"그건 잘못된 말입니다."

배도빈이 고개를 젓고 답했다.

"언젠가 가우왕 부감독과 찰스 브라움 악장이 비슷한 말을 했습니다. 저로 인해 그들이 완전해질 수 있었다고요."

개인 대기실에서 배도빈의 인터뷰를 지켜보고 있던 가우왕과 찰스 브라움이 마시던 물을 뿜었다.

"그들뿐만 아니라 여러 사람이 그런 말을 했습니다. 나윤희 악장과 나카무라 료코 부수석, 진달래 등등."

나윤희의 얼굴이 빨개졌고 료코와 진달래는 펄쩍 뛰며 부정했으며 다음 인터뷰를 대기하고 있던 아리엘 얀스는 눈매를 좁혔다.

"그들이 왜 그렇게 생각하는지 충분히 이해하지만."

언급된 사람 모두 배도빈의 거만하고 사생활 침해적인 발언에 부들부들 떠는 와중에도 그는 답변을 이어나갔다.

"그건 반쪽짜리 답입니다. 저도 그들로 인해 발전할 수 있었으니까요."

배도빈의 목소리는 평소와 같이 담담했으나 명확하여 진심을 느낄 수 있었다.

"단원들도 마찬가지입니다. 평단과 언론 심지어 같은 지휘자 사이에서도 베를린 필하모닉이 여기까지 올 수 있었던 이유로 저를 꼽지만 그것은 사실이 아닙니다."

배도빈의 생각은 오래전부터 확고했다.

그가 클래식 음악의 부흥을 이끌 거라 믿었던 히무라 쇼우와 나카무라 이데.

한국 클래식 음악의 대중화를 위해 견인차가 되어야 한다던 홍승일.

수많은 사람이 배도빈을 희망과 기적 그리고 선지자로 칭하면서 그로 인해 음악계가 발전할 수 있다고 말하지만 배도빈의 답은 한결같았다.

"단원들이 있었기에 지금의 제가 있는 겁니다. 그들이 없었더라면 이런 연주가 가능할 거라 생각도 못 했을 테고요. 한계를 넘어선 기교를 요구했던 불새가 그러했고 두 사람이 연주하기로 상정했던 세 개의 손을 위한 소나타가 그러했습니다. 그리고 이번 오케스트라 대전을 위해 준비했던 모든 곡이요."

배도빈은 단호했다.

"음악은 한 사람의 천재에 의해 이뤄지는 게 아닙니다. 빌헬름 푸르트벵글러, 사카모토 료이치와 같은 거장부터 이름 모를 거리의 악사까지. 지금도 서로에게 영감을 주고 함께하며 거대한 흐름을 만들어가고 있습니다. 단언하건대 베를린 필하모닉은 아직 완성되지 않았습니다. 지금까지와 같이 서로에게 영향을 주고받으며 더욱 성장할 겁니다."

만 21세.

전 세계가 그를 바흐, 모차르트, 베토벤 이후 최고의 음악가로 인정하며 감히 그 이름과 신을 동일시했다.

그러나 그는 그 자신의 위대한 재능과 불굴의 의지를 앞세우는 것이 아니라 함께하기에 더욱 나아갈 수 있다고 말한다.

음악이라는 문화가 그것을 만들고 즐기는 모든 이가 함께하기에 존재할 수 있다고 말하는 마에스트로에게.

기자들이 박수를 보냈다.

그를 향한 음악적 집착이 일방적이라고만 생각했던 가우왕, 찰스 브라움, 나윤희 그리고 베를린 필하모닉에게 그랑프리 우승보다 기쁜 일이었다.

한편.

배도빈의 인터뷰를 지켜보던 레몽 도네크는 쓸쓸히 웃었다.

'그랬던 거였어.'

하늘이 내려준 재능.

배도빈을 설명할 수 있는 다른 말은 없었다.

만 3세부터 곡을 쓰고 20년 가까이 활동하면서 단 한 번의 실패도 없었던 배도빈의 재능을, 함께했던 레몽 도네크가 모를 리 없었다.

도리어 그 특출함을 누구보다도 잘 알기에 베를린 필하모닉을 지휘하길 포기했었다.

그것은 마치 스승 빌헬름 푸르트벵글러를 대할 때의 기분과 같았다.

독선적이고 독보적인 천재.

레몽 도네크는 그를 설득할 자신도 넘어설 의지도 없었다.

배도빈과 스승이 변화에 매몰되어 전통의 가치를 가볍게 여긴다고 생각하면서도 당당히 나서지 못했다.

상임 지휘자 자리를 두고 경쟁하거나 배도빈을 설득하는 대신, 그는 베를린 필하모닉을 떠나기로 했다.

빌헬름 푸르트벵글러가 이룬 위대한 세계관을 이어나가겠다고 자신을 포장했지만.

이제는 그저 두려웠던 것임을 인정하지 않을 수 없었다.

그의 말로.

믿고 있었던 모든 불화의 원인이 자신의 편협한 사고 때문이라는 걸 절감했다.

너무나 뛰어났기에 상대가 될 수 없다고, 무시당할 거로 생각했던 레몽 도네크는 단원들로 인해 자신이 완전해질 수 있었다고 말하는 배도빈을 보며 탄식했다.

자신이 살아온 날의 절반도 살지 않은 아이가 스스로의 재능을 앞세우기 전에 단원들과의 호흡이 중요했다고 밝혔다.

그들과 함께함으로써 그렇게 뛰어난 곡을 쓸 수 있었다고 말했다.

그것은 레몽 도네크에게는 큰 충격이었다.

지난 오케스트라 대전에서의 설전, 파울 리히터의 훈계와 더불어 깨달음과 죄책감을 느끼게 해주었다.

'어쩌면.'

레몽 도네크는 생각했다.

'……아니. 아마도.'

생각을 거듭하여 애써 부정했던 혹은 직시하지 않으려 했던 사실을 마주했다.

스승과 배도빈의 초기 음악은 빈 고전파의 느낌이 강했다.

당대에 그 두 사람보다 바흐와 모차르트, 하이든, 베토벤을 깊이 이해하는 음악가는 없었고 레몽 도네크도 그때의 두 사람에게 매료되었다.

그런 빌헬름 푸르트벵글러와 배도빈이 전통의 가치를 경시할 리 없었다.

수많은 천재가 오랜 시간에 걸쳐 남긴 위대한 유산을 그토록 잘 이해하면서 그 가치를 모를 리 없었다.

단지.

배도빈은 음악이, 공연이 타인과 함께하기에 매번 변화를 주었던 것이었다.

연주하는 사람.

듣는 사람.

단원들을 언급하며 배도빈은 분명히 말하고 있었다.

음악은 함께하는 거라고.

음악은 독보적인 천재가 홀로 만드는 것이 아니라고.

사람과 사람의 관계와 대화 속에서 진정한 음악이 나오는 거라고 말하고 있었다.

때문에 연주자의 기량을 최고로 끌어내는 곡을 쓰고 관객들이 듣고 싶은 악상을 펼치고 그 자신이 하고 싶은 이야기를 이루는 것이었다.

그렇기에 한 번의 공연이 가진, 하나의 곡이 가진 가치는 그 무엇과도 비교할 수 없었다.

변화를 추구해야 하는 이유였다.

'내가. 어리석었다.'

쉬운 음악이라고 싫었다.

점잖지 못한 음악이라고 싫었다.

그것이 독선이었음을 인정하지 않을 수 없었다.

쉬운 음악은 소통이 원활하단 뜻이고 점잖지 못한 음악은 형식적이지 않다는 뜻이었다.

레몽 도네크는 비로소 스승과 배도빈을 이해했다.

그러나 이미 돌이킬 수 없었다.

더욱이 음악가로서의 자신도 잃고 말았다.

그랑프리 5위.

충분히 높은 성적이었지만 이번 그랑프리에서 3위 안에 들어야 하는 이사진과의 약속을 지키지 못한 이상 지휘봉을 내려놓아야 했다.

'멍청한 녀석.'

스승과 동료들을 배신하면서까지 얻었던 자리를 끝내 지키지 못했고, 끝내 자신이 틀렸음을 자각한 레몽 도네크는 자신을 비웃었다.

그때 대기실 문이 열렸다.

"감독님, 왜 여기 계세요. 다들 기다리고 있어요."

레몽 도네크를 찾은 런던 심포니의 단원이 밝은 표정으로 다가왔다.

클리블랜드 그랑프리를 제외하고 줄곧 하위권에 머물렀던 런던 심포니에게 이번 순위는 무척 고무적이었다.

레몽 도네크의 상황을 모르는 단원은 군이 그를 단원들이 모인 곳으로 끌고 갔다.

"감독님 오셨어요!"

"하하! 표정이 안 좋으신데? 5위라고요. 5위!"

"맞아. 아직 늦지 않았어요. 다음 그랑프리 잘 준비하면 종합 6위 안에 드는 것도 꿈은 아닐 거예요."

단원들의 해맑은 표정을 본 레몽 도네크는 이제 함께할 수 없음을 말할 수 없었다.

항상 친근하고 부드러웠던 레몽 도네크의 반응에 단원들이 잠시 서로의 눈치를 보았다.

그러다 한 사람이 나섰다.

"오늘 공연 준비하는 거 정말 재밌었어요."

레몽 도네크가 고개를 들자 단원들이 그를 보며 웃었다.

"연주하기 얼마나 편했는데요. 연습할 때부터 느꼈지만 감독님이 우릴 얼마나 생각하며 편곡을 했을까 싶었어요. 다음에는 꼭 더 잘될 거예요."

"레이첼 말이 맞습니다. 이제 겨우 합이 맞아가는 것 같은데 그랑프리 우승도 시간문제 아니겠습니까?"

"그래. 저기 베를린의 괴물이 말한 것처럼 우리도 서로를 이해하고 있잖아요. 다음엔 지지 않도록 하죠. 그럼 되잖아요."

그저.

마지막 공연이 될 수 있었기에.

런던 심포니의 단원들이 얼마나 뛰어난 연주자인지 알리기 위한 편곡이었을 뿐이었다.

그들이 자신의 기량을 뽐낼 수 있도록 한 단순한 변덕일 뿐이었다.

그러나 단원들이 그것을 알아준 순간 그것이 배도빈이 말하는 바와 다르지 않음을 깨달았고.

이 순간에도 자신을 믿고 따라주는 단원들에게 또 한 번 과거와 같은 실수를, 떠난다는 말조차 하지 않는 실수를 반복할 수 없었다.

"⋯⋯미안하다."

레몽 도네크가 고개를 숙였다.

이렇게 훌륭한 연주자들을 두고 성적을 내지 못한 자신의 부족함과 그들의 마음이 저버릴 뻔한 일에 대한 후회였다.

그리고.

비로소 그는 영문도 모른 채 자신을 떠나보내야만 했던 베를린 필하모닉의 심정을 이해할 수 있었다.

"미안하다. 미안하다."

레몽 도네크는 엎드려 흐느꼈다.

런던 그랑프리가 종료되고 사흘 뒤.

베를린 필하모닉은 이틀간 휴가를 가지며 긴장했던 몸과 마음을 충분히 쉬게 했다.

배도빈과 그의 비서 죠엘 웨인도 마찬가지였다.

"보스!"

배도빈이 저택을 나서자 마중을 나온 죠엘 웨인이 그를 힘차게 불렀다.

평소보다 한껏 높고 발랄한 목소리에 배도빈이 의아해하며 물었다.

"목소리 좋네요. 무슨 일 있어요?"

"네."

죠엘이 웃으며 대답했다.

런던에서의 꿈 같은 일이 그녀의 삶을 완전히 바꾸었음을 모르는 배도빈으로서는 어깨를 으쓱이며 대수롭지 않게 여겼다.

"형, 잊으면 안 돼."

잠옷 차림으로 베개를 끌어안고 배웅 나온 배도진이 눈을 비비며 말했다.

"그래. 이따 봐."

"웅."

리무진에 탑승한 배도빈이 죠엘에게 스케줄 추가를 지시했다.

"오늘 오후 3시에 1시간 정도 자리를 비울 거예요. 다른 예정 없죠?"

"점심 뒤에 하나 있는데, 확인해 보겠습니다. 무슨 일 있으
세요?"

죠엘이 스케줄러를 꺼내며 물었다.

"도진이 졸업 파티 하는데 와달라 해서요."

"어머."

죠엘이 깜짝 놀랐다.

배도진이 천재라고 불린다지만 이제 겨우 만 10세였다.

더군다나 분자생물학과로 전과한 지 겨우 3년이 흘렀을 뿐
이라 졸업 파티를 한다고 하니 의아했다.

"벌써요?"

"그러니까요. 대단하죠?"

자신보다 1년 늦게 입학한 동생이 이례적인 속도로 졸업하
니 배도빈은 그저 자랑스러울 뿐이었다.

"그럼요. 평균으로 따져도 5년은 걸릴 텐데 정말 대단한 거
예요."

"뭔지는 몰라도 특례가 있었대요."

"특례라면?"

"들어도 잘 모르겠던데."

배도빈이 배도진이 좋알좋알했던 말을 떠올렸다.

"피나스테리드라고 기존 탈모 치료제에 사용되던 게 말이

많았나 봐요. 그거 말고 다른 걸 발견한 모양인데 쉽게 말하면 그냥 머리 나게 해주는 약이에요."

"네?"

죠엘의 큰소리에 배도빈이 움찔했다.

"저, 정말요?"

"그렇다고 하더라고요."

배도빈은 별 감흥 없이 말했지만 죠엘은 그것이 얼마나 대단한 일인지 알고 있었다.

만약 배도진이 정말 탈모에 특효를 보이는 치료제를 만들었다면 형 배도빈 못지않은 일을 해낸 것이었다.

"임상 시험은요? 부작용은요?"

배도빈이 모른다는 뜻으로 어깨를 으쓱였다.

형은 역사상 가장 위대한 음악가, 동생은 탈모 치료제를 발명한 학자라니 믿을 수 없었다.

"죠엘, 스케줄."

"아, 죄송합니다. 정오에 파울 리히터 씨께서 미팅 요청을 하셨어요. 세프도 함께요."

"파울이? 무슨 일로요?"

파울 리히터라면 언제든 환영이었지만 연락도 없이 찾아오는 경우는 처음이라 되물었다.

"중요한 일이라고만 하셔서."

배도빈이 고개를 끄덕였다.

확실한 이유는 없었지만 파울이라면 이유가 없더라도 반갑게 맞이할 생각이었다.

잠시 후.

베를린 필하모닉에 도착한 배도빈은 죠엘의 부축을 받아 집무실로 향했다.

"오, 좋은 아침."

"감기 나은 거 같네요."

"덕분에."

복도를 지나치며 단원들과 인사를 나눈 배도빈은 프란츠 페터와 산타 웨인의 목소리를 들을 수 있었다.

"그럼 이것도 할 수 있어?"

"응!"

배도빈이 슬쩍 웃으며 입을 열었다.

"벌써 친해진 모양이네요."

"네. 또래 친구를 사귄 건 처음이라서 주말 내내 페터 군 보고 싶다고 했어요."

프란츠 페터와 산타 웨인 모두 2009년생으로 만 18세였다.

산타에게 프란츠가 첫 친구인 것처럼 학교를 다닌 적 없는 프란츠에게도 산타 웨인은 첫 동갑내기 친구였다.

죠엘이 그를 대신해 문을 열었고 프란츠와 산타가 고개를 들었다.

"형!"

"뉴나! 뽀스!"

"……보스?"

배도빈이 고개를 갸웃하자 죠엘이 웃었다.

"이제 베를린 필하모닉 사람이니까 호칭은 정확히 해야죠."

배도빈이 고개를 끄덕이며 두 사람에게 말했다.

"그럼 일을 줘야겠지. 프란츠, 이번 주까지 런던 그랑프리에서 있었던 공연 청음해서 가져오고 산타는 금요일 녹음에 참여해야 하니까 오후부터 연습에 참가해."

"네에?"

"향!"

프란츠 페터의 눈이 튀어나왔고 산타 웨인은 그저 연습한다는 말에 기뻐 웃었다.

"오늘 수요일인데요?"

"알아."

"어떻게 이번 주까지 다 해요! 전부 합치면 24개 곡이고 게다가 오케스트라잖아요."

"난 다 했어."

배도빈이 베를린 필하모닉 입단 전에 푸르트벵글러와 베를린 필하모닉의 연주를 듣고 청음했던 기억을 떠올리며 말했지만.

프란츠 페터에게는 조금도 도움이 되지 않는 말이었다.

"지휘하려면 지금부터 훈련해야 해. 언제까지 악보만 붙들고 있을 거야."

배도빈은 프란츠 페터가 자신의 곡을 직접 무대에 올릴 수 있길 바랐다.

밴드와 해상 오케스트라 공연은 그 연습 단계.

언젠가는 나이 든 현 감독 대행, 부감독, 악장단이 은퇴할 테고 그로 인한 공백은 프란츠 페터가 맡아줘야 했다.

그때를 위하고.

지금의 베를린 필하모닉을 유지하기 위해서라도 프란츠 페터에게 많은 걸 가르치고 싶었다.

프란츠 페터도 자신의 곡을 무대에 올려야 하지 않겠냐고 다그치는 말에 고개를 끄덕였다.

"해볼게요."

"좋아. 산타는 글로켄슈필이라는 악기 배울 거야. 피셔한테 말해두었으니 열심히 배워야 한다?"

"네!"

너무나 힘찬 대답이었으나 배도빈은 산타 웨인이 가벼운 마음으로 답하지 않았음을 알고 있었다.

지금은 한정적으로밖에 활동할 수 없지만 산타의 장점은 같은 일을 반복하길 즐기는 데 있었다.

그 뛰어난 박자 감각과 기억력이 더해진다면 연주할 수 있는 곡도 늘 거라 믿었다.

쉽지 않겠지만 그가 음악을 얼마나 사랑하는지 알기에 느긋하게 지켜볼 생각이었다.

두 사람을 내보내고 오전 내내 업무를 처리한 배도빈은 집무실에서 점심을 해결했다.

음식을 흘리는 모습을 직원과 단원들에게 보이고 싶지 않아, 그의 점심은 항상 집무실에서 이뤄졌다.

최지훈과 나윤희, 왕소소, 진달래, 료코가 함께하는 탓에 심심하긴커녕 요란스러웠다.

"왜, 왜 그렇게 봐?"

나윤희가 자신을 빤히 바라보는 동료들에게 물었다.

참다못한 진달래가 나서서 물었다.

"언니, 왜 맨날 언니가 도빈이 먹여줘?"

"맞아."

"도빈이도 바라는 거 같은데."

"아니지? 진짜 아니지?"

소소가 동조했고 최지훈이 싱글싱글 웃으며 배도빈을 놀렸고 료코가 애써 상황을 부정했다.

"나, 나는 천천히 먹어도 되니까. 너희 먼저 먹으라고."

"돌아가면서 해도 되잖아."

"되잖아."

지난 열애설 이후 매일 이런 식이었기에 배도빈과 나윤희는 난감할 따름이었다.

점심을 먹고 복도로 나선 배도빈은 미팅실로 향했다.

파울 리히터가 무슨 일로 찾아왔는지는 알 수 없었지만 점심을 함께하며 이야기 나누는 편이 좋지 않았을까 생각하던 중 푸르트벵글러의 노성이 울렸다.

"닥치지 못해!"

배도빈이 눈썹을 좁혔다.

신중하고 사려 깊은 파울 리히터가 무슨 말을 했기에 푸르트벵글러의 분노를 샀는지 알 수 없었다.

죠엘이 조심스레 노크했으나 반응은 없었다.

"열어요."

"네."

죠엘이 문을 열자 한 남자가 자책하듯 말했다.

"욕심에 눈이 멀었습니다."

익숙한 목소리였다.

니아 발그레이가 은퇴하면서 베를린 필하모닉이 케르바 슈타인, 헨리 빈프스키, 파울 리히터와 함께 가장 의지했던 사람.

또한 빌헬름 푸르트벵글러가 가장 아꼈던 레몽 도네크의 목소리였다.

'파울이 데려온 건가.'

배도빈은 파울 리히터가 오늘 만남에 대해 자세히 말하지 않았던 이유를 납득하며 분을 삼켰다.

푸르트벵글러가 배도빈과 베를린 필하모닉을 대신하고 있기 때문이었다.

푸르트벵글러는 흥분을 감추지 못하고 고개를 숙이고 용서를 구하는 레몽 도네크를 질타했다.

"그래. 미치지 않고서야 네가 내게, 단원들에게 그럴 수 있을 리가 없지. 더 할 말도 들을 말도 없다. 썩 꺼져!"

"선생님."

파울 리히터가 푸르트벵글러를 붙잡았지만 소용없었다.

"너도 이딴 일로 오려거든 연락하지 마라."

푸르트벵글러는 완고했다.

고개를 돌려 배도빈을 보고선 겨우 언성을 낮추었다.

"도빈이 너도 신경 쓸 필요 없어. 가서 일 봐라."

배도빈이 고개를 끄덕였다.

푸르트벵글러처럼 감정을 드러내진 않았지만 그 역시 큰 배신감을 느꼈던 탓에 레몽 도네크와 대화할 생각은 추호도 없었다.

"도빈아."

막 죠엘에게 돌아가자고 하려던 차 레몽 도네크가 그를 붙잡았다.

"……미안하다."

분명 상대하지 않으려 했거늘.

그 한 마디가 애써 감추었던 상처를 건드렸다.

"인제 와서?"

배도빈이 돌아섰다.

"뭘 잘못한지 알기나 해요? 내가, 단원들이, 푸르트벵글러가 어떤 심정이었는지 단 한 번이라도 생각해 봤어요?"

"……."

"5년이나 지나서 갑자기 뭐라고요? 욕심에 눈이 멀어? 내가 언제 그러지 말라 했어!"

"도빈아."

파울 리히터가 진정시키려 했으나 배도빈은 아랑곳하지 않고 5년간 참아왔던, 감췄던 마음을 쏟아냈다.

"한 마디만!"

그를 아끼고 사랑했던 만큼 상처가 깊었다.

"단 한 마디만 했어도 이렇게 되지 않았어. 지휘하고 싶다고! 다른 방식으로 녹음해 보자고!"

아무에게도 말하지 않았지만.

배도빈은 당시의 일을 두고 매일 밤 고뇌했다.

레몽 도네크가 지휘봉을 잡고 싶어 했고 그만의 음악 스타일이 있다는 건 그 일이 있고 난 뒤 푸르트벵글러를 통해서 알게 되었다.

배도빈의 의문은 그가 왜 자신의 '욕심'을 감췄는지에 있었다.

수습 단원도 아니었다.

뛰어난 음악가로서.

빌헬름 푸르트벵글러와 베를린 필하모닉이 자랑하는 악장으로서.

모든 단원에게 지지를 받아 악단 내부에서도 강력한 발언권을 가졌던 그가 왜 한 마디도 하지 않았는지.

고민을 거듭할수록 답은 하나뿐이었다.

"내가 당신 무시할까 봐? 내가! 내가 당신을? 당신한테 내가 그것밖에 안 되는 인간이었어? 그랬냐고!"

"보스, 일단 진정하시고."

배도빈의 실명이 심한 신체적·정신적 스트레스에 기인한 것으로 추측되었기에 죠엘은 안절부절못했다.

어떻게든 일단 진정시켜야 한다 생각해 그를 붙잡았지만 긴 시간 억눌려 있던 분이 쉽게 가라앉을 리 없었다.

"욕심에 눈이 멀어? 내가 언제 부리지 말라 했어? 지휘하고 싶다고, 공연 다르게 가보자고 한 마디만 했어도 다 해줬을 거야. 당신이 원하는 대로! 하고 싶은 대로 다 해줬을 거라고! 당신은 그럴 자격이 있으니까!"

배도빈의 외침에.

푸르트벵글러가 쓰러지듯 의자에 앉아 눈을 가렸다.

"왜 사람을 병신으로 만들어! 내가 자리에 미쳐서 당신 내쫓았을 것 같아? 내가 당신에게 밀릴까 봐? 웃기지 마!"

푸르트벵글러와 파울 리히터, 죠엘 웨인 모두 배도빈이 그간 무슨 생각을 하고 있었는지 알 수 있었다.

단순한 배신감이 아니었다.

어쩌면 배도빈은 자신의 평소 언행이 레몽 도네크를 몰아붙였다고 생각했을지도 몰랐다.

그래서 그가 말도 없이 떠난 거라 자책해 왔을지도 몰랐다.

그리고 그들의 예상대로.

배도빈은 지난 5년간 그런 생각으로 자책하기도 후회하기도 상황을 부정하기도 했었다.

"내가……. 내가 당신을 얼마나 의지했는데."

배도빈의 목소리가 떨렸다.

아무도 나서는 사람이 없었고 그저 침묵만이 자리하길 얼마간.

레몽 도네크가 입을 뗐다.

"무서웠어."

그는 자신에게 솔직했다.

"대단하니까. 선생님이 널 선택하셨으니까. 내가 틀릴지도
모른다는 생각에 도망쳤어. 그래서 보지 않으려 했고 듣지 않
으려 했어. 그러다."

레몽 도네크가 고개를 숙였다.

"그러다 단원들 덕분에 음악을 계속할 수 있었다는 말을 듣
고 나서야. 그리고 나서야……. 내가 무슨 짓을 저질렀는지 알
게 됐어. 미안하다. 정말. 정말. ……고맙다."

배도빈의 인터뷰를 듣고.

베를린 필하모닉에 있었던 30년 동안 단원들과 무엇을 했는
지, 어떤 말을 나눴는지 떠올릴 수 있었다.

실패한 자신을 보호하고자 런던 심포니 단원들이 이사진을
설득하는 과정에서 알 수 있었다.

전통이든 변화든 무엇을 연주하든 함께하는 사람이 중요함
을 깨달았다.

아집 때문에 잊고 있던 가치를 되찾은 그는 진심으로 배도
빈에게 감사했다.

푸르트벵글러가 결국 눈물을 흘렸다.

다른 말을 꺼냈다면 당장 내쫓을 터였으나 그들이 서로를
얼마나 소중히 했는지 깨달았다며 용서를 구하고 있었다.

아둔하기 짝이 없는 제자였지만 사랑했기에 냉담했던 마음

이 녹기 시작했다.

배도빈도 조금은 누그러들었다.

그는 믿고 의지했던 레몽 도네크가 실은 자신을 미워하고 시기했을지도 모른다는 생각으로 괴로웠다.

함께했던 시간과 기억마저 부정당하는 것 같아서.

인터플레이에 동조하거나 자신의 음악이 옳다고 주장하는 등 그가 했던 여러 일보다 그것이 가장 두려웠다.

그것이 아니었다고.

자신에게도 소중했다고, 잠시 잊고 있었다고 말하는 레몽 도네크를 더 이상 책망할 생각은 들지 않았다.

다만.

지난 5년간 거듭된 상처가 너무나 깊을 뿐이었다.

"……죠엘, 가죠."

"아, 네."

파울 리히터가 나서서 배도빈을 잡으려 했지만 레몽 도네크가 그를 붙잡았다.

그는 고개를 저으며 이것으로 되었다고, 용서를 바란 일이 아니었다고 전했고 파울 리히터는 안타까운 마음으로 한발 물러났다.

죠엘 웨인이 문을 열자.

배도빈이 입을 열었다.

"정말 그렇게 생각한다면 단원들에게도 똑바로 전해요."

"그래야지."

레몽 도네크의 대답에 배도빈이 이를 앙다물었다.

너무나 긴 시간 상처 입었기에 결코 용서할 수 없었지만 적어도 전과 같이 힘들지는 않았다.

"……다음에는 좀 더 일찍 와요. 밥이나 먹게."

놀란 레몽 도네크가 잠시 대답하지 못했고 이내 웃었다.

"그래."

배도진의 졸업 파티장으로 향하던 중에도 죠엘 웨인은 배도빈의 눈치를 보았다.

미디어를 통해 본 배도빈은 항상 인상을 쓰고 있었다.

그렇게 시니컬한 인상이었으나 베를린 필하모닉에 입사한 뒤 그가 생각보다 정이 많은 사람이라는 걸 알 수 있었다.

또 자주 웃는 걸 봐왔기에 조금 전과 같은 모습에 놀라지 않을 수 없었다.

한편 심심하지 않도록 오늘은 어떤 뉴스가 보도되었는지, 악단에서 무슨 일이 있었는지 시시콜콜한 이야기를 들려주던 죠엘이 말이 없자 배도빈이 먼저 입을 열었다.

"놀랐죠."

"아, 아뇨. 네."

당황한 탓에 죠엘이 부정했다가 금세 말을 바꾸었다.

배도빈이 피식 웃었다.

그의 미소에 죠엘이 조심스레 용기를 내 물었다.

"친하셨나 봐요."

"……."

"보스가 그렇게까지 화내실 정도였으니까. 저는 그때 없어서 잘 모르지만 보스가 그분을 얼마나 아끼셨는지는 알 것 같아요. 세프도."

배도빈은 굳이 답하지 않았다.

"부, 분명 노력하면 전처럼 지낼 수 있을 거예요. 쉽진 않겠지만 시간이 약이라는 말도 있잖아요."

그는 죠엘의 어설픈 위로를 믿고 싶었다.

그러나 아직은 확신할 수 없었다.

"푸르트벵글러……."

배도빈이 말끝을 흐리다가 물었다.

"푸르트벵글러는 어땠어요?"

"얼굴을 가리고 계셔서 잘 모르겠어요. 조금 지쳐 보이셨어요."

배도빈이 고개를 끄덕였다.

그가 받았던 상처만큼, 어쩌면 그 이상으로 아팠을 푸르트벵글러가 부디 마음을 추스르길 바랄 뿐이었다.

잠시 뒤.

"도착했어요. 잠시만요."

파티장에 도착한 배도빈은 죠엘의 안내를 받아 안으로 들어섰다.

졸업생과 그 가족들로 가득한 파티장의 이목이 배도빈에게 쏠렸다.

"와, 대박."

"배도빈이잖아."

"도진이 때문에 온 모양인데."

"언제 저렇게 컸지?"

"인사할 수 있나?"

파티에 참가한 사람 대부분이 배도빈이 활동하면서 클래식을 즐기게 된 터라 그를 향한 관심은 당연했다.

그러나 그가 팬들에게 갑작스럽게 달려드는 행동을 지양해 달라고 말하기도 한 탓에 그에 대한 예의로 멀리서 바라볼 뿐이었다.

배영준 유진희 부부가 아들을 찾았다.

"도빈아. 여기야."

"고마워요, 죠엘 씨."

부부가 죠엘에게도 인사를 건넸다.

"별말씀을요."

배도빈이 죠엘이 빼준 의자에 앉으며 물었다.

"도진이는요?"

"화장실. 어머, 도빈아. 눈이 왜 이래? 울었어? 부었잖아."

유진희가 아들의 양 볼을 붙잡고 이리저리 살폈고 배도빈은 저항도 못 한 채 여기저기 살펴졌다.

"아니라니까요. 물 좀 주세요."

유진희가 물잔을 쥐여주며 걱정스레 말했다.

"도빈아, 힘든 일 있으면 엄마한테는 말해도 돼."

"없어요. 그리고 제 나이가 몇인데 그래요."

"네가 100살을 먹어도 엄마 아들이야. 100살을 먹어도 힘든 일은 힘든 거고."

"……."

어렸을 적부터 어머니와의 대화에서 한 번도 이긴 적 없었던 배도빈은 이번에도 어머니의 말에 수긍하며 목을 축였다.

"근데 도빈아, 윤희랑은 언제부터 만난 거야?"

"컵."

당황한 배도빈이 사레들려 헛기침을 해댔다.

"뭘 그렇게 놀라. 솔직히 아빠 한시름 놓았다. 나쁜 건 아니지만 엄마랑 마음의 준비를 하고 있었거든."

간신히 진정한 배도빈이 입 주변을 닦으며 물었다.

"뭘요?"

유진희와 배영준은 사실 건장한 아들이 한 번도 여자친구를 만난 적 없기에 혹시나 하는 생각으로 마음의 준비를 하고 있었다.

매일 밤 최지훈과 두 시간씩 통화하는 것을 알고 있었고 언젠가 두 사람이 사귀고 있다고 말할 때.

남들은 모두 욕할지라도 적어도 부모로서 힘이 되어줘야 한다고 생각했었다.

그런 생각을 하던 배영준 유진희 부부에게 아들의 열애설이 반갑지 않을 리 없었다.

"그래서? 어떻게 만났는데?"

"그런 사이 아니에요."

"아니야? 정말? 왜?"

"왜긴 뭐가 왜예요."

"그럼 지훈이랑 사귀니?"

"거기서 지훈이가 왜 나와요!"

배도빈이 펄쩍 뛰었다.

죠엘 웨인은 오늘 보스의 새로운 모습을 많이 볼 수 있었다.

♪

"형이다!"

화장실에 다녀온 배도진이 배도빈을 발견하곤 와락 끌어안았다.

배도빈도 적절한 시기에 치고 들어온 동생을 기특히 여겨 머리를 쓰다듬었다.

배도빈 가족과 죠엘 웨인은 배도진의 졸업을 축하하는 의미로 잔을 들었다.

"축하한다."

"축하해, 아들?"

"축하해."

"응!"

유진희가 방끗방끗 웃는 차남에게 말했다.

"도진아, 연구실 들어가면 또 다를 거야. 힘들면 엄마나 아빠한테 꼭 말하고. 엄마 아빠한테 말하기 싫으면 형한테라도 꼭 말해야 해?"

"응."

"꼭 힘들지 않아도 놀고 싶으면 놀아도 돼."

이미 할아버지와 교수들 덕분에 하고 싶은 실험을 마음껏 하고 논문도 쓰며 놀고 있었지만 배도진은 일단 고개를 끄덕였다.

엄마 아빠를 사랑하고 자신이 사랑받고 있음을 충분히 알고 있는 덕분이었다.

힘차게 고개를 끄덕이는 배도진을 부부가 흐뭇하게 바라보았다.

기특하고 자랑스러운 아들.

배도빈이라는 신기한 아들을 한 번 키워봤던 부부는 전과 같이 천재 아들을 사랑하고 걱정한 나머지 품에 넣으려고만 하지는 않았다.

배도빈이 처음 엑스톤과 계약할 때도, 영화·게임 음악을 작업하기 위해 미국에 갔을 때도 그리고 베를린 필하모닉에 입단할 때도 모두 망설였지만 결국 믿고 바라봐 주었던 경험과 그로 인해 배도빈이 장성하는 과정에서 느낀 바가 있었다.

배도진이 바라는 일이라면 무엇이든 믿고 들어줄, 그리고 지원해 줄 생각이었다.

다만.

너무나 어른스러웠던 배도빈이 실명할 정도로 신체적으로, 정신적으로 스트레스를 받았던 걸 몰랐던 것이 평생 후회될 뿐이었다.

"쉬고 싶을 때는 꼭 쉬어야 해? 아무도 도진이한테 뭐라 할 수 없어."

"엄마랑 아빠가 있으니까?"

"그럼."

"형도?"

"당연하지."

배도진이 밝게 웃었다.

"연구실 이야기는 뭐예요?"

식사를 시작하고 배도빈이 유진희에게 물었다.

"도진이 석사 과정. RWTH 아헨에 생명공학 대학원이 있대. 거기 연구실에서 연구원으로 있게 됐어."

"너무 이르지 않아요?"

학교에 다니는 건 찬성하지만 이제 겨우 11살 먹은 동생이 벌써 일선에 나선다고 하니 걱정이 앞섰다.

그러나 유진희, 배영준에게는 정작 유치원도 들어가기 전부터 활동한 본인 생각은 못 하는 것처럼 보였다.

배영준이 웃으며 말했다.

"이 녀석아, 너는 4살 때부터 일해놓고 동생은 안 된다고?"

"저는 다르잖아요."

"얘는. 도진이도 얼마나 똑똑한데. 그치?"

"응! 나 똑똑해! 형보다!"

"……."

배도빈은 동생이 아무리 똑똑하다 해도 아직 어리기 때문에 좀 더 보호받을 수 있는 곳에 있길 바랐다.

그리고 그런 생각을 한 순간.

어릴 적 부모님이 왜 그렇게 유치원과 학교를 보내고 싶어 했는지 그 마음을 조금은 이해할 수 있었다.

배도빈이 떨떠름하게 말했다.

"도진아."

"응."

"놀고 싶으면 형한테 말해. 쉬고 싶을 때도. 뭔가 힘든 일이 있어도. 꼭."

"엄마가 방금 한 말이잖아."

"……."

어머니에 이어 동생과의 대화에서도 밀리는 배도빈을 보며.

죠엘은 배도빈이 그의 가족에게는 한없이 약한 존재라는 걸 알 수 있었다.

오늘 점심때 레몽 도네크를 대할 때도 그러했다.

무덤덤하면서도 때때로 격정적이었던 이미지, 악단주로서의 위엄과 반대되는 그 모습이 그가 얼마나 그 가족과 주변 사람을 사랑하고 아끼는지 말해주었다.

"내가 형 눈도 꼭 낫게 해줄 거야!"

뭘 알고 말하는 건지는 알 수 없었지만 배도빈은 다부지게 말하는 배도진이 고맙고 기특할 뿐이었다.

"그래. 부탁할게."

"응! 나만 믿어!"

♪

5월 26일.

2027 OOTY 오케스트라 대전 로테르담 그랑프리는 아르투로 토스카니니의 진가가 발휘된 대회였다.

창단 1년 만에 오케스트라 대전 본선에 진출한 것만으로도 충분히 대단한 업적이거늘, 홈그라운드를 맞이해 그 실력을 유감없이 발휘.

제2회 오케스트라 대전에서 첫 그랑프리 우승을 차지하며 로테르담 필하모닉을 종합 4위까지 끌어올렸다.

한편 베를린 필하모닉은 근소한 차이로 준우승을 거두어 단독 선두 자리를 유지.

3위를 기록한 빈 필하모닉은 종합 2위 로스앤젤레스 필하모닉과의 점수 차이를 20점으로 좁히며 통합 우승의 가능성을 열어두었다.

6월 23일.

빈 그랑프리는 역대 그랑프리 중 가장 치열했다.

주제 현대곡.

사카모토 료이치는 오케스트라 대전을 위해 오랜 시간 준비했던 신곡 '교만'을 발표하며 7,000만 표 이상을 쓸어 담아 종전의 베를린 필하모닉이 기록한 6,800만 표를 앞섰고.

베를린 필하모닉은 영화 블랙 나이트의 OST이자 배도빈 교향곡 4번 '심판의 날'을 연주해 준우승을 거두었다.

또한 4~5위 권에 머물며 상위권으로 치고 올라오지 못했던 암스테르담 로얄 콘세르트허바우는 마리 얀스가 2000년에 발표해 그해 최고 판매량을 기록했던 '오직 그만이 구원이었다'를 연주해 그 저력을 과시, 3위에 올랐다.

총 12개 그랑프리 중 절반을 넘어선 시점에서 점점 우승권이 그려졌고다.

베를린 필하모닉, 로스앤젤레스 필하모닉, 빈 필하모닉, 암스테르담 로얄 콘세르트허바우.

라이든샤프트를 주도하는 배도빈과 아리엘 얀스는 새 시대의 음악을 유감없이 펼쳤고.

오랜 시간 활동하며 전설로 추앙받아온 사카모토 료이치와 마리 얀스는 그들의 음악이 여전히 사랑받고 있음을 증명했다.

그러나.

7월부터 이어진 8차 그랑프리부터는 상황이 달라지게 되었다.

배도빈은 마치 자신이 했던 말을 지키려는 듯 무서운 기세로 치고 나갔다.

7월 체코 그랑프리, 8월 상트 페테르부르크 그랑프리, 9월 암스테르담 그랑프리에서 세 번 연속 우승을 거둔 베를린 필하모닉은 누적 222포인트를 기록.

남은 10월 베를린 그랑프리와 11월 서울 그랑프리에서 단 2점만 획득해도 2위 로스앤젤레스 필하모닉이 연속 우승을 거두지 않는 이상 통합 우승을 거둘 수 있게 되었다.

또한 1점만 획득하더라도 최소 공동 우승을 확정된 상황에.

본선 참가자들은 물론 전 세계 음악 팬들이 황당함을 감추지 못했다.

ㄴ야일ㅋㅋㅋㅋ미친ㅋㅋㅋㅋㅋ

ㄴ아, 오케스트라 대전 망했어요. 통합 우승 이미 정해졌어요.

ㄴ지린다 지려. 1회랑 2회 모두 통합 우승하넼ㅋㅋㅋㅋ

ㄴ정해진 거 아니잖아. 베를린이 무득점하고 LA가 연속 우승하면 통합 우승 못 함.

ㄴㅋ?

ㄴ님 농 좀 잘하시는 듯.

ㄴ세계 클래식 음악 협회 우는 소리가 여기까지 들린다아아아!

ㄴ배도빈 진짜 독하다 독해. 빈이랑 로스앤젤레스 잘 따라왔는데 결국 이렇게 되네.

ㄴ순위 경쟁하는 맛에 봤던 애들은 좀 실망스럽겠네.

ㄴ솔직히 다들 알고 있지 않았냐. 베를린이 우승하는 건.

ㄴㅇㅈ. LA랑 빈이 잘하고 있긴 했지만 득표수부터 차이가 좀 많이

나긴 했음.

    └어차피 우승은 배도빈 공식 돋네.

    └망한다는 놈들 진짜 클알못이다. 사람들이 순위 때문에 봤겠냐? 감상하려고 보는 거지.

    └그럼 베를린 필하모닉은 이제 힘 좀 빼고 하려나?

    └그럴 리가.

    └배도빈이랑 베를린이 대충할 리가 없지.

    └베를린 그랑프리 주제 떴다!

    └[링크]

[2027 오케스트라 대전 베를린 그랑프리 주제 발표]

    9월 27일. 세계 클래식 음악 협회는 베를린 필하모닉이 그랑프리 주제를 선정했다고 밝혔다.

    배도빈 악단주가 정한 주제는 오리지널.

    이로써 12개 악단은 그들만의 고유 곡을 선정해 10월 27일부터 30일까지 나흘간 베를린에서 그랑프리를 치른다.

    이는 사실상 제2회 오케스트라 대전 통합 우승을 확정 지은 배도빈 악단주의 의지 표명으로 보인다.

    아리엘 핀 얀스 감독과 사카모토 료이치 상임 지휘자를 제외하고 최근 10년간 클래식 음악 차트는 배도빈 악단주가 지배하다시피한 상황에서 오리지널 곡을 주제로 선정한 것은 일말의 가능성도 배제하겠단 뜻으로 해석할 수 있다.

　┗아까 아직 모른다고 했던 애 있음?
　┗ㅇㅇ 여기 있음. 끝난 거 맞네.

주제가 발표되자 각 언론은 분주히 움직였다.

그 과정에서 베를린 필하모닉을 제외하고 유일하게 통합 우승 가능성을 이어가는 로스앤젤레스 필하모닉에게 관심이 쏠리는 건 당연한 수순이었다.

"얀스 감독님! 한 마디만 부탁드릴게요!"

"감독님! 여기, 여기 좀 봐주세요!"

아리엘 얀스가 고개를 돌리자 어렵게 기회를 붙잡은 기자가 다급히 마이크를 들이댔다.

"베를린 필하모닉의 통합 우승이 거의 확실시 되었습니다. 지금 심경이 어떠십니까?"

아리엘 얀스는 기자를 빤히 바라보았다.

비현실적인 예술 작품이 자신을 뚫어지게 바라보자 질문을 한 기자가 넋을 놓고 말았다.

주변에서는 그 기자가 언론과 좋지 않은 일을 겪은 아리엘 얀스에게 또 한 번 무례를 저질렀다고 생각하며 거리를 두었다.

"당연한 질문을 하셔서 뭐라 답해야 좋을지 모르겠습니다."

그러나 아리엘 얀스는 차분했다.

"베를린 필하모닉이 통합 우승을 거두는 일은 중요하지 않습니다. 지금은 남은 그랑프리에서 어떤 연주를 할지 고민하고 있습니다."

기자들이 다시 달려들어 어떤 곡을 준비하고 있는지, 어떤 방식으로 진행 중인지 질문을 쏟아냈지만 아리엘은 오케스트라 대전 규정상 공연 당일을 기다려달라는 말만 남겼다.

아리엘 얀스의 짧은 인터뷰는 기존 순위 경쟁이 끝까지 이어지지 않아 아쉬워하던 팬들과 일부 참가자들에게 많은 생각을 하도록 해주었다.

"그래. 통합 우승 못 하면 어때. 그랑프리에서 한 번 정도는 우승해 봐야 하지 않겠어?"

"이제 겨우 1년 된 로테르담도 우승했어. 우리가 못 할 게 뭐야."

참가 악단의 단원들은 다소 김이 빠졌던 분위기를 쇄신해 의지를 다졌고.

팬들도 각 그랑프리 우승이 가지고 있는 의의에 대해 다시금 생각해 보았다.

ㄴ생각해 보니 그랑프리 우승도 대단하긴 하네.

ㄴ대단한 정도가 아님. 일단 본선 올라간 것만 해도 수백, 수천 오케스트라 중에 탑12에 든 거니까.

ㄴ어쨌든 한 번이라도 우승하는 게 의미가 없을 수 없지.

ㄴ대충 그랑프리 6위 안에 들면 호성적이라고 함. 3위 안에 들면 진짜진짜 잘한 거고.

ㄴ베를린이랑 LA가 다 해 먹어서 그렇지 빈 필도 우승은 한 번밖에 못 했음.

ㄴ그랑프리 상금도 어마어마함.

ㄴ얼만데?

ㄴ그랑프리 우승이 1,500만 달러. 준우승 750만 달러. 3위부터 300만, 200만, 100만, 75만, 50만, 25만 달러임. 그 뒤로는 상금 없고.

ㄴ1,500만 달러면 100억 원이 넘네;;

ㄴ근데 규모에 비해선 적은 거 아님?

ㄴ통합 순위 상금은 따로 있음. 그게 진짜임.

ㄴ통합 우승이 3억 달러, 준우승이 1억 5,000만 달러.

ㄴ??????????

ㄴ상금 수준 보소;;

ㄴ스폰 붙은 기업만 총 112곳인데 전부 글로벌 기업임. 첫 오케스트라 대전 성공 보고 진짜 지원 엄청 붙었음. 국가적으로도 지자체에서도 나섰으니까 가능했고.

ㄴ으으, 빨리 다음 그랑프리 보고 싶다.

ㄴ그러게. 베를린 필하모닉 오리지널이면 진짜 기대되는 거 많은데. 베를린 환상곡, 불새, 타마키 히로시는 연주했으니까 다른 거 뭐 남았지?

└인기로 따지면 잠자는 숲속의 공주를 협주곡으로 하려나?

└그거 연주하면 다 자서 안 됨. 득표수 도리어 떨어질걸.

└그럼 뭐가 제일 가능성 높음?

└가장 큰 희망도 있고 용감한 영혼도 가능성 있지. A108도 있네. 베를린 필하모닉 레퍼토리가 진짜 다양한 게 배도빈 곡이 워낙 많고 또 편곡 능력이 개사기라서 뭐가 나올지 모름.

└아예 신곡이 나올지도.

└그러고 보니 배도빈이 준비한 게 있다고 했던 거 같긴 하다.

베를린 필하모닉 사업본부장 이자벨 멀핀이 음악교육원 설립 진행 보고서를 내려놓고 기지개를 켰다.

"끄으으응."

긴장되어 있던 근육이 비명을 질러댔지만 아직 할 일이 남아 있었다.

작년부터 준비한 음악교육원 사업은 베를린과 파리 두 도시에서 시작할 예정이었고.

부지 매입, 건축 설계, 내부 인테리어, 강사 초빙, 커리큘럼 제작, 홍보, 후원 모집 등 기본적인 일만으로도 1년 이상의 시간이 필요했다.

기존 업무에 더하여.

각 부서에 할당한 업무를 확인하고 배도빈에게 보고해야 하는 이자벨 멀핀은 몸이 열 개라도 부족할 지경이었다.

'몇 시야?'

창밖은 이미 어둑어둑했다.

시계가 오후 8시를 가리키고 있음을 확인한 이자벨 멀핀은 시장함을 느꼈다.

'뭐 좀 먹고 할까.'

외투를 입고 집무실을 나선 그녀는 복도를 걷다가 희미하게 들리는 오케스트라 소리에 발을 멈추었다.

혹시나 하는 마음에 소리를 따라 대연습실로 향했고.

연주는 점점 더 선명해졌다.

힘차고 경쾌한 선율이 마치 힘을 주는 듯 뻐근했던 몸이 개운해졌다.

'좋다.'

좀 더 듣고 싶은 묘한 감정에 이끌린 멀핀은 조심스레 대연습실 문을 열었다.

'아.'

배도빈의 지휘에 맞춰 베를린 필하모닉의 전 연주자가 각자의 악기를 다루고 있었다.

베를린 그랑프리를 맞이해.

그들의 오랜 염원이었던 그랜드 심포니를 완성하고자 모든 단원이 땀 흘리고 있었다.

'오전부터 계속한 거야?'

이자벨 멀핀은 벌써 며칠째 반복되는 고강도 연습에 단원들, 특히 배도빈이 걱정되었다.

그러나 땀을 뚝뚝 떨어뜨리면서도 그들 입가에 은근히 어린 미소를 본 순간 말릴 수 없었다.

저들이 얼마나 음악을 사랑하는지.

표정과 연주로 고스란히 전해졌기에 멀핀은 소리 내지 않고 조용히 그 자리에 서서 그랜드 심포니를 감상했다.

전과 달리 연주가 끊어지는 일은 없었다.

한 마디가 끝나기 무섭게 여러 지시를 내리고 수정하던 때와 다르게 배도빈은 지휘봉을 내리지 않았다.

연주가 잘 되고 있다는 뜻이었고.

음악을 잘 모르는 이자벨 멀핀이 듣기에도 그랜드 심포니는 가슴을 뜨겁게 하는 알 수 없는 힘이 있었다.

'언제 들어도 좋다니까.'

살짝 눈을 뜬 멀핀의 시야에 배도빈이 들어왔다.

고개를 살짝 숙인 채.

지휘봉을 휘두르는 그는 이미 땀으로 범벅이 되어 있었다.

앉아서 해도 될 터인데.

무슨 고집인지 그는 지휘할 때면 항상 지휘대에 올라섰다.

긴 연습 시간을 고려하면 그것만으로도 체력에 부담이 될 텐데 그는 군이 서서 지휘했다.

그래야 실제 무대에 섰을 때와 같은 소리를 들을 수 있다고 했다.

위치에 따라 소리에 변화가 있는 건 알고 있지만 단상에 섰을 때와 앉아 있을 때의 차이마저 느낄 수 있는 건가 하는 의문도 들었다.

그러나 그들의 보스가 고집을 꺾지 않기에 단원들은 더욱 집중해 조금이라도 빨리, 완벽히 연습을 끝내고자 했다.

멀핀은 그것은 분명 좋은 일이라고 생각했다.

'다들 열심히네.'

그녀는 천천히 다른 연주자들도 살폈다.

술자리에서는 그렇게 요란하게 구는 피셔 디스카우가 두 눈을 부릅뜨고 팀파니를 내려쳤고.

마누엘 노이어는 이제 완전히 벗겨진 머리에 땀이 송골송골 맺혀 있었다.

웃음이 많은 진 마르코는 그 어떤 때보다 진지했다.

처음 인사를 나눌 때만 해도 돈 많은 마피아처럼 껄렁대던 가우왕은 역사상 가장 뛰어난 피아니스트로 손꼽히면서도 단원 중 가장 충실히 연습에 임했다.

항상 달콤한 미소를 짓고 있어 단원들 사이에서 슈제슈 (Süßes: 달콤한)로 불리는 최지훈은 피아노 앞에 앉기만 하면 차갑고 냉철해졌다.

몸을 움직이는 것을 극도로 꺼리는 왕소소는 그 누구보다도 열정적으로 연주했고.

소심하고 명석한 나윤희는 블러드 와인으로 그 어떤 바이올린보다 크고 우렁차게 노래했다.

평소 느끼하고 다소 고지식하게 느껴졌던 찰스 브라움은 파이어버드만 쥐면 그보다 세련될 수 없었다.

사나운 인상으로 많은 오해를 받았던 나카무라 료코는 본인이 저렇게 예쁜 미소를 지을 수 있는지 모를 거로 생각했다.

'멋있다.'

이자벨 멀핀은 단원들을 눈과 가슴에 담으며 이 모습을 촬영하지 못하는 걸 아쉽게 여겼다.

그리고 문득 고개를 돌리자 한쪽 구석에서 앉아 있는 죠엘 웨인과 눈을 마주쳤다.

죠엘이 싱긋 웃어 보였고 이자벨 멀핀은 그녀 역시 자신과 같은 생각을 하고 있음을 알 수 있었다.

이들을 도울 수 있어서 자랑스럽다고.

함께할 수 있어서 행복하다고.

이들의 음악을 보다 많은 사람에게 들려줄 수 있어서 다행이라고 생각했다.

♪

2027년 10월 25일.

베를린 그랑프리를 이틀 앞둔 시점에도 베를린 필하모닉은 연습에 매진했다.

일주일간 정기 연주회를 포함한 모든 일정을 비워두고 오직 그랜드 심포니의 완성도를 높이는 데 전력을 기울였다.

배도빈이 그간의 기량을 모두 쏟아부어 작곡한 그랜드 심포니는 2026년 3월부터 2027년 10월까지 약 20개월간 베를린 필하모닉에 의해 완성되었다.

내로라하는 연주자들이 포진한 베를린 필하모닉으로서도 그 과정이 만만치 않았다.

앞을 볼 수 없는 배도빈이 지시할 수 있는 영역은 제한되었고.

그의 지시를 이해하기 위해 단원들은 개인 악보 대신 총보를 상대해야 했다.

244개의 악기가 유기적으로 연결된 곡이었기에.

단원들이 그것을 충분히 이해하길 바랐던 배도빈은 동시에 연주되는 다른 악기와 비교하며 지시를 내렸다.

덕분에 총보를 보는 데 익숙하지 않던 단원들은 배도빈의 주문을 좇는 것만으로도 충분히 벅찼다.

그러나 그렇게 겨우 악보를 수정하고 이해하는 과정을 어찌해결한 뒤에도 큰 벽이 남아 있었다.

기존의 구조에서 상당 부분이 변형되었고 특히 몇몇 주요악기는 연주하기 실로 난해했다.

세계 정상급 연주자인 그들로서도 이것이 과연 실제로 연주가 가능한지 의심했고.

개인 연습 시간은 그 어떤 곡을 준비할 때보다도 오래 걸렸다.

'할 수 있어요.'

그러나 배도빈은 그들이 끝내 해낼 수 있으리라 믿었다.

50년 뒤의 피아니스트를 위해 만들었던 함머클라비어 소나타도.

당시로서는 결코 제대로 연주할 수 없었던 아홉 번째 교향곡 '합창'도 그의 예상보다 훨씬 빨리 소화한 사람이 나타났다.

단원들과 함께하기를 몇 년.

배도빈은 이들과 함께라면 분명 이 새로운 시대의 음악을완성할 수 있을 거라 확신했다.

'여러분은 반드시 해낼 수 있습니다. 아니, 여러분이 아니면해낼 수 없는 일이에요.'

그의 굳은 의지와 신뢰가 단원들을 독려했다.

배도빈을 향한 단원들의 믿음이 한때나마 발표 시기를 미룰까 고민했던 배도빈에게 힘이 되어주었다.

단 하나의 곡을 소화하기 위해 무려 20개월이란 시간이 소요되었으나 그 결과.

그들은 결국 성공하고야 말았다.

그랜드 심포니의 마지막 음이 흩어지고.

"좋았어."

배도빈이 주먹을 꽉 쥐었다.

"꺄아아아아!"

"그렇지!"

"흐헝허헝헙. 꾸으윽."

244명의 단원이 비명 같은 환호를 내질렀다.

그들 모두 유치원 때부터 천재 소리를 들어왔었다.

초등교육과 중등교육 과정을 거칠 때도 그들은 각 지역에서, 또래에서 최고의 유망주였다.

대학에서도, 국제무대에서도 우승 두어 번 해보지 않은 사람이 없는 베를린 필하모닉이었다.

심지어 프로 연주자가 된 뒤에도 그들 각각은 최정상급의 인재로 인정받고 빌헬름 푸르트벵글러와 배도빈의 엄격한 기준에 의해 입단할 수 있었다.

고난과 시련은 말할 것도 없었지만 그 모든 과정에서 끝끝내 성공했던 그들에게도.

그랜드 심포니는 생전 처음 겪어보는 벽이었다.

연습을 거듭할수록 나아질 수 없다는 생각만 가득해지고 겨우 하나를 체득하면 그보다 어려운 구절이 찾아왔다.

포기하고 싶었지만.

그만둬야 할 이유는 어렵다는 것뿐이었다.

해내야 하는 이유는 태산처럼 많았기에 지금 이렇게 해내고야 말았다.

함성을 지르는 사람도.

그간의 마음고생에 우는 사람도.

기뻐서 동료와 어깨동무를 하고 몸을 들썩이는 사람도 있었다.

배도빈이 손뼉을 쳤다.

"모두 수고했습니다."

저마다의 기쁨을 표현하던 단원 모두 그들의 지휘자가 하는 말에 집중했다.

"내일은 개인 정비 시간을 가지도록 하겠습니다. 그간 쌓였던 피로를 덜고 모레 다시 보죠."

"예, 보스!"

단원들이 한목소리로 힘차게 답했다.

배도빈이 씩 하고 웃으며 다시 입을 열었다.

"죠엘."

"네."

배도빈의 부름에 죠엘이 앞으로 나서자 단원들은 무슨 일인지 아냐고 묻는 듯 서로의 얼굴을 보았다.

죠엘 웨인이 안내를 시작했다.

"보스께서 여러분이 충분한 휴식을 취할 수 있도록 일정을 마련해 두셨습니다. 퇴근 준비를 마치시고 로비로 향하시면 기사들이 여러분을 각 차량으로 안내해 드릴 겁니다. 베를린 시내 다섯 곳의 레스토랑 중 원하시는 곳에서 식사하시고 이후 아들론 호텔로 이동하셔서 오늘과 내일 2박을 지내시게 됩니다."

죠엘이 호텔 내부에서 스파와 마사지를 받을 수 있음을 덧붙였다.

"원치 않으신 분은 언제든지 귀가 가능하니 부담 없이 즐기라고 하셨습니다. 추가적인 안내는 2박 3일간 각 기사에게 문의하실 수 있습니다. 이상입니다."

죠엘 웨인이 설명을 마쳤음에도 단원들은 눈만 끔뻑거릴 뿐 별다른 반응이 없었다.

"무슨 말이야?"

"아들론이면 운터덴린덴에 있는 호텔 말하는 거야?"

"왜?"

다들 의아해하고 있을 때 가우왕이 먼저 나섰다.

"모레 보자."

"그래요."

배도빈과 인사를 나눈 가우왕이 기지개를 켜며 나서자 단원들도 일단 악기를 챙기고 그를 따라나섰다.

퇴근 준비를 마치고 로비에 이르자 영화에서나 보던 광경을 접하곤 두 눈을 휘둥그레 떴다.

턱시도 차림을 한 수십 명의 남성이 줄지어 단원들의 짐을 들어 차량으로 이동했다.

어리둥절하며 기사를 따라간 단원들은 베를린 필하모닉 주차장을 가득 메운 리무진을 보곤 깜짝 놀랐다.

"뭐야 이거?"

"히야. 여기 위스키도 있는데? 이거 마셔도 되나요?"

"무엇이든 편히 사용하시지요."

차량에 들어선 단원들은 가로로 길게 이어진 소파에 앉아 냉장고를 뒤지거나 준비된 과일을 먹거나 TV를 틀거나 차량 내부를 구경하기 바빴다.

"어디로 모실까요?"

기사의 질문에 어느 곳에 예약이 되어 있냐고 되물은 단원들은 깜짝 놀라고 말았다.

생전 처음 들어보는 곳도 있었지만 독일의 스타 셰프 토마스 뷰너가 운영하는 레스토랑에 갈 수 있단 말에 너도나도 그곳으로 향했다.

가격이 가려진 메뉴판을 받은 그들은 원 없이 주문해 식사를 즐겼고 포만감 속에 유럽에서도 저명한 아들론 호텔로 향했다.

"이게 대체 뭔 호사냐."

"난 우리 보스가 좋아. 이래서 좋은 게 아니라 원래 좋았어."

"난 더 좋아졌어."

　로비에 들어선 단원들은 코끼리 여럿이 조각된 기둥을 신기해했지만 애써 관심 없는 척 구경했고.

　특실에 들어서서는 옅은 베이지색과 짙은 고동색의 투톤으로 인테리어 된 고풍스러운 내관에 입을 떡 벌렸다.

"……내일 스파랑 마사지 받을 수 있다고 했지."

"응."

"나 열심히 할 거야."

"나도."

　생전 처음 경험하는 것에 사진을 찍고 주변인들에게 자랑하기 바빴던 단원들은 모두 10시도 되기 전에 곯아떨어지고 말았다.

　청결한 침구의 녹아들 것만 같은 감촉에 지친 몸이 더 이상 버틸 수 없었다.

　2027년 10월 27일 베를린.

베를린 필하모닉 주변이 인파로 북적였다.

오늘의 혼잡함을 예상한 베를린시의 노력에도 미테 전역이 교통 마비를 앓을 정도로 베를린 그랑프리를 향한 기대감은 고취되어 있었다.

시 추산, 10월 20일부터 일주일간 베를린을 방문한 관광객은 710만 명으로 베를린이 감당할 수 있는 수준을 한참 넘어서고 말았다.

숙박업체는 물론 식당까지 예약이 가득 차버려 일부 팬들은 길가에 텐트와 침낭까지 펼치는 의욕을 보였다.

가장 큰 문제는 그랑프리를 감상할 공간이 부족하다는 점.

베를린 필하모닉은 베를린시, 도이체 오퍼와 같은 주변 악단, 여러 방송국과 연대하여 루트비히홀, 도빈홀, 빌헬름홀 외에 그랑프리를 감상할 수 있는 자리를 최대한 마련했지만 모든 관광객을 실내 무대에 들일 수는 없었다.

카밀라 앤더슨 전무는 급히 〈투란도트〉를 공연하면서 교류를 나눴던 헤르타 BSC에게 연락.

그들의 홈 경기장 올림피아슈타디온 베를린을 사용하는 계약을 체결해냈다.

배도빈과 베를린 필하모닉의 노력으로 역대 가장 많은 인파가 몰린 베를린 그랑프리는 가장 많은 관객이 설비가 갖춰진 공간에서 즐길 수 있었다.

관련된 이야기를 보고 받은 배도빈도 고개를 끄덕이며 카밀라 앤더슨과 이자벨 멀핀을 치하했다.

"고생 많았어요."

"우리 할 일이잖아."

카밀라 앤더슨이 당연하다는 듯 답했다.

배도빈은 지난 몇 해간 문제가 생길 때마다 의지가 되었던 두 사람에게 고마울 뿐이었다.

멀핀도 나섰다.

"공연 시작 전까지 어떻게든 더 마련해 보겠습니다. 그러니까."

배도빈이 씩 웃었다.

"공연만 신경 쓰면 되겠네요."

"네."

배도빈의 말에 멀핀이 고개를 굳게 끄덕였다.

모든 준비가 완벽했다.

단원들조차 불가능하다고 생각했던 그랜드 심포니는 배도빈이 바랐던 이상적 형태로 완성되었다.

그것을 발표할 장소는 그 어떤 무대보다 익숙한 루트비히홀.

전 세계 음악 팬이 지켜볼 테니 과연 그랜드 심포니를 연주하기에 더할 나위 없는 환경이었다.

다만 연주를 마쳤을 때 관객들의 표정을 볼 수 없다는 점만이 그를 아쉽게 할 뿐이었다.

♪

　지금은 '합창'으로 불리는 아홉 번째 교향곡의 초연이 떠오른다.

　생각해 보면 그때와 비슷한 점이 많다.

　그전까지의 곡과 달리 워낙 많은 악기와 실력자를 필요로 했기에 따로 오디션을 봐야만 했던 그때와 마찬가지로, 그랜드 심포니는 총 244개 악기와 세계 최고 수준의 연주자로 구성했다.

　이만한 편성을 지휘하는 일이 그랜드 심포니 이후 또 있을까 싶을 정도로 욕심을 냈지만.

　또 못 할 이유는 무어랴.

　과거 빈에서와는 달리.

　지금 내게는 짧게는 5년, 길게는 10년 이상 알고 지낸 최고 수준의 연주자들이 함께한다.

　그들과 함께라면 오늘이 아니라, 그랜드 심포니가 아니라 그보다 더한 일도 가능하리라.

　그리고 보니 비슷한 점이 또 하나 있다.

　당시에는 청력을 완전히 잃어서 어쩔 수 없이 보조 지휘자를 둬야 했던 반면 지금은 눈이 말썽이다.

　그러나 포디움에 홀로 서는 게 어딜까.

눈이 보이지 않아도 단원들과 함께 어떻게든 준비해냈다.

눈으로만 제대로 연주하는지 확인해야 했던 과거와 비교하면 이 건강하고 예민한 귀는 얼마나 축복받은 일인가.

비록 악보를 직접 교정할 순 없었지만 지난 20개월간 단원들과 함께 작업해 냈으니 또 다른 의미가 있다.

'표정을 볼 수 없는 건 아쉽지만.'

관객들이 보낼 환호와 박수는 들을 수 있지 않은가.

더욱이 케른트너토어 극장에 한정되어 있던 때와 달리, 오늘 우리 연주는 베를린을 넘어서 온 세상에 울려 퍼질 터.

다시 생각하니 상황이 유사하긴 하나 모든 것이 나아졌다.

누구보다도 자랑스러운 단원들이 함께하고.

카밀라, 이자벨, 죠엘과 같이 믿음직한 직원들 덕분에 우리의 노래가 보다 널리 퍼질 수 있으니 이 이상 바랄 것은 없다.

마음껏 노래할 뿐이다.

"죠엘."

"네."

"문 열어주세요."

죠엘이 문을 열기 전에 푸르트벵글러와 사카모토가 문을 열고 들어왔다.

"왔어요?"

"누군지는 알고 왔냐고 묻느냐?"

"푸르트벵글러랑 사카모토잖아요."

"껄껄. 어찌 발소리로 사람을 구분하는지 정말 귀신이 곡할 노릇이구만."

사카모토가 껄껄 웃었다.

"사카모토는 조용한 편이라 쉽지 않은데 푸르트벵글러는 워낙 특이해서 쉽게 알 수 있어요."

"내가?"

"그렇게 신경질적인 발소리는 드물어요."

"이 녀석이?"

"껄껄껄껄."

나도 사카모토도 웃고 말았다.

죠엘이 눈치껏 자리를 비켜주었고 덕분에 두 사람과 조용히 대화할 수 있었다.

"몸은 좀 어떤가."

"최고예요."

"……그래."

사카모토의 질문에 답하자 푸르트벵글러가 그답지 않게 힘 없이 반응했다.

두 사람이 무슨 생각을 하는지 너무 뻔해서 웃음이 나온다.

먼저 말을 꺼냈다.

"베를린 필하모닉이 없었다면 오늘도 없었을 거예요."

진심이다.

"사카모토를 만나지 않았으면. 푸르트뱅글러와 발그레이, 슈타인, 빈프스키, 리히터, 노이어, 승희 누나 그리고 모두가 없었다면 아마 완성하지 못했을 거예요."

푸르트뱅글러가 가만있다가 좋은 지적을 했다.

"레몽 녀석은 앞으로도 빼라."

"그럴 거예요."

사과받고 밥 한 번 먹었다고 풀렸다면 그렇게 마음고생 하지도 않았을 거다.

"끌끌끌."

실없이 웃고 다시금 이야기를 꺼냈다.

"약속 기억해요?"

이제껏 세상에 없던 음악을 들려주겠다는 약속을 두 사람이 기억하고 있을지 모르겠다.

푸르트뱅글러가 콧김을 내쉬며 답했다.

"깜짝 놀랄 곡을 들려주겠단 말 말이냐."

"네. 오늘이에요."

"자신감은 좋구나."

어깨를 으쓱였다.

푸르트뱅글러와 사카모토가 어떤 표정을 짓고 있는지 알 수 없지만 그들이 왜 나를 찾아왔는지 알고 있다.

"그러니까 기뻐하라고요."

"……."

"사카모토의 잘못도 푸르트벵글러의 잘못도 내 잘못도 아니에요. 그냥 사고였어요."

두 사람 모두 말하진 않았지만.

사카모토는 내가 당신의 병문안 때문에 사고를 겪었다고 자책해 왔다.

푸르트벵글러는 내가 시력을 잃은 원인이 피로와 스트레스 때문이라는 걸 안 뒤로 내게 너무 많은 짐을 넘겼다며 후회했다.

가장 사랑하는 두 사람이 내게 죄책감을 가지는 게 얼마나 불편하고 답답한지 모르는 것이다.

불구를 딛고 그랜드 심포니를 완성한 나와 베를린 필하모닉을 생각해서라도 그렇게 여겨선 안 된다.

"도빈아."

"시끄러워요."

푸르트벵글러의 말을 잘랐다.

"객석에서 얌전히 손뼉이나 쳐요. 쓸데없는 생각 말고 당신의 베를린 필하모닉이 뭘 연주하는지 듣고 기뻐하면 돼요."

"……도빈아."

"사카모토도 푸르트벵글러도 원망한 적 없어요. 두 사람이 없었다면 완성하지 못했을 테니까. 이런 상황에서도 잘 해내고 있으면 자랑스럽게 여겨야지. 그러지는 못할망정 무슨 말을 하려는 거예요."

"……허허. 도빈 군 말이 맞네. 빌, 그만하세."

푸르트벵글러가 숨을 길게 내쉬고 들이마신 뒤 내 양어깨를 붙들었다.

"오냐. 얼마나 대단한 걸 만들었길래 연습실에도 못 들어가게 했는지 어디 들어보마."

"놀라서 쓰러지지나 말아요."

"이 녀석이 끝까지."

"기대하고 있겠네. 멋진 연주를 들려주게나."

사카모토와도 악수를 나누었다.

"그러나 이건 알아주게."

사카모토가 나긋한 목소리로 말했다.

"새 시대의 음악은 이미 들려주었네. 그런 약속에 구애받지 말고 하고 싶은 대로 마음껏 노래하게. 앞으로도. 쭉."

사카모토에게는 정말 못 당하겠다.

두 사람이 밖으로 나서자 죠엘이 안으로 들어섰다.

"보스, 시간 되었습니다."

"가죠."

일어섰다.

죠엘이 지휘봉을 쥐여주었고 그녀의 안내를 받아 무대 뒤로 향했다.

수백, 아니, 수천 번 다녔던 길이 오늘따라 묘하게 정겹다.

단원들이 나누는 대화 소리가 가까워지고 죠엘이 묵중한 문을 열었다.

수다를 떨던 단원들의 목소리가 잦아들었다.

이틀간 푹 쉬고 오늘 아침에 모여 점검을 마쳤기에 이보다 컨디션이 좋을 수 없다.

완벽하다.

"길었습니다."

단원들에게 말했다.

"작년 3월부터 우리는 최선을 다했고 여러 한계를 넘어섰습니다. 아무도 이르지 못한 곳에 도착한 지금. 관객을 향해 깃발을 흔드는 일만 남았습니다."

정말 긴 기다림이었다.

"오늘 여러분이 연주할 곡은 제가 만들었습니다."

다른 누구도 아닌 나 배도빈이 10년간 열과 성을 다해 만든 곡이다.

"오늘 여러분을 지휘할 사람도 다른 누가 아닌 저고요."

다른 누구에게 넘기지 않고 이 내가 지휘봉을 잡았다.

"그리고 여러분이 주인공이죠. 사이먼, 카라얀, 푸르트벵글러 그리고 지금에 이르기까지 정상에서 단 한 번도 내려오지 않은 세계 최고의 오케스트라. 베를린 필하모닉이 제가 만든 곡을 제 지휘에 따라 연주합니다."

목소리에 힘을 주었다.

"우리가 누굽니까."

"베를린 필하모닉!"

마누엘 노이어의 힘찬 대답이 들렸다. 그를 향해 지휘봉을 가리켜 감사를 대신했다.

"그렇습니다. 최고의 오케스트라 베를린 필하모닉입니다."

비록 볼 순 없지만.

내뿜는 기세만으로도 이들이 얼마나 달아올랐는지 알 수 있다.

"최고의 연주를 하러 가죠."

"좋았어!"

단원들이 저마다의 방식으로 의지를 다지며 무대로 향했다.

모든 단원이 무대에 자리했고.

설레는 가슴을 달래며 발을 옮겼지만 관객들의 웅성거림에 도저히 진정할 수 없다.

이 고양감.

공연 직전의 이 흥분에 비할 감정은 오직 모든 연주를 마친 뒤의 환희뿐이다.

두 손으로 머리를 쓸어넘기자.

사회자가 안내를 시작했다.

"안녕하십니까, 신사 숙녀 여러분. 2027 OOTY 오케스트라 대전 11차전 베를린 그랑프리로 인사드립니다."

관객들의 박수 소리가 가슴을 자극한다.

"이번 그랑프리 주제는 오리지널. 오늘부터 나흘간 각 악단은 고유의 곡으로 경합을 치르게 됩니다. 우리에게 또 어떤 감동을 안겨줄지 기대되는군요. 그러면 첫 번째 오케스트라를 모셔보도록 하죠. 베를린 필하모닉입니다."

"빈! 빈! 빈! 빈!"

"빈! 빈! 빈! 빈!"

커튼이 걷히기도 전에 관객들의 함성이 온몸을 때렸다.

그 자극이 몸을 깨우듯 활력이 샘솟는다.

마에스트로, 희망, 마왕, 신, 선지자, 구도자.

정말 많은 수식어가 붙었지만 이제는 완전히 굳어버린 '빈'이라는 호칭이 가장 마음에 든다.

그 어떠한 단어도 감히 날 담을 수 없다.

오직 배도빈이라는 이름만이 대표할 수 있기에 이들의 환호가 퍽 마음에 든다.

인사하고.

돌아섰다.

숨을 깊게 들이마시자 익숙한 공기와 냄새에 안정할 수 있었다.

적막.

부스럭대는 소리조차 없다.

숨 쉬는 소리마저 들리지 않는다.

천천히 고개를 들자 쏟아지는 조명이 희미하게 느껴진다.

외딴곳에 떨어져 홀로 남은 기분이 이러할까.

그러나 지휘봉을 보내면 여지없이 그들이 노래하리라.

나의 성채, 나의 방패, 나의 피난처.

나를 완전히 해주었던 그들이 함께하리라.

아득한 빛 아래에서.

두 팔을 힘차게 내렸다.

Bae Dobean Symphonie Nr. 10

Großartig symphonie

-Rhapsodie von Berliner Philharmoniker-

관악기가 루트비히홀을 가득 채웠다.

벼락처럼 울린 북소리와 함께 절망한다.

어머니를 잃고.

형제를 보내고.

연인과 이별한 채.

소리마저 상실하고도 포기하지 않았다.

가슴속에서 끓어오르는 울분을 악보 위로 토해내고 토해냈다.

그러지 않고서는 미칠 것 같았다.

수없이 실망하고 배신당하면서도 상냥한 로르헨과 정다운 베겔러 그리고 석양으로 빛나는 라인강을 그리며 희망을 놓지 않았다.

기필코 광명의 시간이 오리라.

그때가 되면 환희의 노래를 부르리라 다짐하고 다짐했다.

하나 삶은 결코 길지 않았다.

날로 쇠약해지는 비루한 몸뚱어리마저 창작의 의지를 막아섰고 끝내 완성하지 못한 수많은 기록만을 남긴 채.

억울함을 토로할 수도 없이 눈을 감았다.

격렬히 움직이는 현악기들이 그때의 처절함을 그리고 타악기와 관악기가 더욱더 가열차게 억압한다.

운명에 짓눌린 한 사람은.

그렇게 끝내 희망을 포기했다.

모든 것이 끝났다.

주먹을 쥐자 모든 악기가 침묵했다.

1초.

지휘봉을 흔드니 찰스 브라움의 파이어버드가 가장 아름다운 소리로 속삭인다.

'도빈아.'

이토록 사랑스러운 소리가 또 있을까.

어머니의 품처럼 따뜻하게 울려 퍼지는 파이어버드 뒤로.

대금이 신비로운 선율을 깐다.

플루트와 함께 어울리는 한국의 소리는 지금껏 경험해 보지 못했던 묘한 매력을 뽐낸다.

그 사이로 태평소가 돌출한다.

한국이라는 곳은 이런 곳인가.

작은 상자에서 알 수 없는 음악가들의 명연주가 펼쳐지고, 좀 더 큰 상자에 작은 사람들이 들어가 알 수 없는 말을 떠든다.

그 경이로움이.

지금 대금과 태평소를 처음 접하는 이들의 마음과 다르지 않으리라.

'지금.'

지휘봉을 들어 올리자 소소의 얼후가 기다렸다는 듯이 치고 나선다.

부드럽게 울리는 소소의 얼후가 부모의 손길처럼 오케스트라를 포근히 감싼다.

애처로운 그 음색이.

비록 가난하나 상냥했던 어머니를, 다정했던 아버지를, 단칸방에서 행복했던 가족을 그린다.

대위법으로 구성한 대금과 얼후 그리고 바이올린의 다성 구조가 온전히 조화를 이룬다.

'아아.'

절망과 좌절로 시작했던 1악장이 사랑과 행복 속에 마무리되고.

손을 뻗자 트럼펫이 강렬하게 치고 나선다.

희망의 서막.

히무라와 나카무라는 마르고 볼품없는 외관과 달리 내가 만난 그 어떤 이보다 강인했다.

보다 좋은 곡을 만들어 더 많은 이에게 들려주고자.

팀파니와 큰북의 엇박자 속에서도 흔들림 없이 선명히 노래하는 트럼펫처럼 일했다.

지휘봉을 튕기자.

최지훈의 나비가 청명하게 울린다.

내게 처음 이 시대의 음악을 소개해 주었던, 친구가 되어주었던 사카모토의 목소리처럼 맑다.

빠르지도 격렬하지도 않은 선율은 그의 잔잔한 억양처럼 매력적이다.

가우왕이 나선다.

두 대의 피아노는 마치 대화하듯 멜로디를 주고받는다.

조금씩 서로를 이해하고.

건반을 번갈아 누름으로써 서로의 말을 대신한다.

그 치열하고 열정적인 토론으로 두 피아노는 점차 같은 이야기를 하게 된다.

이 부분을 완벽히 수행하기 위해 가우왕과 최지훈이 얼마나 애먹었는지 떠올리니 나도 모르게 입술이 올라간다.

'완벽해.'

비올라와 베이스 그리고 클래식 기타가 주변을 감싸며 두 피아니스트가 절정으로 치닫고.

곧장 3악장으로 이어진다.

두 팔을 힘차게 내리자.

호른과 튜바, 유포니움이 다시 한번 힘차게 울린다.

타악기가 성벽을 쌓아 올리고.

모든 현악기가 일제히 사열해 화음을 이룬다.

'소소.'

본래라면 이승희가 맡아줘야 했던 첼로 솔로.

얼후와 함께 준비하느라 그녀의 손끝이 남아나질 않았기에 다른 악기로 대체하려 했던 카덴차.

이승희의 뒤포르는 임시 주인을 만나 그간의 갈증을 폭발시켰다.

빌헬름 푸르트벵글러의 위엄처럼 굵고 명확한 선으로 다른 악기를 이끌었다.

첼로 독주 뒤에.

베를린 필하모닉이 함께 나선다.

'베트호펜을 계승한 자라니.'

웃음이 나오는 별명이지만 그는 정말 나와 많이 닮았다.

그 정력적인 열정도.

광기 어린 집착도.

고집불통인 성격도.

무엇보다 감정을 뒤흔들기 위해서라면 그 어떤 규칙과 관습도 내다 버리는 과감함까지.

그래서.

좋았다.

베를린 필하모닉과 함께하며 내가 어디에 있어야 하는지 비로소 확신할 수 있었다.

푸르트벵글러가 지휘하듯 위엄을 보인 오케스트라가 연주를 멈추었다.

이별은 잠시뿐.

최지훈의 피아노가 나선다.

티끌 하나의 꾸밈도 없이 진솔한 타건이 마치 건반 위를 뛰노는 나비 같다.

나의 태양, 나의 빛이 유성우가 되어 내린다.

수없이 많은 별이 떨어지면서.

그 희망의 조각들로 가슴이 따뜻해진다.

이번에는 가우왕.

절제라고는 조금도 모르는 폭력적인 연주가 시작됐다.

일말의 망설임도 없는 거만함은 기어이 한계를 넘어서고 말았다.

그의 손이 어떻게 움직이는지 볼 수 없는 사람이 나뿐만은 아니리라.

가공할 속도로 건반을 때리는 그의 피아노는 타악기라고는 생각할 수 없는 음을 낸다.

그러나 기교라면 아주 좋은 호적수가 있다.

찰스 브라움이 기세 좋게 치고 나와 가우왕과 다투기 시작한다.

같은 멜로디를 번갈아 연주하며.

누가 더 빠른지, 누가 더 과감한지 겨루듯 앞으로, 앞으로 나선다.

이 완벽한 하모니를 두고만 볼 순 없다.

지휘봉을 그어 신호를 보내자.

모든 악기가 일제히 두 사람을 부추겼다.

찰스의 선율에 맞춰 북을 울리고 가우왕의 멜로디에 맞추기 위해 노이어와 마르코를 비롯한 목관악기 주자들이 안간힘을 쓰고 나선다.

그 와중에 블러드 와인의 탱고는 더 없이 고혹적이다.

'아아.'

이 얼마나 아름다운 순간인가.

고개를 들자 희미하게 느껴지는 조명이 마침내 찾아온 광명처럼 나와 나의 사람, 나의 악기, 나의 소리, 나의 선율을 감싼다.

나는.

이 순간을 위해 살아왔다고.

이 순간을 위해 다시 태어났다고.

이 순간을 이어가기 위해 살겠노라고 외쳤다.

상실과 고난의 고통 속에서도 꿋꿋이 걸어 나가니 이처럼 환희의 순간이 오지 않았냐고.

지금 이 순간 묻는다.

외친다.

포기하지 말라고.

해낼 수 있다고.

수없이 반복했던 다짐이 베를린 필하모닉을 통해, 내 사람들을 통해 분명 전해졌으리라.

두 팔을 힘차게 들어 올리자.

등줄기를 타고 올라오는 희열에 몸이 떨렸다.

띠링- 띠링-

'시끄럽다.'

오랜만에 '신의 장난'이 감격의 순간을 방해한다.

소멸의 시간이 다가온다.

대를 이을 이가 필요하거늘 가능성을 가진 아이는 단 셋뿐.

나를 갈구했던 아이.

나를 닮은 아이.

그리고.

이상한 아이.

첫 번째 아이는 감춰두었던 나의 목소리를 찾아 수많은 아이에게 즐거움을 주었으니 그보다 기특할 수 없다.

그러나 충실한 대변인일 뿐.

새로운 걸 기대하긴 어려울 듯싶다.

그렇다면 두 번째 아이와 세 번째 아이 중 누가 좋을까.

어느 쪽이든 아직은 부족하다.

두 사람 모두 주어진 생을 다하지 못한 탓에 경계의 지평선에 이르지 못했다.

본래 수명대로 살았으면 어땠을까.

내가 있는 이곳에 닿을 수 있을까.

누구보다도 날 닮은 아이.

그리고 자기 이야기만을 하는 아이.

그래.

둘 중 먼저 도착한 아이에게 물려주도록 하자.

두 번째 아이 아마데우스는 본래 15,870일을 더 살 수 있었고 세 번째 아이 루트비히에게 남았던 시간은 8,361일.

이 정도로는 부족할지도 모르겠다.

지침을 내려주면 조금 더 수월히 도착할 수 있겠지.

부디 생이 다하기 전에 만날 수 있기를.

기다리고 있단다.

사랑스러운 아이들아.

[조건을 만족하셨습니다.]

[퀘스트 이행율: 0%]

[보상 지급 내역: 없음]

[관리자와의 연결이 시도됩니다.]

[송신 중…….]

[연결이 완료되었습니다.]

'뭐야.'

박수와 함성은 어디 가고 헛소리만 들린다.

내가 누리지 못했던 시간이 8,361일이라는 둥 대를 이을 사람이 필요하다는 둥 알 수 없는 이야기를 해댄다.

"머리가 좋진 않구나."

생각했을 뿐인데 '목소리'는 마치 내 속을 들여다보는 듯 말한다.

멋대로 남을 평가하는 게 꼭 건방진 '신의 장난'과 유사하다.

"유추는 가능하고."

"누구?"

"글쎄. 이름을 잊은 지 오래구나."

점점 더 의심스럽다.

"굳이 지칭할 말이 필요하다면 오래전에 테메스란 이름으로 불리기도 했지. 그렇게 부르렴."

빌어먹을.

나도 모르는 새 정신을 잃고 어떤 미친놈에게 납치당한 모양이다.

"혼란스럽구나. 나는 너를 다시 태어나게 해주고 네가 장난이라고 부르는 일을 행한 이란다."

지금 이 헛소리를 믿어야 하는가.

아니, 그런 건 아무래도 좋다.

돌아가야 한다.

자신을 테메스로 주장하는 목소리가 토라진 느낌으로 말했다.

"네가 내 배려를 무시했을 때는 조마조마했단다. 단 둘뿐인 가능성이 혹시나 지평선에 이르지 못하면 어쩌나 걱정했거든. 그래도 혼자 힘으로 어떻게든 해내서 기쁘단다."

"……여기는?"

"지금의 너로서는 받아들일 수 없는 개념이라 아쉽구나. 그러나 장소가 중요한 건 아니란다."

그인지 그녀인지 모를 목소리는 자신이 소리를 관장하며 본인을 대신할 사람을 찾는다고 했다.

그러기 위해 나와 아마데가 누리지 못한 시간을 다시금 부여했고.

그 기준에 내가 이르렀다고 한다.

미치광이가 틀림없다.

그러나 이런 내 생각을 읽고 내가 무엇을 했는지 속속들이 언급해대니 점차 믿지 않을 수 없었다.

"이제 대화가 통하는구나."

"그래서. 내가 뭘 해야 하지?"

"네게 남은 시간은 얼마 남지 않았단다. 정말 아슬아슬했어."

"무슨 뜻이지?"

"몸이 이상한 걸 느끼지 않았니?"

전에 비해 쉽게 피로한 것은 사실이다. 그것이 생명이 다해 가기 때문이라면, 시력을 잃은 것이 그 전조였단 말인가.

"……."

"돌아가면 주변을 정리하고 이곳으로 돌아와 교육을 받겠지. 내 뒤를 이어 관리자가 되는 거란다."

"내가 곧 죽는다고?"

"그래. 너도 짐작하고 있잖니?"

"……관리자라는 건?"

"너와 몇몇 아이가 신으로 여기는 존재란다. 실제로는 소리를 다룰 뿐이지만 어찌 되었든 네 생각과 크게 다르지 않아."

다시금 의심스럽다.

"의심이 많구나. 좋은 자세야."

"당신은? 내가 관리자라는 게 되면 당신은 어떻게 되지?"

"사라진단다."

"내가 하지 않는다면?"

"마찬가지지."

왜 하필 나지.

"너는 그럴 자격이 있단다. 이미 많은 아이가 너를 신처럼 따르잖니?"

얼토당토않은 말이다.

"그렇지 않단다. 네겐 그럴 힘이 있어. 혼자 힘으로 이곳으로 온 게 증거란다."

혼자 힘이라.

"그래. 그러나 지금의 너는 지평선에 막 발을 내디뎠을 뿐. 내 지식을 물려받으면 관리자로서 마음껏 소리를 다룰 수 있단다. 네가 바라는 대로 무엇이든 완전히."

내가 바라는 음악을 마음껏 완전히.

"그래. 지금의 너로서는 막연할 뿐인 끝에 도달할 수 있단다. 너도 바라던 일이잖니? 즐거울 거야."

"필요 없어."

"……."

알 수 없는 소리만 쫑알대던 목소리가 처음으로 조용해졌다.

"그래. 믿기지 않을 수 있어."

"아니. 믿어. 이 말도 안 되는 상황도 그렇고 그 빌어먹을 메시지도 그렇고. 믿지 않을 수 없지."

"……분명 그리 생각하고 있구나."

나를 설득하려는 듯 목소리가 말을 이었다.

"완벽한 음악을 하고 싶었잖니? 자격을 얻으면 가능하단다. 경계의 지평선을 넘어선 너라면 충분히 가능할 거야."

맞는 말이다.

완벽한 음악을 바랐다.

"그래. 그렇게 간절히 바랐잖니."

"완벽한 음악 따위 없어."

그러나 완벽한 음악 따위 있을 리 없다. 있어서도 안 되고 만약 있더라도 반드시 넘어설 테다.

한 지점에 멈춘 순간 더 이상 음악을 할 이유가 없으니까.

"……."

목소리는 말이 없었다.

"혼자 힘으로 자격을 갖췄다고 했지."

"그래."

"틀렸어."

어머니와 아버지, 할아버지 그리고 도진이.

히무라와 나카무라, 사카모토, 필스, 푸르트벵글러, 발그레이, 슈타인, 파울, 헨리, 레몽, 이승희, 노이어, 최지훈, 차채은, 한스 짐, 블레하츠, 니나, 가우왕, 소소, 찰스, 윤희, 료코, 타마키 그밖에 수많은 사람과 만나지 않았더라면.

베를린 필하모닉과 함께하지 않았더라면 그랜드 심포니는

완성될 수 없었다.

그리고.

그들과 함께하기에 언젠가 그 이상의 곡을 만들고 연주할 수 있다.

반드시 그럴 수 있다.

설령 그것이 '목소리'가 말하는 '이상'에 닿지 못하더라도.

그렇기에 가치 있는 것이다.

대화를 나눔으로써 서로를 이해하고 보듬고 힘을 불어넣는 그 과정이야말로 음악을 하는 이유.

신이든 마왕이든.

그런 호칭 따위가 나를 대변할 수 없듯, 그러한 자격이 인간으로서의 삶보다 가치 있을 수 없다.

배도빈으로 살았기에 희망을 볼 수 있었으니까.

끝내 웃을 수 있었으니까.

"……많이 변했구나."

목소리가 온화해졌다.

"참 이상한 아이였지. 바흐도 아마데우스도 날 찾으려 하거나 스스로 닮았거늘. 너만은 네 이야기만을 해왔어."

목소리가 한숨을 내쉬었다.

"그런 네가 타인과 함께하다니. 정말 많이 변했구나."

그들을 사랑하니까.

그들과 함께한 시간이 나를 충만히 했으니까.

"……그래. 애석하게 되었구나."

테메스라 주장하는 목소리는 정말 아쉬운 듯 말끝을 흐렸다.

"너는 이곳에 얼마나 있었지?"

"글쎄. 잊었단다."

"외롭지 않았나?"

"내 목소리를 너희가 어떻게 가지고 노는지 구경하는 것도 즐거운 일이란다."

목소리는 한숨을 내쉬었다.

"다시 한번 물으마. 네게 남은 시간은 426일. 설령 돌아간다 해도 얼마 살지 못할 테고 이상에 닿지도 못할 거란다."

"어쩔 수 없지."

고작 1년하고 몇 달밖에 남지 않았다니 아쉽지만 그렇게 정해진 일이라니 어쩔 수 없다.

어머니 아버지께 받은 사랑을 반의반도 돌려드리지 못했거늘.

도진이가 성장하는 모습을 지켜보며 의지가 돼주고 싶었거늘.

최지훈이 어디까지 향할지.

가우왕과 함께 또 어떤 방식으로 날 놀라게 할지.

차채은이 또 어떤 기특한 글을 쓸지.

푸르트벵글러보다 먼저 죽을 거라고는 생각지 못했다.

참.

할아버지께 드린 안마권 아직 쓰지도 못하셨는데 빨리 쓰라고 해야겠다.

그리고.

이젠 마음을 전하는 일도 할 수 없게 되었다.

"어차피 죽는 건 똑같은데 왜 거부하니?"

"지금 삶이 소중하니까."

"이상한 고집이구나."

"이름과 시간조차 잊을 정도로 오래 살면 작은 일쯤이야 신경도 안 쓰겠지?"

"그래."

"지금의 소중했던 기억과 경험이 내게서 아무런 가치가 없어지게 되는 게 싫다. 배도빈이란 이름으로 행복했고 충실했으니까."

"인간으로서의 삶을 마친 뒤의 일이잖니."

"사랑하고 미워하고 다투고 화해하면서 끝내 함께했기에 좋았지. 감정 표현이 서툴렀던 내게 음악은 교류의 수단이었어. 그럴 대상이 없는 세상에서는 의미 없다."

"이상을 모른 채 끝나도?"

"내가 못 하면 프란츠가 이어가겠지."

녀석이라면 할 수 있으리라.

언젠가는 분명 이 나를 뛰어넘을 것이다.

푸르트벵글러와 사카모토가 내게 기대했듯이 나 역시 녀석이 언젠가 나를 놀라게 해주리라 믿는다.

"……그래. 그 아이도 아주 작은 가능성을 가지고 있지. 하지만 너만큼은 아니야."

"프란츠가 못하면 또 다른 사람이 나서서 이어가겠지. 음악은 그렇게 발전해 왔어."

"……."

"내가 바흐와 헨델, 아마데와 하이든을 통해 음악을 접했듯이. 슈베르트와 리스트가 날 동경했듯이. 또 이후에 수많은 사람이 끝없이 변화하고 발전시켜 나갔지. 그들로 인해 지금의 내가 있을 수 있었고."

"……."

"내가 떠나면 또 그 뒤를 잇는 사람이 나올 거다. 내가 남긴 곡이 그 바탕이 된다면, 그것으로 충분해."

음악은 대화.

악보는 먼 과거와 현재를 잇는 편지.

그러한 음악에 끝이 있을 리 없다.

사람이 살아가는 한, 인류가 계속해 존재하는 한 끊임없이 발전해 나갈 터.

정말 만에 하나라도 테메스의 말대로 끝이 있다면 정답을 알고 있는 채 그것을 관찰하는 게 정말 즐거울까.

장담하건대 그보다 지루한 일도 없으리라.

완전하고 싶지 않다.

그 순간 음악이 내게 가치가 없어지는 걸 받아들일 수 없다.

그런 생각을 하자 테메스가 웃는 듯한 기분이 들었다.

"그래. 어쩌면 네 말이 맞을지도 모르겠구나."

맞을지도가 아니라 맞다.

"내가 틀렸다고 증명할 수 있겠니?"

증명이고 자시고 내 말이 옳다.

"그 자신감도 좋구나."

테메스가 웃었다.

"그래. 강요할 수는 없지."

빛이 더욱 밝아진다.

"부디 후회하지 않길 바라마."

적어도 음악에 있어서는 항상 최선이었기에 후회할 일은 없다.

테메스가 웃었다.

조금씩 의식이 희미해진다.

테메스의 목소리가 흐릿하다.

"내가 틀렸다는 걸, 그 앞이 있다는 걸 보여주길 기대하마.
이상하고 사랑스러운 아이야."

배도빈을 떠나보낸 테메스는 자신에게 남은 36,741일의 시간 중 절반을 떼 배도빈에게 불어넣었다.

얼마 남지 않은 시간이었지만.

인간에게는 제법 긴 시간일 터.

그녀는 부쩍 앞당겨진 소멸을 의식하며 이상 밖이 과연 있을지 고민했다.

상상.

그것은 완벽한 존재가 된 후로 잊었던 행위였다.

'글쎄.'

불가능하다고 생각하면서도.

혼자 힘으로 기적을 일으킨 아이에게 괜히 기대를 걸어보고 싶었다.

신은 있었다.

미칠 듯한 고통에서도 도와주지 않았던, 그래서 원망했던 신이 정말 있었다.

'……일을 나눠줄게.'

의식을 잃기 전 그녀가 남긴 말을 떠올려 본다.

아무래도 또 한 번의 기회가 주어진 듯하다.

이래서는 나락에서 구원해 주지 않았다고 원망할 수도 없게 되었다.

그러다 문득.

세상에서 가장 아름다운 소리를 들을 수 있었다.

"도빈아!"

다급한 목소리에 정신을 차려 버릇처럼 눈을 뜨자.

그리운 얼굴이 걱정스럽게 내려다보고 있다.

이보다 사랑스러울 수 있을까.

다시는 볼 수 없을 거라 생각했거늘.

그것은 기적이었다.

· 118악장 ·
에필로그

[베를린 그랑프리의 기적!]

['그랜드 심포니' 오케스트라 대전을 종결짓다!]

[3억 4,116만 3,312표를 쓸어 담은 베를린 필하모닉]

[오케스트라 대전 통합 우승 확정]

[빌헬름 푸르트벵글러, "그랜드 심포니의 완성도는 베트호펜 3번과 9번 이상이다."]

[사카모토 료이치, "격렬하나 정교하며 강인하나 부드럽다."]

[아르투로 토스카니니, "한 사람이 만들었다고는 생각하기 어려운 곡. 모든 악기가 본래 있어야 할 곳에서 가장 자연스럽게 노래했다."]

[브루노 발터, "말할 수 없는 충족감에 빠졌다."]

[마리 얀스, "배도빈과 베를린 필하모닉만이 연주할 수 있는 곡. 장

대한 대서사시를 가장 세련된 방식으로 선보였다."]

[아리엘 얀스, "위대한 교향곡은 많았다. 지금까지는 우위를 가릴 수 없었지만 오늘로 첫째가는 곡을 정할 수 있었다."]

[배도빈 악단주 시력 회복, 일시적 현상인가?]

기적을 연주한 베를린 필하모닉에 또 다른 기적이 찾아왔다.

베를린 그랑프리 첫 번째 날.

그랜드 심포니가 안겨준 감동으로 가득했던 루트비히홀은 배도빈 악단주가 비틀거리며 순간 경직되었다.

그러나 이내 주변의 부축을 받은 배도빈 악단주는 단원들을 살피는가 싶더니 주변을 둘러보았다.

깊은 감동을 전해준 공연과 기적처럼 찾아온 소식에 팬들은 기쁨을 감추지 못했고, 그 모습을 확인한 배도빈 악단주의 환한 미소에 또 한 번 열광했다.

배도빈 악단주를 외치는 목소리가 30분 이상 지속된 탓에 그랑프리 진행이 잠시 중단되기도 했다.

베를린 필하모닉의 디지털 콘서트홀과 JH시네마의 서버가 과부하되어 3분간 접속이 제한되는 해프닝이 발생하기도 했다.

3억 4,116만 3,312표를 획득하며 사실상 베를린 그랑프리 우승과 통합 우승을 확정 지은 배도빈 악단주는 현재 정밀 검사를 받기 위해 병원에 있는 것으로 확인되었다.

그의 전담 의료진은 배도빈 악단주의 시력 회복이 일시적 현상으로

그치지 않도록 최선을 다할 거라는 입장을 밝혔다.

-한스 레넌(그래모폰)

모두가 기적으로 여겼다.

배도빈이 그의 단원들과 함께 근 20개월간 준비한 그랜드 심포니가 전해준 감동은 이루 다 말할 수 없었다.

있을 수 없는 일이었다.

순간 최고 동시 시청자 수 10억 명.

사전 준비에 철저했던 JH와 베를린 필하모닉도 방송 역사상 유례없는 일에 순간적으로 서버가 마비되는 지경에 이르렀다.

미국의 타임지는 그랜드 심포니가 연주되는 70분간 지구상의 모든 분쟁지역이 잠시 전투를 중단했다는 기사를 내기도 했으며.

저명한 평론가 한이슬은 리드지를 통해 그랜드 심포니가 연주되는 시간만큼은 전 세계 모든 음악 팬이 한마음이었다고 표현했다.

그랜드 심포니가 연주된 지 하루도 채 되지 않은 시점에서 관련 기사가 100만 건이 넘게 등록되었고, 팬들이 남긴 감상은 통계 업체에서 헤아릴 수 없을 정도로 연이어 쏟아졌다.

그렇게 온 세상이 그랜드 심포니가 전해준 감동에 겨워하는 밤.

정밀 검사를 위해 하루간 입원한 배도빈은 거울 앞에 서 있었다.

눈썹을 모은 채 심각한 표정으로 거울 속 자신을 살피던 그가 혀를 찼다.

"뭐 해?"

혀 차는 소리에 최지훈이 고개를 내밀고 물었지만 배도빈은 묵묵부답이었다.

공연 후 환호하는 관객들을 볼 때만 해도 행복해 보이던 형제가 심각한 표정을 짓고 있으니 걱정되었다.

'불안하겠지.'

말 그대로 기적적으로 시력을 회복하긴 했어도 언제 다시 실명할지 모르는 상황이었다.

최지훈이 배도빈에게 다가갔다.

"괜찮을 거야."

최지훈은 분명 배도빈에게 찾아온 기적이 계속되리라 믿었다.

근거 하나 없는 믿음이었지만, 언제 또다시 시력을 잃을지도 모른다는 불안이 배도빈에게 안 좋은 영향을 끼치리라 생각했고.

그가 상황을 조금이라고 긍정적으로 받아들였으면 했다.

그러나 배도빈은 여전히 반응하지 않았다. 그저 눈썹을 잔뜩 모은 채 인상을 쓸 뿐이었다.

그 모습을 지켜보던 최지훈이 배도빈의 옆구리를 찔렀다.

배도빈이 움찔하여 고개를 돌리자 최지훈이 방긋 웃었다.

"괜찮아."

배도빈은 그 상냥한 목소리와 미소에 무뚝뚝하게 반응했다.

"어."

그러고는 다시 거울을 바라보았다.

최지훈이 작게 한숨을 내쉬었다.

"좋은 날이잖아. 내일 결과도 나올 테니까 너무 걱정하지 마."

"걱정 안 해."

"응. 아, 소소 누나가 가져온 케이크 먹을래?"

"아니."

"그럼 윤희 누나 부를까?"

배도빈이 고개를 휙 돌리며 화를 내자 최지훈이 웃으며 물었다.

눈 걱정도 아니고 디저트를 먹고 싶은 것도 아니고 나윤희를 보고 싶은 것도 아니라니 무엇 때문에 저리도 심각한지 궁금했다.

"뭔데."

배도빈이 천천히 입을 열었다.

"……쪘어."

최지훈이 입을 틀어막았다.

웃음을 참으려는 행동에 배도빈이 다시 한번 인상을 쓰며 자신을 살폈다.

얼굴에 살이 제법 올랐고 배도 조금 나와 있었다.

시력을 잃은 근 20개월간 활동량이 줄 수밖에 없었던 것이 미식가인 그에게는 치명적이었다.

"보기 좋은 걸 뭐."

"시끄러워."

"진짠데. 딱 보기 좋아. 키도 컸고."

최지훈의 말대로 그동안 부쩍 큰 것이 그나마 위로되었다.

예전에는 최지훈과 머리 하나 차이가 났지만 이제는 제법 눈높이가 비슷했다.

주변인 대부분을 내려다보는 느낌은 분명 그를 흡족하게 했다.

그러나 자신의 외견에 나름대로 만족하던 그에게 복부의 지방은 신경 쓰이는 일이었다.

"그럼 조금 걸을래? 무리하지 말고."

"그래."

최지훈은 건강해 보이는 지금 모습도 보기 좋았지만 배도빈이 그 말을 그대로 받아들일 상태가 아니라고 판단했다.

그렇다고 가만히 두었다가는 살을 뺀다는 이유로 무리할 듯해 가벼운 운동을 권했다.

그가 서둘러 외투를 찾으니 최지훈은 그저 재밌었다.

"천천히 가."

"서둘러."

최지훈은 배도빈의 재촉에 어쩔 수 없이 서둘러 나섰다.

밖은 제법 쌀쌀했다.

겨울이 다가온 만큼 숨을 쉬면 입김이 허옇게 보였다.

"추워!"

"추운 게 나아."

"이렇게 추운데 뭐가 나아?"

"칼로리 소비가 많아지니까."

"그렇게 안 쪘다니까?"

두 사람은 티격태격하면서 병원 부지에 마련된 산책로를 걸었다.

나뭇가지 사이를 스치는 바람 소리와 찬 밤공기 그리고 가로등에 비치는 거리를 접하니 배도빈의 입가에 슬며시 미소가 어렸다.

그 모습을 본 최지훈이 입을 열었다.

"그냥 나오고 싶었던 거지?"

눈치 빠른 형제를 속일 순 없었다.

마치 다시 태어났을 때처럼.

배도빈은 좀 더 많은 것을 눈에 담고 싶었다.

그간 코와 귀, 촉감으로만 느꼈던 주변이 너무나 새로웠다.

2년도 채 안 되는 시간이었지만 시야에 들어오는 모든 것이 그에게 또 다른 악상을 가져다주었다.

'신은 무슨.'

불완전하다고는 하나 이곳은 그에게 또다시 새로운 영감을 불어넣어 주었다.

아무것도 없는 '그곳'에 혼자 있으라니, 가당치도 않았다.

배도빈은 주변을 좀 더 즐기고자 걸음에 여유를 두었다.

"좋다."

최지훈이 감탄하듯 말했다.

배도빈도 내심 그 말에 동의했다.

"아까 타임즈에 기사 올라왔는데."

"어."

"그랜드 심포니 연주할 때 아무도 안 싸웠대."

"그걸 어떻게 알아?"

최지훈이 잠시 말문이 막혔다.

생각해 보니 언론사가 아무리 많은 정보를 다룬다 해도 전 세계 모든 사람의 일을 알 순 없었다.

"분쟁 중인 지역 말이야."

"또 과장해서 썼네."

"아무튼."

"그래. 아무튼."

최지훈이 드물게 화를 내자 배도빈이 웃으며 그의 말에 동조했다.

최지훈이 다시 감상에 빠져 이야기를 이어나갔다.

"계속 답답했잖아. 도요토미라든지 인터플레이도 있었고."

배도빈이 고개를 끄덕였다.

자유와 희망으로 빚어진 세상에 태어났다고 생각한 그는 그것이 착각이었음을 깨달았다.

배도빈과 최지훈을 시기하던 어린 음악가들이 그러했고.

명예와 권력을 위해 음악인으로서의 자긍심마저 팔아치운 도요토미가 그러했다.

자신 외 모든 것을 배척했던 제임스 버만과 그 추종자들.

그뿐만 아니라 유럽 내 심각했던 인종 차별로 배도빈 본인을 포함해 여러 주변인이 상처받았다.

아리엘 얀스와 차채은을 위험한 상황까지 몰고 갔던 일도.

브라움 가문과 왕 부부의 갈등도.

도덕이 결여된 이익 추구와 여러 혐오로 빚어진 갈등은 지독한 계급 사회에 질려 버린 그를 또다시 실망시켰다.

배도빈의 그러한 생각을 최지훈도 공감하고 있었다.

"바뀌지 않을 것 같았는데. 지금 보면 조금씩 변하는 것도 있는 거 같아."

강의에 나선 배도빈 앞에서 눈을 찢던 독일 대학생.

오케스트라 대전에서 동양인이 체코 음악을 표현할 수 없다고 말했던 밀로스 발렌슈타인.

배도빈이 고전을 헤친다던 영국을 중심으로 한 몇몇 음악인.

최지훈은 그들을 생각하면 자신도 모르게 주먹에 힘을 주었지만 적어도 지금에 이르러서는 배도빈을 그런 눈으로 보는 사람은 없었다.

평단과 언론도 어느 한 음악가를 비평할 때 조심하는 경향을 보였다.

최지훈의 말대로 분명 조금씩 변하고 있었다.

"음악. 계속하다 보면 분명 다들 변하지 않을까?"

배도빈이 발을 멈췄다.

음악을 사랑하는, 희망을 잃지 않는 형제는 평소보다 조금 더 잔잔히 웃고 있었다.

"글쎄."

배도빈이 다시 걷기 시작했다.

평생에 걸쳐 희망을 노래했고 두 번째 삶에서도 마찬가지였지만 여전히 세상이 바뀔 수 있다고는 확신하지 못했다.

그러나.

그랜드 심포니를 지휘한 순간 그토록 바랐던 그의 행복이 이미 모두 이뤄졌음을 알 수 있었다.

단원들과 함께했기에 홀로는 이르지 못할 그곳에 닿을 수 있었다.

그들을 포함한 지금의 삶은 그 무엇과도 바꿀 수 없이 소중했다.

그것은 분명 그가 염원하던 환희의 순간이었다.

"그런 날이 어느 시점부터라고 생각했는데 그건 아니더라고."

"응?"

"그냥 문득 그런 생각이 들었어."

순간이 아니라 이미 오래전부터, 어머니와 아버지를 만났던 그때부터 이어진 행복이었다.

함께하는 한 언제까지나.

그랜드 심포니는 그것을 깨닫는 계기였을 뿐이었다.

"춥다. 들어가자."

조금 전만 해도 추운 게 더 좋다고 하던 배도빈의 변덕에 최지훈이 그의 어깨를 툭 밀쳤다.

배도빈도 지지 않고 어깨를 맞부딪치며 응했다.

베를린 그랑프리는 3억 표 이상을 획득한 베를린 필하모닉이 압도적인 격차를 보이며 마무리되었다.

역사상 유례가 없었던 대규모 경연.

초회에 이어 두 번째 대회에서도 우승을 거머쥔 배도빈과 베를린 필하모닉의 위상은 세계를 뒤덮었다고 해도 과언이 아니었다.

발표 후 한 달.

2027년 11월 기준 '그랜드 심포니'는 하나의 플랫폼에서 가장 짧은 기간에 10억 뷰를 돌파.

50억 뷰까지 최단 기록을 수립한 데 이어 한 달이 되는 시점에서는 기어이 100억 뷰를 달성하고야 말았다.

범접할 수 없는 기세는 하늘을 찔렀고 오케스트라 대전 마지막 그랑프리, 서울 그랑프리 역시 베를린 필하모닉의 우승이 당연시되는 분위기였다.

그러나 언론과 팬들의 예상과 달리 서울 그랑프리에 임하는 각 악단의 자세는 그 어느 때보다도 간절했다.

순위에 얽매이지 않고 그들이 할 수 있는 한 최선의 연주를 펼쳤고 팬들도 그에 감응하여 음악을 즐겼다.

배도빈이 과장이라고 나무랐던 타임즈의 기사가 사실임이 증명되듯.

서울 그랑프리가 개최된 나흘간 전 세계 6,000만 명이 'NO blame, Stop flame'이라는 구호를 내걸고 서로를 향한 힐난과 비방, 혐오를 멈추고 음악을 즐기자는 운동을 펼쳤다.

"저렇게 멋진 공연을 두고 싸우는 게 바보 같잖아요."

-손 애슈모어(캐나다, 31세)

"바보 같은 동생과 말싸움할 바에는 그랜드 심포니를 듣는 게 낫죠."

-이본 넬슨(가나, 14세)

"전 채식주의자예요. 고기 먹는 사람들을 경멸했죠. 그런데 이젠 별로 상관없어요. 배도빈도 고기를 먹는걸요."

-마이클 샌델(미국, 25세)

"대표님이 서울 그랑프리 도중에는 5시에 퇴근하라 했거든요. 가족과 함께할 시간이 생겼죠."

-김준영(한국, 44세)

그러한 현상을 두고 라이든샤프트의 시대가 왔음을 주장했던 음악사 최고 권위자 게르트 카리우스는 '위대한 음악가들이 그 어떤 지도자도 해내지 못한 기적을 일으켰다'고 평했다.

12월 11일 토요일.

세계 클래식 음악 협회 본부가 있는 폴란드 바르샤바는 활기와 희망으로 가득했다.

2027 OOTY 오케스트라 대전 시상식과 함께 우승 트로피를 거머쥔 베를린 필하모닉의 앙코르 공연이 예정되어 세계 각지의 음악인들이 바르샤바를 찾은 탓이었다.

언론도 그 광경을 조금이라도 더 담기 위해 발 빠르게 움직였다.

"으아으어아."

머리도 제대로 말리지 못한 채 호텔을 나선 차채은이 차디찬 바람에 몸을 떨었다.

한이슬이 그녀를 타박했다.

"뭐 하느라 머리도 안 말리고 나왔어! 전화도 안 받고!"

"히. 미안."

두 사람이 대기해 둔 차량에 급히 올라탔다.

리무진이 시상식이 개최될 바르샤바 국립 필하모닉홀로 출발하자 차채은은 겨우 숨을 돌리며 머리카락을 쓸었다.

"헐. 언니, 이거 봐. 머리 그새 얼었어."

"그러니까 일찍 자라 했잖아. 감기 걸리면 어쩌려고. 뭐 하다 늦게 잤어?"

"죄송합니다."

"뻔하지. 네 남친 잘난 거 아니까 있는 티 좀 그만 내."

"사귀는 거 아니라니까?"

"그럼 뭐 했는데?"

"그냥 얘기하다 보니까."

"누구랑?"

"……."

한이슬이 고개를 절레절레 저었다.

"진짜 아니라니까. 지훈 오빠 나 그렇게 생각 안 해."

한이슬이 피식 웃고 말았다.

"왜 그렇게 생각하는데?"

"그냥. 어렸을 때랑 똑같으니까. 음악 이야기밖에 안 해."

한이슬이 또 고개를 저었다. 차채은은 그녀가 자신을 어린 애로 취급하는 듯해 괜히 오기가 생겼다.

"마음이 있으면 티가 날 거 아니야. 나도 알 거 다 알아."

"오구구. 그랬어?"

"언니!"

"채은아, 이 언니 말 믿어. 최지훈 걔 너 좋아해."

차채은은 한이슬이야말로 아무것도 모른다고 생각했다.

벗어둔 양말 가지고 놀리고 친구 만나듯 아무렇게나 불쑥 불쑥 찾아오는 모습만 봐도 그럴 일은 없었다.

워낙 어렸을 적부터 함께했던지라 서로가 너무나 편할 뿐.

로맨틱한 일은 조금도 없었다.

"좋아한다고 말해야 좋아하는 거니? 뭐, 분위기 있는 곳에 서 데이트해야 마음 생겨?"

차채은이 눈을 깜빡였다.

"그런 건 확인일 뿐이야. 이미 마음이 생긴 뒤의 일이라고."

한이슬이 자신의 말에 만족하며 고개를 끄덕였다.

"그렇게 잘 알면서 왜 아무도 안 만나?"

"쯧쯧. 연애가 다가 아니란다. 가고 싶은 데 가고 하고 싶은 일 마음껏 하며 사는 게 어디 쉬운 줄 아니?"

"그래도 아직 편집장님 좋아하지?"

"야!"

한이슬이 소리를 치자 차채은이 웃으며 그녀에게 달라붙어 애교를 부렸다.

♪

바르샤바 국립 필하모닉홀에 음악인들이 모이기 시작했다.

"빌헬름, 자네도 왔구만."

마리 얀스가 푸르트벵글러에게 다가와 인사를 건넸다.

"얼굴이 폈네. 그렇게 기쁜가?"

"흐하하하하! 아무렴. 도빈이 녀석이 어떤 곡을 만들었는지 자네도 들었잖나."

푸르트벵글러의 호탕한 웃음소리가 회장에 퍼졌다.

거슬리는 목소리를 들은 아르투로 토스카니니가 고개를 돌렸고 이내 빌헬름 푸르트벵글러를 확인하더니 인상을 찌푸렸다.

그가 두 사람에게 다가갔다.

"은퇴한 인간이 여긴 뭐 하러 와서 요란을 떨어?"

토스카니니의 신경질적인 목소리에 푸르트벵글러가 고개를 돌렸다.

마리 얀스가 나섰다.

"은퇴라니. 빌헬름 자네 얼마 전에도 공연하지 않았나?"

"아주 멋진 브람스였지."

"아, 그랬나? 오케스트라 대전에도 나오지 않아 죽었거나 은퇴한 줄 알았지."

토스카니니의 빈정거림에 마리 얀스가 난감해했다.

많은 음악가가 모인 이 자리에서 푸르트벵글러와 토스카니니가 또다시 한바탕 싸움을 벌일 것 같았다.

그러나 푸르트벵글러의 목소리는 여전히 밝았다.

"그도 그럴 수밖에 9등! 9등이나 하신 로테르담의 토스카니니 아니신가! 다른 악단 일까지 신경 쓸 여력이 없었겠지."

"······뭐라?"

"9등! 9등이나 하신 분이 말도 걸어주고 이거 영광이야. 하하하!"

"이 노친네가 노망이 났나."

"으음으음. 그럴 리가. 무려 9등씩이나 한 분이 인사를 해주니 내 기뻐서 그런 것이야. 하하하하!"

"참가도 하지 않은 주제에 날 능멸하는 것이냐."

"아아. 오해하고 있구만. 그런 뜻이 아니니 너무 성내지 말게, 9등."

"이 작자가! 그 9등이란 말 집어치우지 못해!"

"뭐라? 작자?"

빌헬름 푸르트벵글러와 아르투로 토스카니니의 언성이 높아지기 시작했고 브루노 발터가 나서서 두 사람을 중재했다.

"그만들 하게! 부끄럽지도 않은가!"

"부끄럽긴! 부끄러운 건 9등 한 저놈이 부끄럽겠지!"

"참가조차 못 한 인간이 입만 살아가지고!"

"내가 참가했으면 넌 10등이었어!"

"뭐야!"

말다툼이 더욱 격해졌고 사카모토 료이치는 껄껄 웃으며 배도빈에게 다가갔다.

"말리는 게 좋지 않겠나?"

"저런 사람 몰라요."

배도빈이 애써 고개를 돌렸다.

악장단과 다른 단원들도 민망해하며 슬금슬금 자리를 피했고 그것은 아르투로 토스카니니의 로테르담 필하모닉도 마찬가지였다.

"참, 그 소식 정말이에요?"

배도빈이 마침 사카모토 료이치가 빈 필하모닉을 떠난다는 이야기를 떠올렸다.

사카모토는 고개를 끄덕이며 웃었다.

"처음부터 올해까지만 하기로 했었네. 빈 필하모닉도 이제

자기 모습을 찾아야지."

"전보다 사카모토가 지휘할 때가 더 좋았어요."

"껄껄. 그리 말해주니 기쁘네만 그들이 오랜 시간 추구해 온 정체성을 건들고 싶지 않네."

아주 오래전 그가 빈 필하모닉을 떠났을 때도 같은 이유였다.

지금도 반복되는 일이라 배도빈은 사카모토가 왜 굳이 같은 일을 반복했는지 알 수 없었다.

"전에도 그랬잖아요. 그럼 왜 다시 들어갔던 거예요?"

"자네 때문이지."

배도빈이 고개를 갸웃하자 사카모토가 껄껄 웃었다.

"첫 오케스트라 대전 때 다들 최선을 다하는 것을 보고 뜨거워져서 말이지. 언제 또 기회가 있을지도 모르고."

그는 배도빈은 눈웃음을 지으며 배도빈과 눈을 맞췄다.

"고맙게도 빈이 내 욕심을 받아줬을 뿐이지. 이제 각자의 길로 돌아갈 때라네."

배도빈이 고개를 끄덕이며 손을 내밀었다.

"고생했어요."

"껄껄. 암. 이 나이에 지휘하는 게 쉽지가 않아. 저렇게 힘이 넘치는 빌과 아르투로가 부럽기도 하네. 껄껄껄."

배도빈이 슬쩍 시선을 돌렸다. 푸르트벵글러와 토스카니니는 여전히 다투고 있었다.

"출전도 하지 않은 놈이 그런 말을 할 자격이나 있느냐!"

"도빈이가 우승해 주는데 왜 나가?"

"이, 이, 네가 그러고도 지휘자라 할 수 있더냐! 폭군이라던 놈은 어디 가고 치매 걸린 노인네만 남았구나!"

"발터, 자네도 들었지? 우리 애들이 뭘 연주했는지."

"말 돌리지 마!"

푸르트벵글러는 그저 기쁠 뿐이었다.

자신의 베를린 필하모닉과 제자 배도빈이 연주한 그랜드 심포니는 그야말로 그가 바랐던 새 시대의 음악이었다.

여전히 그와 경쟁하고 싶은 아르투로 토스카니니가 아무리 탓해도 귀에 들어오지 않았다.

"껄껄. 자네가 어지간히 자랑스러운 모양일세."

"좋아해 주는 건 좋은데 만족해서 은퇴하려니까 문제죠. 알아보니까 종신 계약은 불법이라 해서 고민 중이에요."

"……"

사카모토 료이치는 배도빈이 진심으로 빌헬름 푸르트벵글러를 잡아두려 했음에 짐짓 놀랐다.

전부터 그를 놔주지 않겠다고 말했지만 관용적인 표현으로 여겼을 뿐 현실적인 방법을 찾고 있을 줄은 꿈에도 몰랐다.

잠시 후.

식이 시작되었다.

2027 OOTY 오케스트라 대전의 하이라이트를 모아둔 영상물이 중앙 스크린에 비쳤다.

방송을 통해 시상식을 접한 네티즌들은 기념 영상을 통해 2027년 한해를 돌아볼 수 있었다.

　ㄴ크 진짜 대박이었지.

　ㄴ런던 그랑프리 1, 2차전이 진짜 꿀잼이었는데.

　ㄴ난 시카고 그랑프리. 지메르만이랑 가우왕·최지훈, 엘리자베타 스토리가 재밌었음.

　ㄴ베를린 그랑프리가 최고 아님?

　ㄴㅇㅈ 그랜드 심포니 하드캐리

　ㄴ내 수능 오케스트라 대전이 망침.

　ㄴ응 아니야~

　ㄴ클래식 음악 시장이 이렇게 커질 수 있나 신기함. 월드컵보다 많이 봤잖아.

　ㄴ배도빈 덕분이지.

　ㄴ배도빈이 큰 역할을 한 것도 맞고 시작도 배도빈이 했다고 볼 수 있지만 본인은 그렇지 않다고 계속 말해왔음.

　ㄴ갓갓갓

　ㄴ갓갓갓이 뭐야?

　ㄴ갓도빈으로 부르는 것도 부족해서 갓갓빈으로 불리다가 하다하

다 갓갓갓이라고 하는 듯.

└ㅁㅊㅋㅋㅋㅋㅋㅋ

└배도빈도 배도빈이지만 진짜 다른 음악가들도 대단함. 90년대 클래식 생각하면 진짜 많이 달라졌음.

└좀 가까워졌다고 해야 하나. 이젠 클래식 듣는 게 거부감이 없어짐.

└그게 큰 듯.

└클래식이 원래 먼 문화가 아니었음. 연극, 뮤지컬, 오페라, 영화, 게임, 애니메이션, CF 거의 모든 문화와 함께하고 있었는데 몰랐을 뿐임.

└맞아. 영화나 CF에서 많이 듣던 노래 많더라.

└노래 ㄴㄴ 곡 ㅇㅇ

└아, 배도빈 트로피 받는다.

└ㅠㅠ도빈이 진짜 잘 컸다ㅠㅠ

└와 진짜 꼬맹이었는데 다른 사람이랑 같이 서 있는 거 보니까 엄청 컸네?

└웃는 거 봐 ㅠㅠㅠㅠ

└날 가져 ㅠㅠㅠㅠ 나윤희랑 사귀지 말고 나랑 사귀자아ㅠㅠㅠㅠㅠㅠ

└배도빈 삐쩍 말랐을 때보다 지금이 더 나은 듯.

"첫 번째 오케스트라 대전의 영광을 이은 베를린 필하모닉의 배도빈 악단주께 마이크를 넘기도록 하겠습니다."

사회자가 배도빈에게 수상 소감을 요청했다.

그는 마이크 앞에 서서 트로피를 살피고는 입을 열었다.

"당연한 결과네요."

배도빈의 도발적인 발언에 빌헬름 푸르트뱅글러만이 흡족하게 고개를 끄덕였고 단원들은 얼굴을 짚었다.

배도빈은 내빈석을 둘러보다 상트 페테르부르크 필하모닉에게 시선을 두었다.

"시카고였나요. 알렉산드르 혜신과 상트 페테르부르크 필하모닉이 연주한 베트호펜 E플랫 장조 피아노 협주곡은 훌륭했습니다. 정말 멋졌어요, 혜신."

예상치 못한 발언에 알렉산드르 혜신이 두리번거리며 민망히 웃었다.

배도빈이 고개를 돌렸다.

"클리블랜드였죠. 차명운 지휘자와 대한국립교향악단의 말러 2번은 제가 들어본 연주 중에 가장 정교했습니다. 아마 구스타프 말러가 들었다면 앞으로도 대한국립교향악단에 연주를 요청했을 겁니다."

차명운이 빙그레 미소 지었다.

곳곳에서 배도빈의 의도를 알아채곤 환호와 박수를 보냈다.

"클리블랜드에서는 또 대단한 연주가 있었죠. 엘리아후 인손과 체코 필하모닉보다 성숙한 오케스트라는 몇 없을 겁니다. 플루트 활용도 멋졌고요."

엘리아후 인손과 단원들이 밀로스 발렌슈타인을 보았고 그는 부끄러운 듯 얼굴을 붉혔다.

"LA. 모차르트. 제가 아는 한 아리엘 얀스와 로스앤젤레스 필하모닉보다 아마데의 곡을 잘 표현하는 곳은 없습니다. 곡을 만든 본인도 그렇게까지 할 수 있을 거라곤 생각지 못했을 겁니다."

진달래가 객석에서 일어나서 환호했다.

아리엘과 로스앤젤레스 필하모닉뿐만 아니라 많은 사람이 고개를 돌렸으나 진달래는 굴하지 않고 몸을 들썩였고 덕분에 작은 웃음이 번졌다.

"로테르담은 정말 놀라웠습니다. 해체 후 다시 모인 지 2년도 안 된 악단이라고는 믿을 수 없었죠. 로테르담 필하모닉 연주진에 경의를 표합니다. 마에스트로 아르투로 토스카니니의 혹독한 훈련을 잘 소화하셨네요."

"하하하하하!"

배도빈의 농담에 회장에 웃음이 터지고 말았다.

그러나 정작 오케스트라 대전을 준비하느라 지옥 같은 시간을 보냈던 로테르담 필하모닉과 베를린 필하모닉만은 웃지 못했다.

베를린 필하모닉은 로테르담이 아무리 아르투로 토스카니니에게 고생했다 해도 자신들보다 더하진 않았을 거라 생각했다.

"런던 심포니. 마에스트로 브루노 발터의 브람스는 언제 들어도 완벽하죠. 푸르트벵글러는 본인이 낫다고 하지만 제 귀에 브람스는 런던 심포니였어요."

"뭐라!"

푸르트벵글러가 벌떡 일어나 고함을 질렀으나 니아 발그레이, 케르바 슈타인, 마누엘 노이어에게 금방 붙잡혀 제압당했다.

브루노 발터는 그 모습을 보며 매우 흡족해했다.

"런던 필하모닉. 짜증 나는 사람이지만 적어도 베트호펜 D장조 바이올린 협주곡만큼은 훌륭했어요. 런던 필하모닉이 정체성을 찾은 것 같아 다행입니다. 레몽 도네크가 있는 한 런던 필하모닉은 더욱 발전하겠죠."

배도빈의 발언에 주변이 깜짝 놀랐다.

비록 부드러운 말투는 아니었지만 그간 앙숙으로 지냈던 레몽 도네크에게 할 말은 아니었다.

오케스트라 대전 부진으로 레몽 도네크가 런던 필하모닉을 떠날 수도 있다는 기사가 난 지 1년도 안 되었기에.

배도빈의 말은 마치 레몽 도네크를 지지하는 것처럼 들렸다.

배도빈은 마리 얀스와 제르바 루빈스타인, 프란츠 미스트와 그들의 오케스트라도 언급했다.

칭찬 일색이었다.

남은 곳은 종합 준우승을 한 빈 필하모닉이었다.

"그리고 빈 필하모닉. 저는 어렸을 적부터 사카모토 료이치와 함께했지만 빈에 있을 때만큼 열정적인 그를 보지 못했습니다. 무슨 말이 더 필요할까요. 사카모토와 함께한 빈 필하모닉은 최고였고 빈 필과 함께한 사카모토는 정말로 즐거워 보였습니다. 제가 아는 악단 중 가장 매력적인 곳이 이제 또 변화를 맞이하는 듯해 아쉬울 뿐입니다."

카메라가 사카모토와 빈 필하모닉을 잡았다.

눈시울이 붉었다.

그들은 손과 어깨를 붙잡고 서로를 위로했다.

"그리고."

배도빈이 주변을 둘러보고 다시 입을 열었다.

"이 대단한 음악가 중에 우리 베를린 필하모닉이 최고였단 뜻이네요."

"그렇지!"

마누엘 노이어와 진 마르코, 피셔 디스카우가 주먹을 높게 들며 호응했다.

최지훈도 웃으며 호응했다.

배도빈의 뻔뻔하고 능청스러운 말에 감동했던 회장에 웃음이 흘렀다.

"그러나 이 트로피가 중요하진 않습니다. 저도 여러분도 그리고 오케스트라 대전을 지켜보신 팬 여러분도 1년간 즐거웠으니까요. 정말 행복했습니다. 지고 싶지 않아 더 열심히 한 면도 없지 않아 있고요. 그들이 없었다면 생각 못 했을 아이디어도 있었습니다. 저와 베를린 그리고 참가 악단 모두가 노력하지 않았다면 오케스트라 대전은 없었을 겁니다."

그는 숨을 고르고 이야기를 마무리 지었다.

"앞으로도 노래하죠. 오늘의 환희가 넘치는 노래를."[1]

박수 소리가 번져나갔다.

천천히 움직이기 시작했던 손이 더 빨리, 더 큰 소리를 내며 회장 전체가 박수 소리로 가득해졌다.

길게 이어진 열렬한 지지 뒤에 배도빈이 트로피를 들어 올렸다.

"빈! 빈! 빈! 빈!"

"빈! 빈! 빈! 빈!"

회장이 떠나갈 듯.

그를 부르는 소리는 꺼질 줄 몰랐다.

2027년 12월 25일.

토요일 오후 9시.

. . . .

1) 베토벤 9번 교향곡 '합창' 中, Sondern laßt uns angenehmere anstimmen, und freudenvollere (우리 보다 기쁜 노래를 부르세. 환희가 넘치는 노래를).

JH시네마의 한 채널에 1,000만 명이 몰리는 기현상이 벌어졌다.

　성탄절을 맞이해 배도빈이 출연한다고 알려진 너만 모름의 특집 쇼, 〈The B〉를 시청하기 위함이었다.

　실명 이후 외부 활동을 최소화한 데다 2027년 역시 오케스트라 대전 이외에는 빌헬름 푸르트벵글러와 케르바 슈타인, 헨리 빈프스키가 대신했으니.

　팬들은 오케스트라 대전 2회 연속 우승의 대업을 기록한 배도빈이 현재 어떤 기분인지, 눈은 정말 다 나았는지, 나윤희와의 관계는 사실인지 조금이라도 빨리 알고 싶었다.

　다른 프로그램이었다면 그런 기대도 걸 수 없었을 테지만, 눈치 없고 뻔뻔하게 질문하기로 유명한 우진이 진행자로 있는 '너만 모름'이었기에 많은 의문을 풀 수 있을 거라 여겼다.

　그리고 마침내 '너만 모름'의 인트로 영상이 시작되었다.

　"안녕하십니까. 너만 모름의 우진입니다. 오늘은 특별히 JH를 통해서도 생중계되고 있는데, 맙소사. 시청자 수에 오류가 난 건 아닐까 싶네요."

　우진이 너스레를 떨었다.

　채팅창에 헛소리하지 말고 배도빈이나 불러내라는 이야기가 솟구친 탓에 담당 PD가 신경질적으로 팔을 휘저었다.

　우진은 어깨를 으쓱인 뒤 진행을 이어나갔다.

"오늘 모실 게스트는! 다들 잘 알고 계시겠죠? 정말 엄청난 분이 찾아와 주셨습니다. 베를린 필하모닉의 악단주, 마에스트로 배입니다!"

우진을 잡고 있던 카메라가 이동했고 곧 배도빈이 스포트라이트를 받으며 세트장에 나섰다.

당당히 걸어 나온 그는 우진과 악수를 나누고 소파에 앉았다.

카메라를 향해서도 인사했는데 그 무뚝뚝한 행동이 팬들에게는 얼마나 기쁘고 반가운지 그로서는 알 수 없었다.

우진이 배도빈을 소개하기 시작했다.

"오케스트라 대전 1회 우승, 2회 우승. 최연소 그래미 어워즈 본상 수상자. 누적 8회 수상. 최연소 그로마이어 작곡상 누적 4회. 이 기록은 최초이자 유일하죠. 에른스트 폰 지멘스 음악상 2회 수상. 북미 평론가 협회 올해의 음악가 9회 선정. 타임즈 선정 21세기 최고의 지휘자. 그래모폰 선정 4년 연속 최고의 피아니스트. 1878년 이후 가장 많은 음반을 판매한 음악가, 유네스코 모차르트 메달, 독일 대공로십자성장과 특별대십자장, 대한민국 금관문화훈장! 끝이냐고요? 아직 쇼팽 콩쿠르 우승조차 언급하지 못했습니다. 이제 겨우 4페이지 중에 한 페이지를 읽었을 뿐이에요. 정말, 믿을 수 없는, 이 시대, 아니, 역사상 가장 위대한 음악가! 냈다 하면 밀리언 셀러는 기본! 누계 7억 장을 판매한 그 사람!"

우진이 잔뜩 흥분하여 과장되게 설명을 이어나가다가 고개를 획 하고 돌렸다.

"반갑습니다, 배도빈 씨."

잔뜩 과장된 어조와 행동에 배도빈이 슬쩍 거리를 두었지만 프로 진행자 우진은 굴하지 않았다.

잔뜩 끌어올린 분위기를 잇고자 질문을 시작했다.

"우선 오케스트라 대전 우승을 축하드립니다. 정말 대단한 페이스였죠?"

"대단했죠."

배도빈이 가볍게 고개를 끄덕이며 긍정했다.

"오케스트라 대전. 두 번 연속 우승하셨는데, 이번에는 규모가 훨씬 더 컸습니다. 몇몇 전문가는 오케스트라 대전으로 인한 경제 효과가 500억 달러에 이른다고 주장하는데, 이 정도면 우승한 베를린 필하모닉도 그 효과를 톡톡히 누렸겠네요. 실제로는 어떤가요?"

ㄴ시작부터 돈 얘기ㅋㅋㅋㅋ

ㄴ도른자답다.

ㄴ각도도 안 재고 얼마 벌었냐고 묻넼ㅋㅋㅋㅋ

배도빈이 잠시 인상을 쓰더니 입을 열었다.

"다음 달에 올해 실적 발표가 있을 테니 참고하시죠."

"……."

프로 진행자 우진이 처음으로 말문이 막혔다.

ㄴ당황했죠? 당황했죠?

ㄴ그래 어차피 공개될 거 뭐 하러 물어봤ㅋㅋㅋㅋ

ㄴ잘도 말해주겠닼ㅋㅋㅋ

시청자들이 채팅창을 웃음으로 도배했고 우진의 당황한 표정을 본 배도빈이 소파에 등을 기댔다.

"올해 매출액은 대략 87억 유로 정도로 추산하고 있습니다."

배도빈의 말에 우진도 촬영진도 시청자들마저 두 눈을 동그랗게 떴다.

87억 유로. 한화 11조 4,000억 원에 해당하는 거금이었다.

베를린 필하모닉이 음악교육원 설립 등 여러 사업을 펼치고 있다고는 하지만 업종 특성상 순이익이 높을 수밖에 없었다.

유통 대부분을 베를린 필하모닉의 자회사에서 직접 관리하고 있으며, 녹음 및 설비 역시 자체적으로 처리하는 베를린 필하모닉은 그중에서도 수익에 누수가 없었다.

콘서트홀과 크루즈 유지 비용, 인건비와 기타 부대비용을 제외하고는 매출액 대부분이 수익으로 들어오는 구조였기에

87억 유로라는 액수에 놀라지 않을 수 없었다.

ㄴㅁㅊ;;;

ㄴ차를 파는 곳도 아니고 건설사도 아니고 그냥 음악 하는 곳 어떻게 해야 매출액이 11조가 나오짐ㅋㅋㅋㅋㅋ

ㄴ작년 대비 서너 배가 뛰네;;

ㄴ오케스트라 대전 뭐냐ㅋㅋㅋㅋ

ㄴ오케스트라 대전으로 진짜 뽕 오지게 뽑음. 더군다나 오케스트라 대전 도시 운행으로 크루즈도 알차게 뽑아먹었고.

ㄴ저 정도면 얼마나 번 거냐 대체?

ㄴ2026년에 베필 매출 대비 순이익이 54퍼센트였음.

ㄴ??????

ㄴ경제 공부했으면 저게 개소리라는 건 누구나 다 안다. 어떻게 매출액의 54퍼센트가 순이익이 될 수 있어, 미친놈아.

ㄴ가능할지도 모름. 경제 성장률 떨어지니까 독일이 2020년부터 법인세 인하해서 기업 살리기 시도했었음. 최고 세율을 25% 수준까지 떨어뜨렸으니 개꿀이지.

ㄴ그럼 법인세로 매출액의 25% 날아갔다 치고 나머지 21%만으로 사업을 했다고? 아무리 자체 생산, 공급이라고 하지만 베를린은 뭐 빚도 없냐?

ㄴㅇㅇ. 1유로도 없음.

ㄴ말이 되는 소릴 해. 적어도 부동산이라도 대출이 껴 있어야지.

ㄴ없음. 진짜임. 니가 찾아봐.

ㄴ난 베를린 매출액보다 배도빈 자산이 더 궁금하다. 애초에 베를린 필하모닉이 배도빈 소유 아니야. 거기다 따로 저작권 수입도 들어올 테고 도빈 재단이랑 샛별 엔터테인먼트도 있는데.

"와우."

말문이 막혔던 우진이 마침내 입을 열었다. 감탄사 외에 무엇을 말해야 좋을지 몰랐다.

"정말 대단하네요. 놀랍습니다. 그러니 직원들도 잘 챙겨주시겠죠. 이틀 전에 오케스트라 대전 상금을 분할해 주셨단 기사가 났습니다. 총상금이…… 4억 5,000만 달러. 정말 이 돈을 전부 분할 지급하신 건가요?"

"아뇨. 그중 2억 달러를 나누었습니다. 개인마다 조금의 차이도 있었고요."

세금과 오케스트라 대전 참가를 위한 비용 그리고 악단 자산으로 2억 5,000만 달러를 제외한 나머지 금액은 배도빈의 지시로 모든 직원에게 분할 지급되었다.

직급과 직책에 따라 금액의 차이는 있었지만 개인당 최소 20만 달러가 지급되었으니 베를린 필하모닉은 그야말로 축제 분위기였다.

"많은 음악인이 베를린 필하모닉에 입단하고 싶은 이유를 알겠네요."

"지금 연주진과 직원들은 최고 수준으로 대우받을 자격이 있죠."

우진이 고개를 끄덕였다.

"그러면 오케스트라 대전 이야기를 계속해 보죠. 많은 일이 있었지만 가우왕 부감독과 최지훈 피아니스트의 연주는 정말 충격적이었습니다."

"두 사람이었기에 가능했죠."

"그만한 기량을 지닌 피아니스트는 드무니까요."

"네. 그런 이유도 있지만 사실 가장 큰 이유는 두 사람이 서로를 너무나 잘 이해한 덕이죠."

우진은 배도빈이 이야기를 이어나갈 수 있도록 고개를 끄덕이며 호응했다.

"제가 가우왕이란 이름을 처음 들었던 것도 지훈이를 통해서였습니다. 어렸을 적부터 우상으로 삼았던 사람이니 당연한 일이죠."

"최지훈 씨의 우상이 가우왕 씨란 말씀이시군요."

"네. 반대로 가우왕도 지훈이를 의식해 왔습니다. 아마 첫 번째 오케스트라 대전이었을 거예요."

"그때는 최가 베를린 필하모닉과 협연했죠."

"네. 가우왕이 자기 안 불렀다고 삐졌던 모양이에요. 얼마나 잘하는지 두고 보다가 지훈이 연주를 듣고 별말 않더라고요."

"하하. 그런 일이 있었군요. 어릴 적 우상의 자리를 빼앗은 최와 빼앗긴 입장의 왕. 어찌 보면 최고의 라이벌이자 동료가 될 수밖에 없었네요."

배도빈은 매일 점심마다 경합을 벌이는 두 사람의 전적이 벌써 400전을 넘겼다고 언급했다.

"400전이라면 출근하는 날은 무조건 했다고 보는 게 맞네요."

배도빈이 고개를 끄덕였다.

"전적이 궁금할 수밖에 없는데. 어떻습니까?"

채팅창에서 우진을 칭찬하는 글이 몇몇 올라왔다.

배도빈은 잠시 고민하는 듯하더니 입을 열었다.

"가우왕이 220승 정도 했을 거예요. 정확하진 않지만."

"생각보다 크게 차이 나지 않네요."

"네. 곧 따라잡힐 것 같아요."

"하하. 가우왕 씨가 방송을 보고 있으면 가만있지 않겠습니다."

"사실이니까요."

이미 배도빈의 핸드폰으로 가우왕의 전화와 메시지가 쏟아졌지만 소리를 꺼두었기에 배도빈으로서는 알 수 없었다.

"다음은 역시 빼놓을 수 없죠. 오케스트라 대전의 또 한 명의 주인공. 산타 웨인에 대해 많은 분이 궁금해하십니다. 그는 지금 어떻게 지내고 있나요?"

"수습 단원으로 단원들과 함께 생활하고 있습니다. 연습도 충실히 따라오고 있고 피셔 수석에게 개인적으로 지도도 받고 있죠."

"타마키 히로시 피협의 감동이 잊히질 않는데, 웨인 씨가 다시 무대에 설 수 있을까요?"

"네. 분명히."

"어떻게 그렇게 확신하시나요?"

"산타의 박자 감각은 악단 내부에서도 드물 정도로 정확합니다. 기억력도 훌륭하고 무엇보다 음악을 정말 사랑하죠."

"음악을 사랑한다."

"네. 산타에게는 여러 재능이 있지만 음악을 진심으로 사랑하는 게 가장 큰 무기죠. 피셔에게도 산타가 흥미를 잃지 않고 즐겁게 지낼 수 있도록 도와달라 주문했습니다."

배도빈의 교수법은 항상 하나의 목적을 우선시했다.

기교를 반복 숙달하는 것보다 음악을 즐길 수 있는 환경을 만드는 것.

사랑하는 만큼 갈구하고.

사랑하는 만큼 간절해지니 음악을 사랑하는 것이야말로 그 어떤 재능보다 중요했다.

"사실 자주 듣고 하는 말 같습니다. 천재는 노력하는 자를 이길 수 없고 노력하는 자는 즐기는 자를 이길 수 없다는 말도 있으니까요. 하지만 정말인지에 대해서는 의문이 있는데, 마에스트로는 왜 그렇게 생각하십니까?"

배도빈이 슬며시 웃었다.

우진이 고개를 갸웃했다.

"아뇨. 오랜만에 질문다운 질문을 하신 것 같아서요."

방청객과 시청자들이 민망해하는 우진을 보며 웃었다.

분위기가 진정되고 배도빈이 슬며시 운을 띄웠다.

"누구나 벽을 마주할 때가 옵니다. 그 어떤 사람이라도요."

"배도빈 씨도 그렇습니까?"

"네. 예외는 없습니다. 재능을 갖춘 사람이라면 벽을 만나는 시간이 좀 늦을 뿐이죠. 없는 사람은 좀 더 자주 맞이할 테고."

"네."

"그럴 때 그 벽을 넘어설 수 있는 원동력은 사랑뿐입니다. 재능과 노력만으로 넘기에 벽은 너무 높고 두껍거든요. 지금 생각하니 사랑이라는 단어만으로는 모호하네요. 흥미, 집착, 갈증 여러 말을 함께 써야 할 것 같습니다. 또는 그 비슷한 감정을 포함해서요."

"아."

"그래서 그 마음이 가장 중요합니다. 적어도 제 경험으로는 그런 인간이 계속 달리더라고요."

우진이 고개를 끄덕였다.

"마에스트로도 음악을 사랑하시니 시력을 잃었던 상황에서도 그랜드 심포니란 걸작을 완성할 수 있었던 거군요."

"네. 단원들이 잘 도와줬죠."

"20개월이나 준비했다고 들었습니다. 상식적으로 아무리 신곡이라 해도 베를린 필하모닉이 하나의 곡을 소화하는 데 20개월이나 걸렸다는 게 의아한데요. 그 과정은 어땠나요?"

"힘들었죠."

배도빈의 대답에 우진과 시청자 모두 놀랐다.

지금껏 여러 기적을 일으키고 음악 역사상 가장 위대한 천재로 꼽히는 그가 힘들었단 말을 꺼내니 어색하기 짝이 없었다.

"당시에는 할 수 없는 말이었지만 포기할까도 생각했습니다. 몇 번이고요. 단원들도 저도 지칠 대로 지쳤으니까."

"그럼⋯⋯."

"그래도 해야만 했습니다. 사명감도 아니고 누가 시킨 것도 아니죠. 그저 조금씩이라도 채워지는 그 감정 때문에 할 수밖에 없었습니다. 조금 전에 이야기했던 마음이었죠."

배도빈은 20개월간 어떤 일이 있었는지 덤덤하게 풀어냈다.

피아노의 속주를 따라가기 위해 무리하게 연습한 목관악기 연주자들이 안면 근육 마비와 심한 피부염을 앓은 점.

첼로 독주를 위해 말 그대로 손끝이 터지길 반복했던 왕소소.

2악장의 불규칙하게 변화하는 박자를 잡기 위해 깨어 있는 시간 대부분을 악보와 씨름했던 타악기 주자들.

그리고 244개의 악기를 동시에 들으면서 교정을 진행해야만 했던 고충.

우진과 시청자들은 배도빈과 베를린 필하모닉이 그랜드 심포니를 어떻게 준비했는지 들으면서 과연 그들이 우승할 수밖에 없었다고 생각하기 시작했다.

"그렇게 힘들게 준비하신 그랜드 심포니. 발표된 지 2달이 되었는데 누적 조회 수가 벌써 110억 뷰를 기록했습니다."

"기왕이면 전 세계 모든 사람이 들어주시면 좋겠네요."

"한 번 듣고 두 번 안 들을 수 없으니 그렇게 되면 200억 뷰는 문제도 아니겠네요."

배도빈이 만족스럽게 고개를 끄덕였다.

"그런데 상당히 독특한 구조의 교향곡이었습니다. 베를린 필하모닉에 의한 광시곡이란 부제도 달렸는데 이건 어떤 뜻인가요?"

"말 그대로입니다. 기존의 형식에 구애받지 않으면서 각 악기의 매력을 최대한 살리고자 했습니다. 베를린 필하모닉을 생각하며 자유 형식으로 썼으니, 그들에 의한 광시곡이죠."

"기존의 형식이라. 사실 그동안 정말 다양한 방식의 음악을 들려주셨는데, 혹시 새로운 걸 해야 한다는 압박감 같은 것도 느끼십니까?"

배도빈이 고개를 저었다.

"형식을 반드시 깨야 하는 법은 없습니다. 형식과 내용을 갖추었을 때 느낄 수 있는 감동도 분명하죠. 음악가가 지양해야 하는 건 매번 새로운 음악을 해야 하는 게 아니라 감동이 없는, 미학이 없는 연주입니다."

"감동과 미학이 없는 음악이요."

"네. 음악은 아름다워야 합니다. 그것이 형식에서 찾아오든, 변주에서 오든 아니면 혼란 속에서 오든 중요하지 않습니다. 그러기 위해 깨지 못할 규칙이란 없습니다."

"마에스트로의 말씀대로라면 형식을 반드시 깨야 하는 것조차 규칙으로 생각할 수도 있겠네요. 아름다우면 뭐든 좋다고 생각하면 될까요?"

"그렇습니다."

배도빈이 깍지를 끼우며 답했다.

ㄴ난 도빈이 저렇게 확고한 게 좋더라.

ㄴ〈The Dobean〉에서 카레랑 주스만 먹는 거 보고 어디 뭐 하나 천재면 역시 똘아이라고 생각했는데 오늘 인터뷰 보니까 속이 깊네.

ㄴ그거 각색이라니까 자꾸 사람들이 진짜로 믿네. 도빈이가 오해라고 했잖아.

"역시 이렇게 확고한 신념이 있으니 음악에도 색이 분명한 것 같습니다. 그러면 이제 또 많은 분이 궁금해하시는 이야기를 꺼내 볼까 하는데요."

우진이 드물게도 조심스럽게 물었다.

"시력을 되찾은 지 두 달 정도 흘렀습니다. 의료진은 재발 가능성을 어떻게 보고 있습니까?"

배도빈이 고개를 끄덕였다.

여러 일이 겹치며 팬들에게 제대로 설명할 기회가 없었고 그들이 계속 걱정하는 것도 알았기에 적당한 때로 여겼다.

"여러 번 검사를 받았지만 시력을 잃기 전과 차이를 발견하진 못했습니다. 완전히 나았다고 확신할 순 없는 상황으로 보고 있습니다."

"……그렇다면."

"그렇다고."

배도빈이 우진의 말을 끊었다.

"그렇다고 해서 또 시력을 잃는다는 것도 아닙니다. 지금 제가 할 수 있는 일은 최대한 신경을 덜 쓰고 피로가 쌓이지 않게 하는 거죠."

배도빈의 말에 우진과 시청자들의 마음이 무거워졌다.

"그렇게 지내다 보면 도진이가 낫게 해줄 테니 걱정하지 않습니다."

동생이 자신을 낫게 해줄 거라 말하는 배도빈의 표정은 무덤덤한 평소와 달리 도리어 좋아 보였다.

"우애가 좋네요. 도진 군이 형의 눈을 낫게 해주겠다고 약속한 건가요?"

"네. 분명 그렇게 해줄 겁니다."

배도빈은 배도진이 얼마나 대단한지 물어보지도 않은 말을 늘어놓았다.

생방송을 지켜보던 베를린 필하모닉 단원들은 그 모습에서 배도빈 자랑을 하는 푸르트뱅글러를 찾을 수 있었다.

"저 또한 꼭 그렇게 되길 바랍니다."

대본 카드를 넘긴 우진이 눈을 반짝였다.

"점점 마무리할 시간이 다가오는데요. 이것만은 정말 놓칠 수 없는 질문이죠."

"네."

"여성과는 단 한 번도 없었던 일이죠. 열애설입니다."

열애설이라는 말이 끝나기도 전에 배도빈이 인상을 썼지만 우진은 물러날 생각이 없었다.

"사생활이니만큼 강요할 순 없지만, 물어보지 않으면 제가 맞아 죽거든요."

우진의 너스레에 방청객이 환호로 응원했다.

"얼마 전 그리고 또 어제도 나윤희 악장과 함께 있는 사진이

올라왔습니다. 너무나 잘 어울린다는 이야기가 많은데 어떻게 생각하시나요?"

직접적인 질문이 아니었지만 의도는 노골적이었다.

┗잘한다! 잘한다!

┗안 돼애ㅠㅠㅠㅠ

┗우리 도빈이 못 줘 ㅠ 안 돼 ㅠ

┗사겨라! 사겨라!

┗사귀는 거 맞는 거 같은데.

채팅창이 배도빈과 나윤희의 만남을 반대하는 사람과 응원하는 사람으로 뒤섞여 혼란스러워졌다.

그러나 배도빈으로서는 난감하기 짝이 없었다.

'본인한테도 말 안 했는데 방송에서 하라고?'

가당치도 않은 일이었다.

배도빈이 카메라를 응시했다.

"저는 여러분의 관심을 받고 활동하는 사람입니다. 제 행동이 어떤 영향을 미치는지 알기에 항상 의식하며 살고 있습니다."

배도빈을 아는 사람은 모두 공감하는 이야기였다.

그는 자신의 신념에 철저했지만 한편으로는 아주 사소한 일도 조심했다.

정말 많은 주류 업체에서 그에게 광고 요청을 했지만 사양했고, 그의 곡으로 선거 활동을 하고 싶다던 숱한 정치인들의 요청을 거절했다.

작은 일이었지만 쓰레기 하나, 침 한 번 거리에 버리거나 뱉은 적도 없을 정도로 철저했다.

매해 조 단위의 돈을 벌어들이면서도 음향기기와 악기를 모으는 데 쓸 뿐, 사치라고는 조금도 행하지 않았다.

그 주변에는 유능한 자산관리자가 넘쳐났지만 주식과 투기는커녕 이유 없는 부동산은 매입조차 하지 않았다.

그러나 인간관계는 달랐다.

그것은 그 누구도 침범할 수 없는 개인의 자유와 권리. 누구나 존중받아야 하는 영역이었다.

"음악인으로 살기 위해, 여러분께 음악가 배도빈으로 남기 위해서도 최선을 다했습니다."

몇몇 시청자는 뒤늦게 알려진 오케스트라 대전에 커튼이 생긴 이유를 떠올렸다.

배도빈이 한 번의 무대를 위해 몇 번이나 넘어졌던 일은 진마르코의 인터뷰를 통해 널리 알려져 있었다.

배도빈은 관객이 다른 어떠한 조건에 영향받지 않고 오직 음악만을 편히 감상할 수 있도록 최선을 다했다.

"많은 분이 제 음악보다 배도빈이란 사람 자체를 좋아한다는 것도 알고 있습니다. 하지만 저는 저보다 제 음악을, 베를린 필하모닉을 좋아해 주셨으면 합니다. 유명인 배도빈이 아니라 작곡가, 지휘자 배도빈으로 여겨주셨으면 합니다."

배도빈의 목소리는 평소와 같이 차분했다.

"음악을 통해 저와 교감하는 분들을 위해서라도 유명인사로 여러분 앞에 나서지는 않을 겁니다."

배도빈은 사실 자신의 인간관계에 집착하는 이들이 어떤 마음인지 이해할 수 없었다.

그러나 적어도 그들이 자신이 누구를 만나는지에 따라 실망하고 기뻐하고 혹은 그 누구도 만나지 않길 바란다는 것은 알고 있었다.

괴로웠다.

그렇다고 해서 자신을 속일 수도 없었다.

사랑뿐만이 아니라 음악에도 적용되는 일이었다.

만약 록을 했다면.

가요를 만든다면 그것을 반대하는 사람이 나올 터.

개인이 감당하기에는 너무나 큰 관심과 사랑을 받기 때문이라 선을 그을 필요가 있었다.

감사함을 잊지 않고 적어도 자신을 지키기 위한 경계선을 그을 필요가 있었다.

"제가 말씀드릴 수 있는 건 제게 소중한 사람이 생기고 그 사람도 저와 같을 때. 그리고 함께하기로 했을 때는 숨기지 않겠다는 약속뿐입니다. 아직은 아무것도 말할 수 없습니다."

┗애가 진짜 어른스럽긴 하다.

┗ㅇㅇ. 자기 프라이버시는 지키고 싶다는 말이잖아. 그러면서도 팬들한테 모질게 대할 수 없으니까 적어도 때가 되면 말하겠다는 거고.

┗사실 어느 정도 연애 감정으로 대하는 팬도 있어서 누구 만나면 떨어져 나가기도 할 거임. 제정신 아닌 애들이 어디 한둘이냐. 사진 찢고 협박 편지 보내고 악플 달고.

┗그래서 저런 사람들한테는 괴롭지. 근데 어떡해. 사람 좋아하는 마음까지 감출 순 없잖아.

┗난 무조건 우리 도빈이 편이야ㅠㅠ 도빈이 하고 싶은 거 다 해. 범죄 빼고ㅠㅠㅠㅠ

┗아 어렵다, 어려워.

"배도빈 악단주의 진솔한 답변이었습니다. 그러니까 이제 이런 거 물어보라고 하지 말라고!"

우진이 분위기를 풀기 위해 제작진을 향해 고래고래 소리질렀다.

그리고 마지막 질문을 던졌다.

"그러면 저는 저얼대 하기 싫었던 질문은 이쯤 마무리하고, 특별한 무대를 준비하고 계시다 들었습니다. 베토벤 서거 200주년을 기념한 송년 음악회라고요."

"베트호펜."

"아, 네. 베트호펜."

1827년에 죽은 뒤 벌써 200년이 흐르고 말았다.

자신의 사망일을 기념하는 기분이 묘했으나 단원들과 직원들이 성화를 부린 탓에 어쩔 수 없이 진행하기로 결정된 일이었다.

"사흘간 테마를 가지고 진행할 예정입니다. 첫 번째는 가우왕, 최지훈과 함께 피아노 소나타 연주회를 가질 예정이고."

"마에스트로도 함께하시는 건가요?"

"네."

"이거 배도빈 콩쿠르 때의 아쉬움을 달랠 수 있겠는데요."

배도빈이 씩 하고 웃었다.

"두 번째 날과 세 번째 날은 관현악곡으로 채웠습니다."

"세 번째 날은 역시 합창이겠죠?"

"잘 아시네요."

우진이 웃으며 고개를 돌렸다.

"다음 주 수요일부터죠. 12월 29, 30, 31일 총 사흘간 진행되는 2027 베를린 필하모닉 송년 음악회에도 많은 관심 부탁드립니다. 표는 이미 없겠죠?"

배도빈이 고개를 끄덕였다.

"디지털 콘서트홀의 객석은 여러분의 집이니 걱정하지 않으셔도 됩니다. 오늘 함께해 주신 배도빈 악단주와 시청자 여러분께 감사드립니다. 메리 크리스마스."

♪

촬영을 마치고 나선 배도빈에게 죠엘 웨인이 다가갔다.

"고생하셨어요, 보스."

"죠엘도요. 늦었네요. 산타 기다릴 텐데."

"크리스마스 선물 받아서 제 생각 못 하고 있을걸요?"

"무슨 선물 했어요?"

"북 치는 게임인데 이름이……. 아침에 설치해 주니까 밥도 안 먹고 하려고 해서 혼났어요."

배도빈이 싱긋 웃었다.

차량에 탑승한 배도빈은 핸드폰을 꺼내 펼쳤고 가우왕에게서 온 11통의 부재중 통화건과 5개의 항의 메시지를 무시했다.

그뿐만 아니라 여러 사람에게서 메시지가 와 있었다.

[사진]

[맛있겠지? 슈퍼 슈바인 사장님이 많이 만들어주셨어.]

메시지를 확인하던 배도빈은 나윤희가 보내온 슈퍼 슈바인의 특제 카레 사진을 보곤 슬며시 웃었다.

먹음직스러운 카레와 나윤희의 얼굴 뒤로 진달래와 차채은이 게임을 하고 있었고 최지훈과 아리엘이 트리를 장식했다.

배도진은 프란츠 페터, 알베르트 페터와 함께 보드게임을 하고 있었고 뒤통수만 나온 소소와 료코는 분명 디저트를 먹고 있으리라.

"서두르죠"

배도빈은 등을 기대며 만족스럽게 숨을 내뱉었다.

〈完〉

· 후기 ·

안녕하세요, 우진입니다.

이런 날이 올까 싶었는데 하루하루 한 편씩 쓰다 보니 결국 이르게 되네요.

함께해 주셔서 진심으로 감사합니다.

〈다시 태어난 베토벤〉을 처음 쓴 날짜는 2018년 3월 21일이었습니다. 2020년 1월 31일까지 정말 열심히 했습니다.

솔직히 많이 장한 것 같습니다.

553화라니 세상에.

프롤로그와 그랜드 심포니, 테메스와의 만남만을 정해두고 무작정 시작했던 이야기가 이렇게까지 길어질 줄은 몰랐습니다.

그리고 이렇게 행복한 시간이 될 줄도 몰랐습니다.

사실 여러 병이 겹치고, 세상 처음 경험해 보는 황당하고 어이없는 일, 부조리한 일을 많이 겪은 시기이기도 했지만 〈다시 태어난 베토벤〉을 연재하는 시간만큼 충실하고 또 행복했던 시기가 또 올까 싶습니다.

분명.

노력하다 보면 언젠가는 이 순간의 기분을 또 느낄 수 있을 거라 믿고 싶습니다.

본편 이야기를 하자면!

〈다시 태어난 베토벤〉의 시작에 대해 말씀드리고 싶었습니다.

첫 번째!

테메스의 안배, 여러분은 시스템창이라고 생각하셨던 것에 관한 이야기입니다.

사실 저도 독자 입장이기도 하기에 레벨을 올리고 아이템을 얻고 퀘스트를 진행해 능력치를 올리는 반복 패턴에 꼭 그게 필요한가 하는 의문을 가졌습니다.

그러나 거지였던 제겐 돈이 필요했습니다.

아무리 욕해도 시스템창은 직관적인 면에서 편한 소재였습니다.

또한 '독자가 의심하지 않는 정보'라는 점에서 작가로서 활용하기 정말 편한 도구이기도 했고요. 또 기본적으로 읽기 쉬워야 출발선에 설 수 있었기에 도입했습니다.

나름 제 소신과 시장성 사이에서 타협을 본 거죠. 그래도 멋진 방법으로 해결했다고 생각합니다.

환생한 배도빈이 어떤 상태인지 보여주는 직관성을 갖췄지만, 정작 무시해서 조금도 사용하지 않았죠.

스토리는 오직 그의 의지와 그를 둘러싼 인물들로 진행되었고 결과적으로는 테메스의 도움 없이 일정 수준에 도달할 수 있었습니다.

이 내용은 사실 〈다시 태어난 베토벤〉에서 가장 중요한 큰 이야기 중 하나입니다.

환생이라는 우연을 얻긴 했지만 누군가가 취해야 했던 이득을 빼앗는 방식도 아니고 누군가의 도움으로 이뤄낸 것도 아니고 오직 배도빈은 자신의 힘과 주변 인물들과의 상호작용으로 신과 같은 위치에 설 수 있었습니다.

엄청난 판타지지만 멋지지 않나요?

수없이 많이 배신당했지만 끝내 희망을 놓지 않았던, 인류를 사랑했던 베토벤에게 정말 어울리는 일이라고 생각합니다.

두 번째!

'돈 좋아'입니다.

많은 분께서 베토벤마저 헬적화가 되었다는 글을 남겨주셨는데, 여기까지 봐주신 분들은 알고 계시겠지만 베토벤은 삶의 대부분을 돈 걱정으로 시달렸던 사람입니다.

그는 자신이 음악을 하기 위해 돈이 필요하다는 것을 너무나 절실히 알고 있었고 그것이 아이였을 때의 부족한 어휘와 함께 '돈 좋아'라는 표현으로 나타나게 됩니다만.

몇몇 분께서는 제가 위인을 돈만 밝히는 무개념 주인공으로 격하시켰다고 생각하는 모양입니다.

아닙니다. 진지해요.

위 내용과 함께 어휘가 부족해 생긴 오해와 아직 자신이 '배도빈'이라는 자각이 적었을 때의 실수(집을 사서 나간다든가)도 위대한 악성을 모지리로 만들었다는 말을 들어야 했습니다.

아닙니다. 진지해요!

세 번째!

루트비히 판 베토벤이 채울 수 없었던 것을 주고 싶었습니다.

가난하고 불운했던 가정 대신 부유하고 행복한 가정을 주고 싶었고 아무것도 들을 수 없는 귀 대신 누구보다도 예민한 귀를 주고 싶었습니다.

베토벤이 사기꾼들 때문에 고생했으니 적어도 배도빈 주변에는 상식적인 사람들로 채워주고 싶었습니다.

그래서 배영빈을 시작으로 히무라 쇼우와 나카무라 이데 그 이후 만나는 인물들은 각자의 입장에서 최선을 다해 살아가게 표현했습니다.

그들도 그들 삶의 주인공이니까요.

이 부분도 정말 중요하게 생각했습니다.

악역을 위한 악역.

주인공을 돋보이기 위해서만 존재하는 조연.

이야기의 긴장감과 굴곡을 주기 위해 악역이 필요하지만, 없어도 진행할 수 있지 않을까 하는 근거 없는 생각이었습니다.

악역도 나름의 이유와 근거, 목표가 있을 텐데 평면적으로 그리고 싶지는 않았습니다.

그래서 제가 봐도 미친놈 같은 최우철이란 캐릭터를 만들수 있었던 것 같습니다(결국 제임스 버만처럼 정말 악역을 위한 악역을 쓰긴 했네요).

조연.

악역과 마찬가지로 능력과 결과의 차이는 있을 수 있지만 주인공을 돋보이기 위해 현대의 음악가를 낮추고 싶지 않았습니다.

지금 활동하는 음악가들도 각자 최선을 다해 작품 활동을 할 텐데 그저 주인공의 행동에 손뼉만 치게 만들고 싶지는 않았습니다.

실제로 빌헬름 푸르트벵글러의 모티프가 되었던 실존 인물 빌헬름 푸르트벵글러라든지, 작품 내 등장하진 않았지만 헤르베르트 폰 카라얀이라든지, 사카모토 료이치의 모티프였던 사카모토 류이치 그리고 그 외에도 정말 대단한 음악가가 있으니까요.

그리고 그런 노력하는 인물상의 대표가 바로 〈다시 태어난 베토벤〉의 원래 주인공 최지훈이었습니다.

'모든 인물이 주인공!'이란 생각으로 쓰긴 했지만 작중 비중을 봐도 표현으로 봐도 〈다시 태어난 베토벤〉의 주인공은 배도빈과 최지훈이었습니다.

원래 주인공이었으니까…….

하지만 '베토벤'이 메인 주인공으로 나선 것은 저 나름의 타협이었습니다.

주목받지 못하면 정말 굶었을 테니까요.

그러지 않아도 클래식이라는 웹소설에서 동떨어진 소재인데 적어도 많은 사람이 이름은 들어본 사람으로 이목을 끌지 않으면 전 아마 굶었을 거예요.

그 뒤는 생각하고 싶지 않았습니다.

공감하지 못하시는 분도 계시겠지만 최지훈이 주인공으로 나섰다면 아마 많은 분께서 답답하게 느끼셨을 거예요.

재능도 노력도 음악을 사랑하는 마음과 굴하지 않는 인성도 갖췄지만 주인공이 아버지에게 학대당하고, 친구에게 밀리는 과정이 메인 스토리로 이어졌다면 최지훈이 각성하기 전에 저는 굶어 죽었을 거예요.

아니, 굶었을 거예요.

하지만 다행스럽게도 배도빈과 함께하면서 최지훈을 응원해 주는 분이 정말 많아서 기뻤습니다.

사실 도빈이보다 최지훈과 가우왕, 나윤희가 더 인기 있는 건 아닌가 심각하게 고민하기도 했어요.

실제로 좋아하는 인물 이벤트 때 도빈이만큼 표를 받았으니까요.

제가 만든 캐릭터가 매력적이라는 걸, 제가 틀리지 않았음을 증명해 주신 여러분께 진심으로 감사드립니다.

여러분 덕분에 저와 〈다시 태어난 베토벤〉이 가치를 가지게 되었습니다.

거듭 감사합니다.

마음에 들었던 에피소드 이야기도 하고 싶습니다.

첫 번째는 또 최지훈 이야기!

146화였죠.

어머니를 잃고 아버지의 어긋난 사랑으로 고생하던 최지훈이 쓰러지고 마침내 아버지와 화해하는 이야기가 퍽 마음에 들었습니다.

두 번째 이야기는 나윤희의 불새.

284화, 285화였습니다.

유치원부터 대학 그리고 직장에서까지 무시당하고 따돌림당했던 소심하고 둔한 여성이 노력과 용기로 끝내 비상하는 이야기는 여러분도 많이 좋아해 주셨습니다.

저도 이런 이야기를 쓴 제가 기특합니다.

세 번째 이야기는 사카모토와 배도빈 이야기입니다.

317화부터 320화까지였죠.

사카모토가 병환으로 죽음을 앞두고 있을 때, 그와 함께했던 추억을 떠올리며 마지막 연주를 함께했던 배도빈.

두 사람의 유대감이 잘 전달된 듯해 무척 뿌듯했습니다.

네 번째 이야기는 최지훈과 배도빈의 관계 설정 이야기입니다.

430화였을 거예요.

은하수 사진을 넣은 화라고 말씀드리면 기억하실 수도 있을 것 같습니다.

배도빈이 최지훈에게 희망이자 목표이자 빛이었다면 최지훈 역시 배도빈에게 희망이자 믿음이 되었다는 이야기를 꼭 넣고 싶었습니다.

두 사람이 쌓아온 우정을 잘 표현한 것 같아서 다행입니다.

여담으로 최지훈이 흑화하는 건 아니냐고 걱정하신 분이 많았다는 데에서 의아해했습니다.

그렇게나 밝고 순둥순둥한 아이가 흑화라니!

여러 콘텐츠에 괴롭힘당하신 것 같아서 마음이 아팠습니다.

다섯 번째 이야기는 가우왕-홍콩-세 개의 손을 위한 소나타. 388화부터 396화였습니다.

사실 처음 가우왕은 이렇게까지 전면에 나설 캐릭터는 아니었습니다.

매력적인 인물이었지만 이미 '배도빈 오케스트라'의 피아니스트는 지훈이로 정해두었기에 그가 활약할 기회가 많이 없었죠.

그런데 어느 순간 문득 정말 문득 이런 이야기 쓰고 싶다는 생각이 들어서 써버리게 되었고 이내 메인 무대에 편입될 수 있었습니다.

덕분에 예나와 결혼도 했으니 좋은 일이네요(푸르트벵글러와 배도빈의 싸움, 가우왕과 배도빈의 싸움은 언제 써도 즐겁습니다).

여섯 번째 이야기는 타마키 히로시와 아리엘 얀스의 베토벤 기념 콩쿠르 이야기입니다.

418화부터 469화까지. 깁니다!

다시 등장할 때까지 잊었던 타마키 히로시란 캐릭터가 주인 공이었고 그때까지 배도빈에게 미친놈 취급을 당했던 아리엘 얀스 역시 주인공이었던 에피소드입니다.

타마키 히로시, 프란츠 페터, 스칼라, 산타 웨인으로 이어지는 스토리라인 A와 아리엘 얀스, 차채은으로 이어지는 스토리라인 B가 잘 엮인 듯해 저로서는 가장 마음에 드는 큰 에피소드였습니다.

550화를 주의 깊게 보신 분들은 어느 정도 눈치 채셨겠지만 아리엘 얀스도 배도빈과 같은 환생한 인물입니다(299화 Q&A에서 능력치를 볼 수 있는 사람은 두 명이라는 힌트도 드렸습니다. 이뿐만 아니라 그의 독백을 자세히 살피시면 신을 인지하는 모습이 반복되어 나옵니다).

비록 본인의 예전 기억은 없지만 천부적인 재능은 배도빈 이상이었고 대신 여러분이 시스템창으로 생각하셨던 테메스의 도움을 일부 받았죠.

신의 계시라느니, 신을 따른다느니 했던 행동들도 그가 중2병에 걸려서가 아니라 정말 그에겐 테메스의 배려가 신의 계시처럼 느껴졌기 때문입니다.

그러나 베토벤 기념 콩쿠르를 통해 자신을 돌이켜보았고 배도빈과 마찬가지로 스스로 '신의 계시'를 거부하게 되었죠.

그 이후 멀쩡해진 모습은 그가 정신적으로 성숙해졌음과 '배려'에 의지하지 않음을 보여주는 모습이었습니다.

본편에서는 굳이 언급하지 않았는데 예쁜 또라이 캐릭터로 인식되는 것도 재밌을 것 같아서 의도했습니다.

타마키 히로시는 마음이 쓰이는 캐릭터였습니다.

본인도 뛰어난 재능을 갖추었고 노력도 하지만 단지 시간이 좀 더 필요했을 뿐인데, 운명이 그를 기다려 주진 않았습니다.

그는 분명 억울함 속에서 숨을 거두지만 그가 남긴 곡은 배도빈과 베를린 필하모닉에 의해 널리 알려지게 되었고.

일곱 번째 이야기의 주인공 산타 웨인에게도 큰 영향을 주었습니다.

그래서 타마키 히로시가 베를린 필하모닉에 남긴 유산이란 뜻으로 해당 에피소드의 소제목을 'Legacy'로 지었습니다.

복선은 계속 넣었지만 본 이야기는 525화 무렵부터 539화까지 지었습니다.

산타 웨인은 타마키 히로시, 나윤희, 아리엘 얀스처럼 정말 오랜 시간을 두고 언급한 인물입니다.

장애에 굴하지 않고 음악을 향한 순수한 마음과 열정으로 결국 베를린 필하모닉의 일원으로서 오케스트라 대전에 나섰죠.

기적보다는 당연한 일인 것처럼, 그럴 수 있는 이야기처럼 표현하고 싶어 꽤 공을 들였습니다.

특별한 이야기가 아니도록 해서 산타의 장애보다는 그의 노력과 열정을 보여드리고 싶었습니다.

산타의 그런 행동과 배도빈의 '나도 장애인입니다'라는 말로서 음악인에게 음악 외 외모, 〈다시 태어난 베토벤〉에서 종종 언급했던 인종, 성별, 국가 그런 것들이 모두 무관함을 말하고 싶었습니다.

그리고 마지막 테메스와의 만남.

혹시나 〈다시 태어난 베토벤〉을 다시 읽으신다면 테메스와 배도빈의 대화가 작중에 수없이 많이 반복됨을 눈치챌 수 있으실 겁니다.

우선 테메스는 세 명의 후보를 두고 있었고 〈다시 태어난 베토벤〉에서는 항상 세 명의 위대한 음악가를 언급했습니다.

정말 많이 반복한 표현이죠.

우리에게 우주가 어떤 것인지 알려준 바흐.

테메스는 그를 자신을 추종하는 아이라 표현했습니다.

인간이란 무엇인지 말했던 모차르트.

테메스는 그를 자신을 닮은 아이로 표현했습니다.

그리고 자신이 누군지 말했던 베토벤은 테메스에게 자신과 다른, 이상하고 신기하고 이상한 아이로 여겨졌습니다.

테메스가 자신의 뒤를 이어 신이 되라고 했을 때의 답도 정해져 있었습니다.

배도빈이 처음부터 감히 나를 재단하려 하는가 하면서 '신의 장난'을 거부한 것도.

음악에 한계가 없다는 뜻으로 했던 '음악이 아름답기 위해 범하지 못할 규칙이란 없다'라는 베토벤의 명언도.

그리고 091화 홍승일과의 대화도 그랬죠.

'바흐나 모차르트가 대단한 사람이긴 하지만 그들 때문에 시대가 만들어진 건 아니에요. 헨델, 하이든, 로시니, 살리에리 그 말고도 수없이 많았던 거리의 악사들까지. 그들 모두가 있었기에 지금이 있는 거예요. 위대한 음악가일지언정, 한 사람이 그런 거창한 일을 하진 못해요.'

푸르트벵글러와 배도빈이 버릇처럼 한 완벽하길 바라나 완벽해지고 싶지 않다는 말도 있었죠.

완전해지는 순간 발전도 변화도 없을 테니 배도빈과 푸르트벵글러는 항상 그 순간마다 최선을 다했고 그것은 베를린 필하모닉도 마찬가지였습니다.

그래서 그랜드 심포니를 완성할 수 있었죠.

신이 될 기회를 포기한다는 매우 매우 판타지스럽고 어찌 보면 작위적인 설정은 553화에 걸쳐 반복해서 강조했던 이야기를 하고 싶기 때문이었습니다.

배도빈, 최지훈, 나윤희 등 노력하는 캐릭터를 통해서도 말했던 내용입니다.

조연이 아닌, 한 명 한 명이 모두 각자의 위치에서 최선을 다해 살아가고 있습니다.

배도빈의 관점에서 이야기가 진행되기에 그의 행동반경 밖에서 이뤄지는 이야기는 잘 언급되지 않았지만 작중 세계관에서는 지금도 열심히 살고 있습니다.

학교에서 공부하고, 아르바이트를 하고, 직장을 다니고, 수험을 준비하는 여러분처럼요.

베토벤이 끝끝내 희망의 끈을 놓치지 않았듯이 우리에게도 분명 좋은 일이 생길 겁니다.

함께하면 분명히요.

청춘 드라마나 만화영화 같은 말이지만 싸우지 않고 서로 힘을 모아 응원하고 최선을 다하면 좋은 날이 올 겁니다.

완벽할 순 없어도 행복할 순 있어요.

여러분이 그런 제 믿음을 이뤄주셨으니까요.

월급이 3개월이나 밀려 라면 한 봉지 살 돈이 없어서 고시원에서 주는 밥과 소금만으로 연명했던 20대 중반.

다시는 그때로 돌아가고 싶지 않아서 몸이 망가지는 줄도 모르고 정말 필사적으로 살았습니다.

그리고 여러분을 만났어요.

정말 힘들었지만 지금 정말 행복합니다.

감사합니다. 사랑합니다.

흑수저 판타지 장편소설

회귀자 사용설명서

어느 날, 이세계로 소환되었다.

짐승들이 쏟아지고, 믿을 수 없는 위기가 닥쳐오나.
가지고있는 재능은 밑바닥.

[플레이어의 재능수치는 최하입니다.]
[거의 모든 수치가 절망적입니다.]

선택받은 용사든, 재능 있는 마법사든,
시간을 역행한 회귀자든.
모든 것을 이용해야 한다.

살아남기 위해.

"쓰레기면 뭐 어떻습니까. 살아남기 위해서
뭔 짓인들 못 하겠어요?"